G
GOLDMANN

„ ... Abends, wenn ich abgespannt bin, greife ich instinktiv nach einem ‚Wallace', bin im Nu in der Handlung, vergesse den ganzen Jammer des Alltags, bin froh und mutig." ADENAUER IN RHÖNDORF

Edgar Wallace. Das Original.

Alle
Edgar Wallace Kriminalromane:

1. Die Abenteuerin.
2. A. S. der Unsichtbare.
3. Die Bande des Schreckens.
4. Der Banknotenfälscher.
5. Bei den drei Eichen.
6. Die blaue Hand.
7. Der Brigant.
8. Der Derbysieger.
9. Der Diamantenfluß.
10. Der Dieb in der Nacht.
11. Der Doppelgänger.
12. Die drei Gerechten.
13. Die drei von Cordova.
14. Der Engel des Schreckens.
15. Feuer im Schloß.
16. Der Frosch mit der Maske.
17. Gangster in London.
18. Das Gasthaus an der Themse.
19. Die gebogene Kerze.
20. Geheimagent Nr. Sechs.
21. Das Geheimnis der gelben Narzissen.
22. Das Geheimnis der Stecknadel.
23. Das geheimnisvolle Haus.
24. Die gelbe Schlange.
25. Ein gerissener Kerl.
26. Das Gesetz der Vier.
27. Das Gesicht im Dunkel.
28. Der goldene Hades.
29. Die Gräfin von Ascot.
30. Großfuß.
31. Der grüne Bogenschütze.
32. Der grüne Brand.
33. Gucumatz.
34. Hands up!
35. Der Hexer.
36. Im Banne des Unheimlichen.
37. In den Tod geschickt.
38. Das indische Tuch.
39. John Flack.
40. Der Joker.
41. Das Juwel aus Paris.
42. Kerry kauft London.
43. Der leuchtende Schlüssel.
44. Lotterie des Todes.
45. Louba der Spieler.
46. Der Mann, der alles wußte.
47. Der Mann, der seinen Namen änderte.
48. Der Mann im Hintergrund.
49. Der Mann von Marokko.
50. Die Melodie des Todes.
51. Die Millionengeschichte.
52. Mr. Reeder weiß Bescheid.
53. Nach Norden, Strolch!
54. Neues vom Hexer.
55. Penelope von der »Polyantha«.
56. Der Preller.
57. Der Rächer.
58. Der Redner.
59. Richter Maxells Verbrechen.
60. Der rote Kreis.
61. Der Safe mit dem Rätselschloß.
62. Die Schuld des Anderen.
63. Der schwarze Abt.
64. Der sechste Sinn des Mr. Reeder.
65. Die seltsame Gräfin.
66. Der sentimentale Mr. Simpson.
67. Das silberne Dreieck.
68. Das Steckenpferd des alten Derrick.
69. Der Teufel von Tidal Basin.
70. Töchter der Nacht.
71. Die toten Augen von London.
72. Die Tür mit den 7 Schlössern.
73. Turfschwindel.
74. Überfallkommando.
75. Der Unheimliche.
76. Die unheimlichen Briefe.
77. Der unheimliche Mönch.
78. Das Verrätertor.
79. Der viereckige Smaragd.
80. Die vier Gerechten.
81. Zimmer 13.
82. Der Zinker.

EDGAR WALLACE

Gucumatz

THE FEATHERED SERPENT

Kriminalroman

GOLDMANN VERLAG

Aus dem Englischen übertragen von
Ravi Ravendro

Der Goldmann Verlag
ist ein Unternehmen der Verlagsgruppe Bertelsmann

Jubiläumsausgabe

Made in Germany · 1/90 · 16. Auflage
© der deutschsprachigen Übersetzung by Wilhelm Goldmann Verlag, München
Druck: Elsnerdruck, Berlin
Krimi 0248
Ge · Herstellung: Klaus Voigt
ISBN 3-442-00248-6

1

Reporter Peter Dewin war unzufrieden. Schuld daran war der Fall Lane – besser gesagt eine Kette von rätselhaften Ereignissen, deren Begleitumstände geradezu ans Unwahrscheinliche grenzten.

Übrigens hätte sich auch kein anderer Zeitungsreporter, der etwas auf seinen Ruf hielt, gerne mit einer solchen Sache abgegeben. Gute Kriminalgeschichten ziehen im Zeitungsmetier zwar immer, aber jeder Redakteur lehnt schaudernd ab, wenn von mysteriösen Geheimgesellschaften die Rede ist, an deren Existenz doch niemand glaubt – außer den Autoren von sehr guten oder sehr schlechten Romanen.

Als man Peter Dewin zum erstenmal von der gefiederten Schlange erzählte, lachte er laut; als er zum zweitenmal davon hörte, lächelte er nur noch höhnisch und war durchaus uninteressiert. Solche Märchen waren seiner Meinung nach typisch für die Welt des Theaters – denn es war ein Theater, in dem die außergewöhnliche Geschichte der gefiederten Schlange ihren Anfang nahm...

Der Beifallssturm schlug gegen die stuckverzierte Decke des Zuschauerraums und brandete von dort zu dem dichtbesetzten Parkett zurück.

Ella Creed tänzelte wieder aus den Kulissen hervor. Ein enganliegendes Kleid brachte ihre Figur ausgezeichnet zur Geltung; sie warf ihren Bewunderern ein reizendes Lächeln zu und verschwand dann mit einer leichten Verneigung – nur um gleich wieder hervorgerufen zu werden.

Sie schaute aufmerksam zum Kapellmeister hinüber, der soeben noch einmal die Anfangstakte des großen Erfolgsschlagers der letzten Monate dirigierte. Das Orchester setzte ein, Ella lief zur Mitte der Bühne, und die Girls der Revue gruppierten sich um sie, um den ungeduldigen Wunsch des Publikums nach einer Zugabe zu erfüllen. Das Solo von Ella, ein Exzentrik-Tanz, war sehenswert, und ein Sturm von Applaus, der besonders von den billigen Plätzen des Hauses ausging, belohnte sie.

Der Vorhang fiel, und Ella trat atemlos an das kleine Pult des Regisseurs.

»Das dritte Mädel von rechts in der ersten Reihe können Sie entlassen; sie tanzt nicht besonders und versucht außerdem unentwegt, die Aufmerksamkeit der Zuschauer von mir abzulenken. Und sagen Sie mir bitte sofort, warum Sie eine Blondine in die zweite Reihe gestellt haben? Ich habe Ihnen doch bestimmt schon zwanzigmal erklärt, daß ich nur Brünette als Hintergrund brauchen kann!«

»Entschuldigen Sie vielmals, Miss Creed« – der Regisseur hatte eine Frau und drei Kinder zu Hause und war darum sehr gefügig –, »ich werde dafür sorgen, daß dem Mädchen noch heute gekündigt wird...«

»Unsinn, werfen Sie sie einfach hinaus. Meinetwegen können Sie ihr noch ein Monatsgehalt geben, aber nur fort mit ihr!«

Ella Creed war wirklich hübsch, besonders ihren Gang konnte man nur als effektvoll bezeichnen. Doch als sie jetzt vor dem Pult stand, grell beleuchtet von der Tischlampe, wirkte sie nicht mehr so reizvoll wie vorher auf der Bühne. Wenigstens sahen ihre Lippen unter der schwungvollen grellroten Bemalung sehr dünn und hart aus.

An und für sich hätte sie jetzt warten müssen, bis die Kapelle mit ihrem letzten Musikstück zu Ende war, aber Ella hatte eine Verabredung zum Abendessen – und schließlich war sie ja auch kein gewöhnlicher Revuestar, sondern die Besitzerin des Theaters, in dem sie auftrat.

Sie schritt an den Mitgliedern der Tanzgruppe vorbei, die ihr diensteifrig Platz machten. Einige wenige wagten einen Gruß, mußten aber mit einem hochmütigen Blick ihrer Chefin zufrieden sein.

Die Garderobe Ellas war ein kleiner, luxuriös eingerichteter Raum; indirekte Beleuchtung und weiche Teppiche gaben ihm ein sehr intimes Aussehen. Eine Garderobiere half ihr beim Ablegen ihres Kostüms. Sie schlüpfte in einen seidenen Kimono, setzte sich in einen Sessel und ließ sich abschminken. Ihr Gesicht war gerade von einer dicken Schicht Cold Cream bedeckt, als jemand an die Tür klopfte.

»Sehen Sie nach, wer es ist!« rief Ella ungeduldig. »Ich möchte jetzt niemand empfangen.«

Das Mädchen kam aus dem kleinen Vorraum zurück.

»Mr. Crewe wartet draußen«, berichtete sie leise.

Ella runzelte die Stirn.

»Gut, von mir aus – lassen Sie ihn herein. Wenn Sie mich abgeschminkt haben, können Sie gehen.«

Mr. Crewe trat lächelnd ein. Er war ein großer, schlanker Mann mit harten Gesichtszügen und ziemlich spärlichen, leicht ergrauten Haaren. Sein eleganter Frack ließ nichts zu wünschen übrig.

»Warte einen kleinen Moment«, bat sie. »Rauche inzwischen eine Zigarette. – Machen Sie schnell«, wandte sie sich wieder an das Mädchen.

Mr. Crewe setzte sich nachlässig auf die Armlehne eines Sessels und sah gleichgültig zu, wie Ella sich abschminken ließ und dann ein neues Make-up auflegte. Endlich stand sie auf und verschwand hinter einem Seidenvorhang, um sich anzuziehen. Man hörte ihre scharfe Stimme, mit der sie der Garderobiere die Meinung über irgendeine kleine Nachlässigkeit sagte. In der besten Laune war sie heute abend wirklich nicht, aber Mr. Crewe ließ sich davon nicht im mindesten beunruhigen. Tatsächlich gab es nur wenige Dinge, die die stoische Ruhe dieses erfolgreichen Börsenspekulanten stören konnten. Und trotzdem war an diesem Morgen etwas vorgefallen, das ihn aus der Fassung gebracht hatte.

Ella kam in einem tief ausgeschnittenen Abendkleid wieder zum Vorschein. Die Perlenschnur, die mit fünf Smaragden besetzte kostbare Spange und die Ringe, die sie trug, sahen aus, als hätten sie zusammen ein kleines Vermögen gekostet.

»Ich habe alles wie ausgemacht erledigt«, begann Mr. Crewe liebenswürdig, als sich das Mädchen zurückgezogen hatte. »Bist du übrigens verrückt, dich mit diesem ganzen Schmuck zu behängen . . .?«

»Imitationen!« unterbrach sie ihn lässig. »Glaubst du vielleicht, daß ich mit einem Vermögen von zwanzigtausend Pfund herumlaufe, Billy? Und jetzt, was willst du von mir?«

Sie hatte die letzten Worte sehr brüsk gesagt, aber er schien gar nicht zugehört zu haben. »Wer ist heute abend das unschuldige Opfer?« erkundigte er sich lächelnd.

»Ein junger Gentleman aus Mittelengland – sein Vater hat ungefähr zehn Millionen. Die Leute sind so reich, daß sie nicht wissen, was sie mit ihrem Geld anfangen sollen ... Übrigens muß mein Kavalier jeden Augenblick kommen – warum besuchst du mich eigentlich?«

Mr. Leicester Crewe zog seine Brieftasche heraus und entnahm ihr ein Kärtchen; es hatte ungefähr die Größe einer kleinen Visitenkarte, ohne daß aber ein Name darauf stand. Dafür war in der Mitte eine merkwürdige Figur eingedruckt – das Bild einer gefiederten Schlange. Darunter standen die Worte:

Damit Sie es nicht vergessen.

»Was soll das sein? Ein Vexierbild? Blödsinn – eine Schlange mit Federn?«

Mr. Crewe nickte.

»Die erste Karte – sie sah genauso aus wie diese – wurde mir vor einer Woche mit der Post zugesandt; und diese hier fand ich heute morgen auf meinem Schreibtisch.«

Sie starrte ihn erstaunt an.

»Was soll das nur?« fragte sie neugierig. »Eine neuartige Werbung für irgendeinen Gebrauchsartikel?«

Leicester schüttelte den Kopf und las noch einmal laut die merkwürdigen Worte: »›Damit Sie es nicht vergessen.‹ Ich habe das dunkle Gefühl, daß es eine Warnung ist ... Hast du dir vielleicht einen Spaß damit machen wollen?«

»Ich? Ich bin doch nicht verrückt! Glaubst du, daß ich nichts Besseres zu tun habe, als Dummheiten auszuhecken? – Weshalb sollte es denn eine Warnung sein?«

Mr. Crewe strich sich nachdenklich über die Stirn.

»Ich weiß nicht recht ... Es gibt mir eben zu denken ...«

Ella zuckte lachend die Schultern.

»Und deshalb kommst du zu mir? Da kannst du gleich wieder gehen – vergiß nicht, daß ich eine Verabredung mit einem netten jungen Mann habe ...«

Plötzlich hielt sie mitten im Satz inne. Sie hatte ihr kleines Abendtäschchen geöffnet, um ihr Taschentuch herauszunehmen. Er schaute auf und sah, daß sich ihr Gesichtsausdruck veränderte. Als sie die Hand wieder aus der Tasche zog, hielt sie eine längliche Karte zwischen den Fingern – sie sah genauso aus wie die, die er ihr eben gezeigt hatte.

»Was soll das bedeuten ...?« Sie warf ihm einen argwöhnischen Blick zu.

Crewe nahm ihr die Karte aus der Hand. In der Mitte war ebenfalls das Bild einer gefiederten Schlange und die gleiche Inschrift.

»Als ich vor der Vorstellung hierherkam, war die Karte noch nicht in der Tasche«, sagte sie ärgerlich und drückte auf einen Klingelknopf. Das Mädchen kam herein.

»Haben Sie das Ding hier in meine Tasche gesteckt? Los, antworten Sie – wenn Sie sich diesen Spaß mit mir erlaubt haben, fliegen Sie noch heute abend hinaus!«

Das Mädchen beteuerte erschrocken, von nichts zu wissen, und lief schließlich heulend davon.

»Leider kann ich sie nicht auf die Straße setzen, gute Dienstmädchen sind heute schwer zu bekommen«, meinte Ella. »Außerdem wird das Ganze doch nur irgendein Unsinn sein. Vermutlich Reklame für eine neue Zahnpasta – nächste Woche klebt das gleiche Bild an allen Plakatsäulen Londons ..., und jetzt, Billy, entschuldige mich bitte – mein Freund wartet.« Mit einem flüchtigen Kopfnicken verabschiedete sie sich.

Das Café de Reims, eines der teuersten Nachtlokale Londons, war neben anderen Attraktionen auch wegen seiner vorzüglichen Küche bekannt; Ella speiste dort mit ihrem Begleiter zu Abend. Der langweilige junge Mann, der sie eingeladen hatte, zeichnete sich lediglich dadurch aus, daß er der Inhaber einer großen Wollfirma war. Trotzdem wurde es zwei Uhr morgens, bis sie aufbrachen. Der junge Herr hätte Ella sehr gern nach Hause begleitet, aber sie lehnte in einer plötzlichen Anwandlung von Schicklichkeitsgefühl ab.

Ein Taxi brachte sie zu ihrem hübschen kleinen Haus in St. Johns' Wood, 904 Arcacia Road. Das Grundstück lag hinter einer hohen Mauer; eine Zufahrt führte durch ein schmiedeeisernes Tor bis zu einem mit Fliesen belegten, glasüberdachten Gang, auf dem man zur eigentlichen Haustür kam.

Nachdem sie den Taxichauffeur bezahlt hatte, klinkte sie das äußere Tor auf und schloß dann von innen zu. Ein Blick zu ihrem erleuchteten Zimmer sagte ihr, daß ihr Mädchen auf sie wartete. Sie ging die Zufahrt entlang . . .

»Wenn Sie schreien, drehe ich Ihnen den Hals um!«

Diese Worte wurden ihr direkt ins Ohr gezischt, und sie blieb starr vor Schrecken und Furcht stehen. Aus den dunklen Sträuchern, die die Zufahrt an dieser Stelle einsäumten, tauchte eine breitschultrige, drohende Gestalt auf. Das Gesicht konnte sie nicht erkennen, da es von einem schwarzen Taschentuch halb bedeckt war; weiter hinten sah sie zu ihrem Entsetzen noch eine zweite Gestalt. Ihre Knie wankten, und sie taumelte einen Schritt zurück.

Endlich holte sie keuchend Luft und öffnete den Mund, um zu schreien – aber eine große, schwere Hand legte sich sofort über ihr Gesicht.

»Wollen Sie gleich parieren? Ich bringe Sie um, wenn Sie nur einen Laut von sich geben!«

Dann wurde es Ella Creed glücklicherweise schwarz vor den Augen, und sie, die schon oft eine Ohnmacht vorgetäuscht hatte, verlor zum erstenmal in ihrem Leben wirklich das Bewußtsein.

Als sie wieder zu sich kam, fand sie sich in halbsitzender Stellung gegen die Haustür gelehnt. Die beiden dunklen Gestalten waren verschwunden – und ebenso ihre Perlen und ihre Smaragdspange. Es wäre nichts weiter als ein gewöhnlicher Raubüberfall gewesen, wenn sie nicht an einer Schnur um ihren Hals eine Karte gefunden hätte, auf der das Bild einer gefiederten Schlange war.

2

»›Glücklicherweise trug Miss Creed nicht ihre Juwelen, sondern täuschende Imitationen, so daß den Verbrechern keine Kostbarkeiten in die Hände fielen. Die Polizei ist im Besitz einer Karte mit der rohen Zeichnung einer gefiederten Schlange. Stündlich erwartet man eine weitere interessante Entwicklung des Falles.‹

Das ist also die Geschichte«, fügte der Nachrichtenredakteur des ›Kurier‹ seiner Vorlesung mit einer Selbstzufriedenheit hinzu, die Leute seines Schlages immer dann anwenden, wenn sie ihre Untergebenen fortschicken, um unlösbare Aufgaben zu lösen. »Die gefiederte Schlange gibt dem Fall eine besondere Nuance – ich verspreche mir eine Sensation...«

»Dann engagieren Sie doch gleich auch einen Sensationsschriftsteller für die Berichterstattung!« erklärte Peter Dewin grimmig.

Peter war ein großer, etwas nachlässig gekleideter junger Mann mit ziemlich saloppem Auftreten. Wenn er sich sauber rasierte und einen Frack anzog, was bei gewissen beruflichen Anlässen beim besten Willen nicht zu umgehen war, sah er geradezu flott und elegant aus. Was er allerdings durchaus nicht wahrhaben wollte. Auf der Redaktion des ›Kurier‹ erzählte man von ihm, daß seine Vorliebe für Verbrechen und Verbrecher fast verdächtig wäre und daß er sich nichts Schöneres vorstellen könne, als in der Woche sieben Tage lang Detektiv zu spielen.

»Das Ganze gibt Stoff für einen Schauerroman, aber nicht für eine anständige Kriminalreportage, die Hand und Fuß hat«, erklärte er jetzt entrüstet. »Eine gefiederte Schlange – um Gottes willen! Ich wette, daß es sich nur um einen raffinierten Theatertrick handelt, den sich diese Creed ausgedacht hat, um wieder einmal in der Öffentlichkeit genannt zu werden. Um das zu erreichen, würde sie sogar aus einem Ballon springen!«

»Ist sie wirklich einmal aus einem Ballon gesprungen?« erkundigte sich der phantasielose Nachrichtenredakteur eifrig.

»Nein, natürlich nicht«, entgegnete Peter brummig. »Aber im Ernst, Parsons, übergeben Sie diese Geschichte doch lieber dem Theaterkritiker – der freut sich vielleicht darüber.«

Mr. Parsons zeigte nur auf die Tür. Peter hatte schon genug Erfahrungen als Journalist gemacht, um zu wissen, wie weit man einen Nachrichtenredakteur ärgern darf, ohne unmittelbar Gefahr zu laufen. Er schlenderte deshalb achselzuckend zum Reporterzimmer zurück und klagte seinen scheinheilig mitfühlenden Kollegen sein Leid.

Eines stand bei ihm auf jeden Fall fest – keine Schlange, mochte sie nun gefiedert sein oder nicht, sollte die Ursache dazu abgeben, daß er seine Stellung verlor.

Bekanntschaften, die man mit fremden Leuten in Cafés schließt, sind immer mit einer gewissen Gefahr verbunden. Wenn man zu einem andern sagt: »Darf ich Ihnen vielleicht den Zucker reichen?«, so ist das noch lange kein vollwertiger Ersatz für eine formelle Vorstellung.

Daphne Olroyd dachte darüber nach, als sie an einem grauen Novembernachmittag langsam auf den Eingang des Astoria-Hotels zusteuerte. Aber auch formelle Vorstellungen garantieren keineswegs für späteres gutes Betragen. Auf jeden Fall stand es bei ihr fest, daß trotz der etwas formlos geschlossenen Bekanntschaft Peter Dewin ein anständiger Mensch war. Davon war sie fester überzeugt als von Leicester Crewes gutem Charakter oder von der Anständigkeit seines ziemlich zweifelhaft aussehenden Freundes.

Vor allem hatte sie sich schon lange angewöhnt, sich bei der Beurteilung von Menschen auf ihr eigenes Gefühl zu verlassen. Und das sagte ihr in diesem Fall, daß der große, nachlässig gekleidete junge Mann es nicht falsch verstehen würde, daß sie seine Einladung zum Tee ohne Zögern angenommen hatte.

Peter Dewin stand mitten im Vestibül des Hotels und schaute bereits ängstlich wartend auf die Drehtür, als sie eintrat.

»Ich habe einen Tisch ausgesucht, der möglichst weit von dieser prächtigen Kapelle entfernt ist. Oder ziehen Sie vielleicht die Nähe des Orchesters vor ...? Ich kann den dauernden Krach nicht ausstehen.« Er führte sie zu einem Ecktisch und flüsterte ihr dabei so ungeniert Bemerkungen über die Leute zu, an denen sie vorbeigingen, daß sie unwillkürlich lachen mußte.

Es war eine seiner kleinen Eigenheiten, nicht gerade geizig mit den Informationen umzugehen, die er sich über Gott und die Welt zu verschaffen wußte. Und es kam ihr fast so vor, als ob sie neben einem lebenden Nachrichtenbüro herginge.

»Hier sind wir – nehmen Sie doch bitte den Sessel.« Er schob ihn für sie zurecht. »So, sitzen Sie bequem?«

Peter Dewin war hier ziemlich bekannt. Viele schauten herüber, um festzustellen, ob es auch wirklich er sei, da er ungewöhnlicherweise in Begleitung einer Dame war.

Daphne erfuhr heute zum erstenmal, welchen Beruf er hatte. Interesse dafür brauchte sie nicht zu heucheln – Journalisten waren für sie schon immer mit einem gewissen Nimbus umgeben gewesen.

»Und worüber schreiben Sie besonders?« erkundigte sie sich.

»Hauptsächlich über Verbrechen, Morde, Raubüberfälle und dergleichen«, erklärte er obenhin, während er seine schwarze Hornbrille aufsetzte. »Wenn es nicht genügend Verbrechen gibt, berichte ich auch über Hochzeiten und Begräbnisfeierlichkeiten. Ja, ich habe mich sogar schon so weit herabgelassen, über eine Parlamentsdebatte zu schreiben. – Was ist nur mit dieser verflixten Brille los, ich kann gar nichts sehen!«

»Warum setzen Sie sie dann überhaupt auf?« fragte sie erstaunt.

»Sie gehört ja gar nicht mir«, entgegnete er vergnügt und nahm sie wieder ab. »Ich habe sie eben für einen Kollegen beim Optiker abgeholt.«

Sie schaute ihn zweifelnd an, mußte dann aber doch lächeln.

»Wie gefalle ich Ihnen heute?« erkundigte sie sich.

»Sie sind sehr hübsch ... Das bemerkte ich schon, als ich Sie das erste Mal traf. Eigentlich habe ich nicht gedacht, daß Sie heute kommen würden. War ich nicht zu frech?«

»Nein, durchaus nicht«, erwiderte sie lächelnd. »Ich fand Sie vielleicht etwas außergewöhnlich ...«

»Das bin ich auch«, unterbrach er sie. »Ich habe mich auch noch niemals verliebt – bis jetzt war ich eigentlich immer der Meinung, daß man dabei seinen Verstand und Witz ziemlich umsonst vergeudet.«

Der Kellner kam und stellte Kannen und Tassen vor sie auf den Tisch.

»Sind Sie nicht die Sekretärin von Mister Crewe?«

Sie schaute ihn verwundert an.

»Ich habe Sie neulich dort gesehen – als ich bei ihm war, um ihn zu interviewen. Erst heute morgen habe ich mich wieder daran erinnert.«

Gedankenvoll rührte er seinen Tee um und runzelte die Stirn.

»Kennen Sie die Dame dort drüben? Sie sieht Sie dauernd an.«

»Das ist Mrs. Paula Staines«, erklärte sie. »Sie ist um sieben Ecken mit Mr. Crewe verwandt.«

Peter beobachtete die elegante Dame, sie saß aber zu weit von ihm entfernt, als daß er ihr Gesicht genauer hätte sehen können. »Sind Sie eigentlich mit Ihrer Stellung zufrieden?« erkundigte er sich dann plötzlich.

»Mit meinem Posten bei Mr. Crewe?« Sie zögerte. »Wenn ich ehrlich sein soll – eigentlich nicht. Ich bin auch dabei, mir eine andere Stellung zu suchen, habe aber leider noch keinen Erfolg gehabt.«

Er sah sie aufmerksam an.

»Ist Crewe nicht ein wenig eigenartig? Er hat keinen besonders guten Ruf. Sein Vermögen hat er auf etwas seltsame Art erworben – über Nacht wurde er plötzlich reich, und niemand weiß, woher dieser Geldsegen kam. Es wäre wirklich besser, wenn Sie von ihm fortgingen.«

»Interessieren Sie sich so sehr für ihn? Oder ist das nur Ihr allgemeiner Informationstrieb ...?«

»Spotten Sie nicht, ich interessiere mich wirklich für ihn. Und habe mir schon die verschiedensten Theorien gebildet – aber keine von allen stimmt. – Nun essen Sie doch endlich einmal Ihre Torte auf!«

Daphne nickte folgsam.

»Nachher muß ich zu einer Dame gehen, über die ich einen Artikel schreiben soll, der für sie mindestens 1000 Pfund Reklamewert hat – und dabei hat sie noch nicht einmal für 10 Pfund Schmuck eingebüßt.«

»Meinen Sie vielleicht Miss Ella Creed?« fragte Daphne überrascht. »Die junge Dame, die vor ihrer Haustür überfallen wurde?«

»Kennen Sie sie etwa?« fragte er.

»Nur vom Sehen. Sie kommt manchmal zu Mr. Crewe, und er war auch sehr bestürzt über den Vorfall. Auch er hat an dem Tag, an dem Miss Creed überfallen wurde, eine Karte mit dem Bild der gefiederten Schlange erhalten und hat sich sehr darüber aufgeregt.«

Peter sah sie nachdenklich an.

»Ich glaube eigentlich nicht, daß es damit etwas auf sich hat«, meinte er schließlich. »Hinter phantastischen Geschichten wie dieser steckt meistens nichts als leeres Gerede. – Was haben Sie nachher vor?« erkundigte er sich nach einer kleinen Pause.

Sie lachte ihn an.

»Ich habe mich um eine andere Stellung beworben – ohne den Schatten einer Hoffnung, daß ich dabei Erfolg haben werde.«

Vor dem Hoteleingang trennte er sich von ihr und schlenderte dann zum ›Orpheum‹ – dem Theater, das Miss Creed gehörte. Er erwartete nicht, daß sie schon um diese Zeit dort sein würde, und freute sich um so mehr, als er erfuhr, daß sie schon in ihrer Garderobe sei und ihn sprechen wolle.

Offensichtlich war sie kurz vorher eingetroffen, denn sie hatte ihren Pelzmantel noch an. Peter begegnete ihr zum erstenmal, doch kannte er den Mann, der neben ihr stand, sehr gut.

Joe Farmer war wirklich eine sehr bekannte Persönlichkeit in London. Er war etwas untersetzt und hatte ein rotes, ziemlich gewöhnliches Gesicht. Man sah ihm von weitem den neureichen Unternehmer an. Hauptsächlich zeichnete er für Boxveranstaltungen verantwortlich, außerdem war er aber auch noch Eigentümer einer ganzen Reihe berüchtigter Nachtlokale. Bei den Rennen ließ er einige Pferde laufen, die in Berkshire trainiert wurden, und wenn sein Ruf auch nicht der beste war, erfreute er sich doch einer gewissen Popularität.

Wie viele Leute seines Schlages hatte er eine Schwäche für Brillanten. Auch jetzt blitzte in seiner Krawatte ein Stein, den man beim besten Willen nicht übersehen konnte.

Er begrüßte Peter mit einem freundlichen Grinsen und streckte ihm seine fette, etwas feuchte Hand hin.

»Das ist der richtige Mann – an den mußt du dich wenden, Ella«, sagte er mit seiner tiefen, heiseren Stimme, die nach einer chronischen Kehlkopfentzündung klang. »Kommen Sie, Peter, alter Junge – nehmen Sie Platz. Darf ich dir vorstellen, Ella – dies ist Mr. Dervent ...«

»Dewin, mein Bester«, entgegnete Peter gelangweilt. »D-e-w-i-n.«

Joe Farmer lachte heiser.

»Na, für mich sind Sie eben Peter. Werden Sie sich den nächsten großen Boxkampf ansehen, den ich arrangiere?«

»Rede doch jetzt nicht von Boxkämpfen!« fuhr Ella ärgerlich dazwischen. »Sind Sie Journalist?« wendete sie sich dann an Peter. »Vermutlich kommen Sie wegen des Überfalls, den man gestern abend auf mich gemacht hat. Ehrlich gesagt, ich habe mich noch niemals in meinem Leben so gefürchtet.«

Sie sprach sehr hastig.

»Es ist wirklich ein Glück, daß ich nicht meine echten Juwelen trug. Heutzutage kann es sich eine Dame einfach nicht leisten, Schmuck im Wert von 20 000 Pfund spazieren zu tragen. Das finden Sie doch auch, Mr. Dewin?«

»Kann ich die Karte einmal sehen?« unterbrach er den Wortschwall.

Sie öffnete ihre Handtasche und zog ein schmutzig aussehendes Stück Karton heraus, das an einer Schnur befestigt war. »Das hing um meinen Hals, als ich wieder zu mir kam«, berichtete sie. »Übrigens habe ich durchaus nicht die Geistesgegenwart verloren, als ich dem Verbrecher gegenüberstand ...«

»Würden Sie die Leute, die Sie überfallen haben, wiedererkennen?«

Sie schüttelte den Kopf.

»Nein, es war ja ganz dunkel. Das Taxi war schon weggefahren, und das Licht der Straßenlampen dringt nicht durch die vielen Bäume und Sträucher.«

Peter untersuchte die Karte mit dem Bild der gefiederten Schlange genau.

»Glauben Sie nicht, daß sich ganz einfach jemand einen schlechten Scherz mit Ihnen erlaubt hat?«

Offensichtlich ärgerte sie sich über seine Frage.

»Einen Scherz?« entgegnete sie scharf. »Glauben Sie vielleicht, daß meine Freunde sich so etwas erlauben würden? Nein, diese Kerle waren hinter meinen Juwelen her, und es tut mir leid, daß ich nicht ihre Gesichter gesehen habe, als sie entdeckten, daß sie nur wertlose Imitationen erbeutet hatten!«

Peter ließ sich dann noch berichten, wie sie am Abend vorher die Karte in ihrer Handtasche gefunden hatte.

»Es ist merkwürdig«, meinte Miss Creed, »daß mein Bekannter, der Börsenspekulant Mr. Leicester Crewe, auch eine solche Karte erhielt und . . .«

»Ich habe übrigens auch eine bekommen«, mischte sich plötzlich Joe Farmer ins Gespräch. Dabei verzog sich sein Gesicht zu einem ziemlich einfältigen Grinsen. »Sagen Sie mal, was halten Sie eigentlich davon, daß man diesem hübschen Baby hier so etwas angetan hat?« Joe hatte viel mit amerikanischen Boxern zu tun, und seine Sprechweise war danach.

»Passen Sie auf, Peter, ich glaube, ich habe eine ganz große Geschichte für Sie . . .«

»Halt endlich den Mund!« warf Ella wieder dazwischen. »Deine Geschichte gehört jetzt wirklich nicht hierher.«

Sie hatte in so scharfem Ton gesprochen, daß sie sich gleich darauf veranlaßt fühlte abzumildern.

»Mr. Farmer vermutet nämlich, daß der Verbrecher ein Mann sei, mit dem wir einmal eine Auseinandersetzung hatten . . ., aber der, den er meint, ist ja längst tot und kann es doch unmöglich gewesen sein.«

Sie schaute Farmer bedeutsam an.

»Je weniger darüber gesprochen wird, desto besser.«

»Ob er wirklich tot oder noch am Leben ist, weiß ich nicht«, erwiderte Joe vorsichtig. »Auf jeden Fall habe ich meine besonderen Ansichten darüber und handele danach. Ich gehöre zu den Leuten, die sich zu nichts drängen lassen!«

»Willst du jetzt endlich ruhig sein!« Diesmal war Miss Creed wirklich böse, und Mr. Farmer gehorchte ihr sofort.

Im allgemeinen konnte Peter nicht viel Neues erfahren, und er ging ziemlich verärgert – und auch etwas bestürzt – zu seinem Büro zurück. Im Vorraum traf er den Nachrichtenredakteur, der gerade weggehen wollte.

»Irgend etwas steckt hinter diesen merkwürdigen Visitenkarten«, erklärte ihm Parsons sofort hartnäckig. »Die ganze Zeit habe ich darüber nachgedacht. Meiner Meinung nach hat die gefiederte Schlange eine ganz besondere Bedeutung. In der Bibliothek habe ich im Konversationslexikon nachgeschlagen und dabei wenigstens herausgefunden, daß sie von den alten Azteken als Gottheit verehrt wurde. An Ihrer Stelle würde ich einmal Mr. Beale aufsuchen.«

»Wer ist Mr. Beale?« fragte Peter.

»Mr. Gregory Beale ist Archäologe«, erklärte der Redakteur geduldig. »Außerdem ist er Millionär. Heute abend kam er von einer Expedition zurück, auf der er die Ruinenstädte der Maya durchforscht hat. Bestimmt kann er Ihnen Genaueres sagen.«

Freundlich grüßend verließ er das Gebäude. Peter war schon auf halber Höhe der Treppe, als ihn der Redakteur noch einmal zurückrief.

»Mr. Beale interessiert sich im übrigen sehr für Sozialreformen«, sagte Parsons noch. »Bieten Sie ihm doch Ihre Begleitung bei einem Spaziergang durch den Osten Londons an. Das gibt einen Artikel von mindestens Spaltenlänge.«

Als Peter wieder die Treppe hinaufstieg, war er in nicht gerade rosiger Stimmung.

3

Gregory Beale war in jeder Beziehung ein Sonderling und hatte den Zeitungen durch seine verschiedenen Spleens schon häufig Stoff geliefert. Unter anderem war eine seiner Lieblingsbeschäftigungen das Studium der Lebensgewohnheiten armer Leute. Verkleidet streifte er durch die verrufensten Gegenden Londons; er wohnte und schlief dort – und verteilte von Zeit zu Zeit erhebliche Beträge an Familien, die einen besonders harten Kampf ums Dasein führen mußten. Dabei gab sich der Mann in seiner

Verkleidung – mit zerzaustem Bart und feuerroter Krawatte – niemals als Gregory Beale zu erkennen. Er hatte ein Dutzend anderer Namen und änderte seine Adresse von Woche zu Woche. Bald wohnte er in Limehouse, bald in Poplar, bald bei den Victoria Docks oder in Eastham. In der letzten Zeit war ihm die Sorge für die Armen etwas langweilig geworden – möglicherweise hatte er auch einige schlechte Erfahrungen gemacht. Eines Tages erfuhr die Gelehrtenwelt Londons, daß er nach Mittelamerika gegangen sei, um sich dem Studium der alten indianischen Kulturen zu widmen, die ihn schon immer besonders interessiert hatten.

Sechs Jahre, nachdem sein Anwalt die Verwaltung des ungeheuren Vermögens übernommen hatte, fuhr der Schnellzug, der Mr. Beale zurückbrachte, langsam in Waterloo Station ein.

Kein Freund holte den Forscher ab. Er stand ganz allein auf dem Bahnsteig – eine große, sehnige Gestalt mit braungebranntem Gesicht; seine blauen Augen leuchteten noch wie früher, nur seine Haare waren etwas grauer geworden.

Endlich bahnte sich sein Diener John einen Weg durch die Menge, um das Gepäck seines Herrn in Empfang zu nehmen.

»Ah, John Collitt – ich kenne Sie kaum mehr!« sagte Mr. Beale liebenswürdig.

»Jawohl, Sir – ich hoffe, daß Sie eine gute Reise hatten.«

Die Tür eines eleganten Wagens wurde vor ihm aufgerissen.

»Um das Gepäck kümmert sich eine Agentur – fahren Sie mich jetzt sofort nach Hause.«

Er sank in den tiefen Sitz zurück und beobachtete mit fast kindlicher Freude die vielen Bilder Londons, die an ihm vorüberzogen. Ein Mann schob einen Karren mit Äpfeln – auf der Westminster Bridge Street riefen Zeitungsjungen Extrablätter aus – das Parlamentsgebäude war hellerleuchtet.

Mr. Beale atmete tief. Er war wieder daheim!

Der Wagen fuhr durch den finstern Park in die Brompton Road, bog links ein und hielt vor einem großen, vornehmen Haus. Der untersetzte, kahlköpfige Butler kam eilig die Treppenstufen herunter.

»Willkommen zu Hause, Mr. Beale.«

Basseys Stimme klang heiser. War es nur Erregung, oder war er so alt geworden? Gregory Beale schaute ihn verwundert an.

»Schönen Dank, Bassey.«

Der Hausmeister stieg vor ihm die Treppenstufen empor. Feierlich trat er dann zur Seite und ließ seinen Herrn zuerst durch die Tür gehen.

»Eine junge Dame wartet im Studierzimmer, Sir. Ich wußte nicht recht, was ich mit ihr anfangen sollte. Sie sagt, sie sei auf eine Annonce hin gekommen...«

Gregory Beale nickte lächelnd.

»Stimmt schon, ich habe telegrafisch in der Zeitung inseriert ... Brauche eine Sekretärin. Bringen Sie die junge Dame bitte her.«

Daphne Olroyd folgte dem Hausmeister. Als sie eintrat, begegnete sie dem freundlich forschenden Blick Mr. Beales.

»Bitte, nehmen Sie doch Platz, Miss...?«

»Olroyd«, erwiderte sie und lächelte ihn an. »Ich fürchte, daß ich etwas ungelegen komme – leider wußte ich nicht, daß Sie verreist waren.«

»Das wissen die meisten nicht. So bedeutend bin ich nicht, daß diese große Stadt von meiner Ankunft Notiz nimmt. Übrigens haben Sie doch ein Telegramm erhalten, in dem Sie aufgefordert wurden, sich vorzustellen. Mein Anwalt, Mr. Holden, hat es Ihnen gesandt; anscheinend war das Gehalt, das ich in der Annonce angab, so hoch, daß sich viele Leute um den Posten bewarben.«

Bildete sie es sich nur ein, oder klang wirklich ein Ton von Enttäuschung in seiner Stimme? Ihr Mut sank bei diesem Gedanken. Das Inserat hatte sie von einem unbekannten Freund zugeschickt bekommen und sich ohne große Hoffnungen um die Stelle beworben.

»Ich glaube, daß ich fast alle Ihre Ansprüche erfüllen kann«, erklärte sie jetzt schnell, um von vornherein jeden Einwand zu entkräften. »Ich kann sehr schnell maschineschreiben und stenografieren; Französisch spreche ich ausgezeichnet...«

Er hob abwehrend und beruhigend die Hand.

»Ich glaube Ihnen ja. Wo arbeiten Sie zur Zeit?«

Sie sagte es ihm. Anscheinend machte der Name Leicester Crewe gar keinen Eindruck auf ihn; er fragte sie nur, warum sie die Stellung wechseln wolle.

Sie zögerte etwas mit der Antwort.

»Das hohe Gehalt reizt mich natürlich, aber – vor allem möchte ich von Mr. Crewe fort.«

Er nickte und schaute einige Zeit nachdenklich zu Boden.

»Gut«, sagte er schließlich und fügte dann zu ihrer nicht geringen Freude hinzu: »Ich engagiere Sie – wann können Sie anfangen?«

Mit beschwingten, leichten Schritten verließ sie zehn Minuten später das Haus. Sie war gut gelaunt und dachte an nichts Böses. Doch als sie schnell aus der düsteren Nebenstraße in die Hauptstraße einbog, löste sich ein Mann aus dem Dunkel einer Mauer; er hatte sie von dem Augenblick an beobachtet, als sie das Astoria-Hotel verließ. Geräuschlos überquerte er die Straße und folgte ihr. Sie ahnte nicht, daß sie verfolgt wurde, bis sie sich an einer Ecke zufällig umdrehte und die dunkle Gestalt undeutlich durch den Nebel auf sich zukommen sah.

Zuerst wollte sie davonlaufen, dann überlegte sie sich aber, daß es vielleicht nur ein ganz harmloser Spaziergänger sei, und wollte warten, bis er vorübergegangen wäre. Doch plötzlich blieb die Gestalt stehen. Nur einen Augenblick konnte sie die Umrisse eines Mannes erkennen, dann war er im Nebel verschwunden. Gleich darauf wußte sie, warum er nicht weitergegangen war.

Ein Polizist kam auf seinem Patrouillengang langsam auf sie zugeschlendert. Und die Beauftragten der gefiederten Schlange vermeiden Begegnungen mit der Polizei.

Unfreundliche Leute sagten Mr. Leicester Crewe nach, daß er sich früher auf höchst verdächtige Weise sein Geld verdient hätte. Manche erinnerten sich auch noch an die Tage, an denen er sich auf der Effektenbörse herumtrieb. Damals hieß er einfach Billy, hatte nur sehr wenig Geld, kannte sich dafür aber ausgezeichnet in Minenaktien aus.

Mr. Crewe dachte an diese Zeit zurück ... Er sah sich mit einem düsteren Blick in der schönen Bibliothek seines Hauses um, das durch besondere Umstände sein Eigentum geworden war. Wie lange würde es ihm noch gehören? Hatte dieses unheimliche Schlangenbild irgendeine unheilvolle Vorbedeutung?

Es war sechs Uhr abends. Kurz vorher war Daphne Olroyd von dem Besuch bei ihrem neuen Chef zurückgekommen. Mr. Crewe wußte noch nichts von dem bevorstehenden Stellungswechsel seiner Sekretärin. Er war heute früh nach Hause gekommen, weil er noch eine sehr wichtige Verabredung hatte. Als er daran dachte, öffnete er den in die Wand eingebauten Tresor und nahm ein schmutziges Stück Papier heraus, auf dem einige ungelenk geschriebene Worte standen. Er überlas sie, faltete das Papier wieder zusammen und steckte es in die Westentasche. Der Diener kam herein, um Kohlen nachzulegen, und Mr. Crewe fragte ihn: »Ist der Mann noch nicht da?«

»Nein, Sir.«

Mr. Crewe zog nachdenklich die Stirn kraus.

»Sagen Sie mir sofort Bescheid, wenn er kommt. Ich möchte nicht, daß Sie ihn unbeobachtet lassen; er ist ein entlassener Sträfling, ich kannte ihn früher einmal – hm –, bevor er ins Gefängnis kam.«

»Sehr wohl, Sir.«

Zehn Minuten verstrichen, dann schlug die kleine Uhr auf dem Kamin halb. Im gleichen Augenblick wurde angeklopft, und der Diener kam mit einem kahlköpfigen kleinen Mann in abgerissenen Kleidern zur Tür herein. Auffallend an ihm waren seine sauber geputzten alten Schuhe und die langen Narben, die sein unrasiertes Kinn verunzierten.

»Hugg – Harry Hugg«, stellte er sich vor.

Mr. Crewe winkte dem Diener, sich zu entfernen.

»Vor zwei Monaten erhielt ich von Ihnen einen Brief«, begann er, nachdem sich die Tür geschlossen hatte. »Ich antwortete damals nicht darauf, weil ich mich nicht auf den Mann besinnen konnte. Seitdem hat sich einiges ereignet ... Ich erinnere mich jetzt – Lane – war es nicht dieser Name?«

Mr. Hugg nickte. Mit hängendem Kopf stand er in der Mitte des Zimmers. Anscheinend waren Mr. Crewe seine Stühle für diesen schmutzigen Menschen zu schade.

»Lane – William Lane – kriegte sieben Jahre für Falschmünzerei ...«, murmelte der kleine Mann verlegen.

»Falschmünzerei?«

»Hat Banknoten gefälscht, und die Polente erwischte ihn dabei. Er bekam sieben Jahre – es war seine erste Straftat. Ein ruhiger Mensch war er – wir lagen beide in demselben Flügel in Dartmoor. Merkwürdigerweise war er die ganze Zeit, die er absitzen mußte, niemals krank oder traurig. Wir waren beide an demselben Tag ins Gefängnis gekommen – ich wurde wegen eines Einbruchs verknackt – und kamen zur gleichen Zeit wieder heraus.« – »Hat er einmal meinen Namen genannt?«

Hugg schüttelte den Kopf.

»Nein, Sir, niemals. Wir gingen beide nach London; ich hatte Verwandte in Reading und lud ihn ein, mit mir zu kommen, denn er hatte kein Zuhause. In Reading erfuhr ich, daß meine Verwandten fortgezogen waren, und wir wanderten weiter auf der Landstraße nach Newbury. Er starb in Thatcham – fiel tot auf der Straße um.«

Er kramte ein Stück Papier aus der Tasche, nach dem Mr. Crewe hastig griff. Es war ein amtliches Dokument, das den Tod William Lanes bestätigte.

»Was mir am merkwürdigsten vorkam, war, daß er kurz, bevor er starb, sagte: ›Harry, wenn mir etwas zustoßen sollte, dann geh zu Mr. Leicester Crewe und sage ihm, er soll nicht die gefiederte Schlange vergessen!‹«

»Die gefiederte Schlange?« Crewe atmete schwer. »Sind Sie sich auch ganz sicher?«

Harry Hugg nickte. »Ich bin mir ganz sicher – und er sagte auch weiter nichts als dies.«

Niemals vorher hatte Crewe sich mit Schlangen beschäftigt, mit gefiederten oder ungefiederten. Nervös ging er im Zimmer auf und ab – es bestand also eine gewisse Verbindung zwischen dem toten William Lane und der phantastischen Warnung ...

»Ist dieser Lane auch wirklich tot?« unterbrach Mr. Crewe plötzlich das Schweigen. »Wissen Sie es auch ganz bestimmt ...? Sie kannten ihn doch?«

»Kannten ihn!« entgegnete Hugg verächtlich. »So gut wie ich meine rechte Hand kenne. Ich war bei ihm, bis sie ihn begraben haben.«

»Hat er irgendwelche Verwandte hinterlassen?«

Hugg schüttelte den Kopf.

»Ich glaube nicht. Als er gestorben war, hat mich diese Sache mit der gefiederten Schlange geradezu beunruhigt. Er war so ernst, als er es mir auftrug – eigentlich gar nicht wie ein Verrückter ...«

Mr. Crewe ging unablässig im Zimmer auf und ab. Diese Karten waren also keine Scherze! Der Überfall auf Ella hatte seine tiefe und unheimliche Bedeutung. Angenommen, Lane wäre noch am Leben – gegen wen würde er etwas unternehmen? Doch nur gegen Ella, Paula Staines, Joe Farmer – und ihn selbst!

Ungeduldig zuckte er die Schultern und sah den früheren Sträfling mißtrauisch an.

»Hat er sonst wirklich nichts gesagt? Hat er nicht Ihnen und Ihren Freunden noch allerhand über mich vorgeflunkert? Hören Sie zu, Hugg – ich werde Ihnen ein hübsches Sümmchen geben, wenn Sie mir die Wahrheit sagen!«

Aber Huggs Gesicht blieb ausdruckslos; er schüttelte nur den Kopf.

»Aber Sir, was sollte er denn auch von einem Gentleman wie Ihnen erzählen? Übrigens war auch er ein gebildeter Mann, nicht so einer wie ich und die andern – er hätte zu unsereinem gar nichts gesagt.«

Crewe zog seine Brieftasche heraus und ließ nachlässig einige Banknoten durch die Finger gleiten.

»Was würden Sie zu hundert Pfund sagen?«

Hugg lächelte schmerzlich.

»Das wäre die Rettung für mich – aber ich kann Ihnen wirklich nichts sagen, obgleich ich wünschte, daß ich es könnte.«

Leicester nahm zwei Noten und reichte sie dem Mann. Er fühlte, daß er die Wahrheit sagte – daß Lane tot war. Aber was hatte es mit der gefiederten Schlange auf sich?

»Hier sind zwanzig Pfund.«

Der kleine Mann steckte das Geld hastig ein.

»Ich habe Ihre Adresse«, fuhr Crewe fort. »Wenn Sie die Wohnung wechseln, dann lassen Sie es mich wissen. Den Totenschein werde ich behalten.«

Als Mr. Crewe nach dem Diener läutete, trat Hugg einen Schritt vor und sagte plötzlich noch etwas recht Unmotiviertes.

»Dieser Lane war ein guter Kerl. Er hat mir in Dartmoor sogar das Leben gerettet ...« In seiner Stimme klang jetzt etwas Herausforderndes.

»Ja, ja, schon gut«, winkte Crewe ungeduldig ab. »Sehr interessant – nun, leben Sie wohl!«

Harry Hugg verließ das Zimmer; er murmelte einige unzusammenhängende Worte vor sich hin.

So war das also. Leicester Crewe richtete sich auf, als ob ihm eine Last von den Schultern gefallen wäre. Lange stand er vor dem Kamin, schaute ins Feuer und dachte über den verstorbenen William Lane nach – ein Gespenst, das ihn die letzten Jahre verfolgt hatte, war nun verschwunden.

Schließlich ging er zum Schreibtisch und drückte auf einen Klingelknopf. Gleich darauf trat Daphne Olroyd in den Raum.

Mr. Crewe schaute sie abschätzend an. Sie war wirklich sehr schön, und er hatte ihr auch schon verschiedentlich zu verstehen gegeben, daß sie ihm gefiel. Zu seinem Ärger hatte sie seine Komplimente bis jetzt allerdings nur sehr kühl quittiert.

»Haben Sie sich die Sache inzwischen überlegt, Miss Olroyd? Die Angelegenheit, die ich noch regeln mußte, ist jetzt – hm – beigelegt. Am 14. dieses Monats möchte ich abreisen. Wir fahren zuerst einige Wochen nach Capri – dann dachte ich daran, nach Istanbul ...«

»Sie werden sich eine andere Sekretärin suchen müssen, Mr. Crewe«, unterbrach sie ihn ruhig.

Er lächelte gezwungen.

»Aber Miss Olroyd – halten Sie es etwa für unschicklich, als meine Privatsekretärin mit mir zu verreisen?«

»Vielleicht«, erwiderte sie trocken. »Auf jeden Fall habe ich keine Lust dazu.«

Er sah sie ungeduldig an, und sie dachte, wie schon oft, daß er in manchen Augenblicken wirklich eine unverkennbare Ähnlichkeit mit einem Geier habe.

»Ist ja alles Unsinn«, erklärte er dann laut. »Mrs. Paula Staines wird uns begleiten.«

Sie schüttelte lächelnd den Kopf.

»Auch das ändert nichts an der Sache«, entgegnete sie.

Er murmelte etwas von Gehaltserhöhung und nannte eine beträchtliche Summe. Mit einer entschiedenen Handbewegung wehrte sie ab:

»Ich habe mir meine Zukunft grundsätzlich anders vorgestellt«, sagte sie. »Außerdem wollte ich Ihnen sowieso mitteilen, daß ich mir eine andere Stelle gesucht habe.«

Leicester Crewe zog ärgerlich die Augenbrauen hoch. Mühsam schluckte er die unliebenswürdigen Worte hinunter, die er schon auf der Zunge hatte, und antwortete in verhältnismäßig freundlichem Ton:

»Tut mir sehr leid, das zu hören – wie heißt denn der glückliche Chef?«

Als sie ihm den Namen genannt hatte, war er auch nicht klüger.

»Danke schön – Sie können gehen.«

Sie war froh, daß sie das Zimmer verlassen konnte.

Er ging mit den Händen auf dem Rücken auf und ab, als sich plötzlich die Tür wieder öffnete und eine Dame in das Zimmer trat. Sie war ungefähr dreißig Jahre alt; man konnte sie nicht gerade hübsch nennen, auf jeden Fall aber hatten verschiedene Kosmetiksalons das Ihre getan, Frisur und Gesicht möglichst attraktiv zu gestalten. Ihr Kleid, selbstverständlich ein Pariser Modell, war von der entsprechend raffinierten Eleganz.

Paula Staines ging zum Kamin.

»Ich habe deine Sekretärin gerade getroffen – sie schien durchaus nicht so zufrieden mit deinem Plan zu sein, wie ich eigentlich erwartet habe.«

»Was heißt nicht zufrieden«, brummte Leicester. »Sie lehnt es rundweg ab mitzugehen.«

Paula Staines lachte leise.

»Das hätte ich nicht gedacht«, entgegnete sie. »Warum heiratest du die junge Dame nicht einfach?«

Er starrte sie verdutzt an.

»Ich bin doch nicht verrückt«, entgegnete er dann grob. »Was führst du eigentlich im Schild? Willst du mich etwa aufs Glatteis führen, um mich später wegen Bigamie anzeigen zu können?«

Sie lachte wieder, diesmal ziemlich hart.

»Wie genau du es in der letzten Zeit mit den Gesetzen nimmst! Wirklich, die Zeiten haben sich geändert. Bigamie! Ich erinnere mich an Tage, an denen dir so kleine Fische nichts ausgemacht hätten, Billy.«

Dann änderte sie plötzlich ihren Ton und trat dicht vor ihn hin.

»Billy, ich habe so ein seltsames Angstgefühl . . .«

Er schaute sie erstaunt an.

»Du fürchtest dich? Was soll das heißen?«

Sie gab einige Zeit keine Antwort; dann schaute sie ihm gerade in die Augen.

»Hat Ella dir eigentlich erzählt, daß sie nicht nur beraubt wurde, sondern daß auch ihr Haus vollständig durchsucht worden ist? Vor allem in ihrem Geldschrank war alles durchwühlt.«

Mr. Crewe biß sich auf die Lippen.

»Das verstehe ich nicht – und gestohlen wurde nichts?«

»Nein, das war ja auch gar nicht beabsichtigt. Daß ihr die unechten Perlen und die Smaragdspange abgenommen wurden, war doch nur ein Trick. Die Räuber suchten nach etwas ganz anderem – und das haben sie auch gefunden!«

»Du gibst Rätsel auf«, erwiderte er. »Was sollen die Beauftragten der gefiederten Schlange denn gesucht haben?«

»Ellas Siegelring«, war die knappe Antwort.

Crewe wurde bleich.

»Der ... Siegelring?« flüsterte er. »Den haben sie ihr abgestreift? Warum hat Ella denn das nicht der Polizei mitgeteilt?«

Ihr Lächeln war jetzt offensichtlich verächtlich.

»Konnte sie denn das?« fragte sie geringschätzig. »Nein, dazu ist Ella viel zu klug. Soll ich dir noch etwas sagen, Billy? Wenn die Perlen und Smaragde echt gewesen wären, hätte man sie zurückgeschickt. Denn der Mann, der in Ellas Haus einbrach, war – William Lane!«

Er lachte so geringschätzig, daß sie stutzte.

»Dann muß er sich dazu extra Urlaub von der Hölle genommen haben«, sagte er wegwerfend. »William Lane starb vor zwei Monaten – ich habe seinen Totenschein in der Tasche!« Er zog ein schmutziges Stück Papier heraus und zeigte es ihr. Sie las es Wort für Wort langsam durch.

»Ich habe es von einem alten Sträfling erhalten, der bei ihm war, als er starb. Diese ganze Sache mit der gefiederten Schlange ist weiter nichts als Einbildung; ich glaube auch das ganze Geschwätz mit dem Siegelring nicht ... Ella ist eine geborene Lügnerin, die nur auf Sensationen aus ist.«

»Warum hat sie es dann nicht dem Zeitungsreporter mitgeteilt? Nein, mein Lieber; Ella ist ja selbst völlig durcheinander.« Sie betrachtete den Schein und seufzte tief. »Danach wäre also die Sache mit William in Ordnung«, meinte sie düster. Als sie noch sprach, klingelte das Telefon auf dem Schreibtisch, und Crewe nahm den Hörer ab. Der Anrufer sprach so schnell, daß er zuerst überhaupt nichts verstand.

»Wer spricht denn?« fragte er ungeduldig.

»Joe – Joe Farmer. Ich muß dringend mit dir reden – habe etwas Wichtiges entdeckt ... Ist Paula bei dir?«

»Ja«, antwortete Crewe. »Was hast du denn herausgefunden?«

»Das Geheimnis der gefiederten Schlange«, war die überraschende Entgegnung. »Na, was sagst du nun ...?«

»Von wo aus sprichst du?«

»Von Tidal Basin – der alten Stelle. Ich habe dort einige Nachforschungen angestellt. In zwanzig Minuten bin ich bei dir – warte auf mich!«

Crewe legte den Hörer auf und teilte Paula den Inhalt des Gesprächs mit.

»Wird doch nicht viel dabei herauskommen«, sagte er zum Schluß verächtlich.

»Unterschätze Joe nicht – hast du etwa vergessen, daß seinerzeit er derjenige war, der den Plan zur Gründung unserer kleinen Interessengemeinschaft ausarbeitete?«

Leicester Crewe antwortete nicht. Es war ihm anzusehen, daß er aufgeregter war, als er zugeben wollte.

»Wenn ich wirklich annehmen würde ...«, begann er.

»Wenn du wirklich annehmen würdest, daß Gefahr im Anzug wäre, würdest du kurzerhand fliehen – das willst du doch sagen, nicht wahr?« unterbrach sie ihn. »Billy, du bist immer noch der alte Feigling. Ich möchte fast wetten, daß du alles für eine Flucht vorbereitet hast.«

»Du brauchst nicht zu denken, daß mir dieser Unsinn mit der gefiederten Schlange so in die Glieder gefahren ist«, widersprach er mürrisch. »Ich habe eben seit einiger Zeit das Gefühl, daß wir Unannehmlichkeiten bekommen werden – und zwar seitdem ich den Brief von diesem früheren Sträfling erhielt.«

»Ja, genau seit der Zeit, als William Lane aus dem Gefängnis entlassen wurde.« Sie sprach seine innersten Gedanken aus. »Aber ich habe mich niemals von William Lane beunruhigen lassen. Erstens ist es nicht leicht, uns zu überführen; zweitens würde so ein Schwächling wie er sich hüten, etwas gegen uns zu unternehmen – und drittens ist er doch schließlich tot, nicht wahr?«

Leicester gab ihr keine Antwort, aber das Streichholz, mit dem er seine Zigarette anzündete, zitterte leicht.

»Du siehst Gespenster, Billy, und machst dir Sorgen um nichts. Wenn du heute abend fliehen solltest – ich würde bestimmt bleiben, nur um zu sehen, was weiter geschieht. Wirklich, ich bin neugierig darauf!«

»Du bist ganz einfach verrückt«, knurrte er gereizt und verfiel wieder in ein langes Schweigen. Sie beobachteten die Zeiger der

Uhr, die langsam vorrückten. Eine Viertelstunde ging vorüber – zwanzig Minuten – dreißig Minuten – dann hörten sie von der Straße herauf das Geräusch eines Wagens und gleich darauf das Anziehen der Bremsen.

»Das ist Joe«, sagte Leicester und sprang auf.

Er ging in die dunkle Halle hinaus und öffnete vorsichtig die Haustür. Als er die Klinke herunterdrückte, schlug ihm die Tür entgegen, als ob sich jemand von außen dagegenstemmte. Er trat einen Schritt zurück – eine dunkle Gestalt fiel mit dumpfem Aufprall vor ihm auf den Teppich.

Crewe sah die Scheinwerfer des Wagens, der anfuhr und gleich darauf verschwunden war – dann hörte er hinter sich Paulas Stimme.

»Was ist los?« fragte sie ängstlich.

»Mach Licht!« rief Leicester. Die Halle wurde hell, und beide starrten schreckerfüllt auf den Boden. Dort lag der Länge nach Joe Farmer – die Füße noch außerhalb der Türschwelle, die linke Hand um eine Karte verkrampft. Leicester Crewe kniete bei ihm nieder, drehte ihn auf den Rücken – und schaute in die weit aufgerissenen starren Augen eines Toten.

Was für eine seltsame Nachricht Joe Farmer auch hatte überbringen wollen – sie war mit ihm verlorengegangen.

5

Offensichtlich hatte man Joe Farmer von hinten niedergeknallt. Leicester schaute ihn noch immer entsetzt an; erst nach einer Weile nahm er mechanisch die Karte aus der Hand des Toten. Wieder die gefiederte Schlange!

Joes Uhr und ein anderer Gegenstand waren bei dem Sturz aus seiner Tasche auf den Boden gefallen. Leicester schaute reglos auf den viereckigen, flachen Geldbeutel, den er nur allzu gut kannte. Was für ein Idiot dieser Joe doch gewesen war. Immer noch hatte er dieses Andenken mit sich herumgetragen! Crewe beugte sich über den Toten, nahm den Geldbeutel und reichte ihn nach hinten.

»Merkwürdig ...., man konnte keinen Schuß hören«, murmelte er. »Nimm das Ding, Paula – wirf es ins Feuer, bevor die Polizei kommt.«

Der Geldbeutel wurde ihm aus der Hand genommen. Er drehte sich nicht um, sondern blickte erst auf, als er eine weiche, erschreckte Stimme hörte:

»Soll ich der Polizei telefonieren ...? Ist er verletzt, Mr. Crewe?«

Daphne Olroyd stand dicht hinter ihm.

»Ach, Sie sind es«, sagte er verwirrt. Dann erst sah er, daß Paula auf einem Stuhl an der Wand saß. Anscheinend war ihr schlecht geworden; sie war kalkweiß, und ihr Gesicht sah plötzlich ganz verfallen aus.

»Bitte ... wenn Sie so freundlich sein wollen ... telefonieren Sie ...«

Als Daphne gerade zum Telefon lief, kam der Diener die Treppe heruntergeeilt. Sie hatte noch ein wenig ausgehen wollen und war nur zufällig Zeugin dieser Tragödie geworden.

Am Telefon berichtete sie dem Beamten auf der Polizeiwache in abgerissenen Worten, daß sich ein Unglück ereignet hätte. Sie hatte dabei das ungewisse Gefühl, daß der Polizeisergeant unbedingt den Eindruck haben müsse, daß sie verrückt sei. Dann erinnerte sie sich plötzlich an den jungen Journalisten und suchte im Telefonbuch die Nummer seiner Zeitung. Die Verbindung mit seinem Büro wurde hergestellt, und gleich darauf hörte sie Peters Stimme:

»Hallo, wer ist dort?«

Ihr Bericht fiel noch verwirrter aus als der Anruf bei der Polizei.

»... eine schreckliche Sache ... ich glaube, der Mann ist tot ... er hat eine Karte in seiner Hand ... können Sie sich an die gefiederte Schlange erinnern?«

»Von wo aus sprechen Sie denn?« unterbrach er sie plötzlich.

»Ich bin in Mr. Crewes Haus. Der Tote heißt Joe Farmer ... es ist furchtbar ...!«

»Ist er wirklich tot? Und hatte er eine Karte mit der gefiederten Schlange in der Hand? Ich komme sofort!«

Sie erschrak. »Aber bitte erzählen Sie Mr. Crewe auf keinen Fall, daß ich Sie benachrichtigt habe.«

»Verlassen Sie sich nur auf mich«, entgegnete er heiter und brach das Gespräch ab.

Sie hörte, daß ihr Name gerufen wurde, und lief schnell die Treppe hinunter.

»Paula ist ohnmächtig geworden – schauen Sie bitte nach ihr!« Crewes Stimme war heiser; es schien Daphne, als ob er selbst dem Zusammenbruch nahe sei.

Um den Toten hatte sich inzwischen das gesamte Hauspersonal versammelt. Einer der Diener, der offensichtlich über Erste Hilfe bei Unglücksfällen Bescheid wußte, untersuchte gerade die Wunde. Sie hörte, wie er sagte: »Mitten durchs Herz!«

Paula lag in der Bibliothek bleich und vollständig kraftlos auf der Couch. Anscheinend war sie schon vor einiger Zeit wieder zum Bewußtsein gekommen, denn als Daphne hereinkam, schaute sie sie starr an.

»Joe ist ermordet worden«, sagte sie dann, bedeckte ihr Gesicht mit den Händen und warf krampfhaft den Kopf hin und her.

Ratlos ging Daphne wieder in die Halle, um Mr. Crewe zu rufen. Seine Augenlider zuckten nervös; er war unfähig, irgendeinen klaren Gedanken zu fassen oder etwas zu unternehmen.

»Es wird am besten sein, wenn Sie gehen«, sagte er schließlich zu ihr. »Nehmen Sie den Küchenausgang durch den Garten; die Polizei wird in wenigen Minuten hier sein.«

»Kann ich Ihnen nicht irgendwie behilflich sein?«

»Behilflich . . .?« entgegnete er heiser. »Was könnten Sie helfen . . . Auf jeden Fall möchte ich nicht, daß Sie hier bleiben. Und dann, Miss Olroyd, wenn die Polizei Sie fragen sollte, ob Farmer hier im Hause ein häufiger Besucher war, dann müssen Sie sagen, daß Sie ihn kaum gesehen hätten. Selbstverständlich habe ich geschäftlich mit ihm zu tun gehabt, aber er war nicht mein Freund – ich habe ihn erst letztes Jahr kennengelernt. Verstehen Sie mich?«

Dann schien er sich plötzlich an ihre frühere Unterhaltung zu erinnern.

»Ach, Sie wollten ja sowieso die Stellung wechseln – dann ist es besser, wenn Sie gleich ganz gehen. Ich werde Ihnen einen Scheck über Ihr restliches Gehalt schicken ...«

Er drängte sie hastig aus dem Raum, und sie stand auf der nebligen Straße, bevor sie noch eine Erklärung für seine außerordentliche Ängstlichkeit finden konnte.

Als Daphne das Grundstück durch einen Seitenausgang verließ, fuhr eben ein Streifenwagen vor. Einige Beamte sprangen heraus; mit knirschenden Bremsen hielten gleich darauf ein Krankenwagen und ein Taxi, aus dem Peter Dewin ausstieg. Sie rief ihn an, und er drehte sich zu ihr um.

»Hallo! Ich hoffte eigentlich, Sie wären schon nicht mehr hier. Was ist denn nun passiert?«

Sie erzählte ihm alles, was sie wußte. Sie war oben in ihrem kleinen Arbeitszimmer gewesen und hatte eben den Mantel angezogen, um nach Hause zu gehen. Als sie das Licht ausdrehte und noch einmal ans Fenster trat, um die Vorhänge zu schließen, sah sie, wie ein Wagen vor dem Tor hielt. Gleich darauf war sie die Treppe hinuntergegangen. Sie hatte vergessen, oben das Licht anzumachen, so daß die Halle im Dunkeln lag. Sie war eben in die Halle getreten, als sich die Haustür öffnete. Dann hörte sie, wie etwas zu Boden fiel und wie Mr. Crewe nach Licht rief – gleich darauf sah sie die reglos ausgestreckte Gestalt auf dem Teppich.

»Ach so – noch etwas!« rief sie plötzlich.

»Was ist?« fragte er.

»Mr. Crewe gab mir diesen Geldbeutel und sagte, daß ich ihn ins Feuer werfen solle. Wahrscheinlich hielt er mich für Mrs. Staines. Würden Sie so liebenswürdig sein und ihm das Ding zurückgeben?«

Er nahm den Geldbeutel aus ihrer Hand und steckte ihn ein. Sein Taxi wartete noch.

»Fahren Sie nach Hause, nehmen Sie gleich den Wagen hier«, meinte er dann.

Er fragte nach ihrer Wohnung. Sie hatte ein kleines Heim in der Nähe der Baker Street; Peter drückte dem Chauffeur einige Silbermünzen in die Hand und nannte ihm ihre Adresse.

»Haben Sie etwas dagegen, wenn ich Sie heute abend noch einmal aufsuche? Oder wohnt die unvermeidliche sittenstrenge Tante bei Ihnen?« erkundigte er sich noch durchs Wagenfenster.

Sie lachte. »Kommen Sie auf jeden Fall – auf Kosten meines guten Rufes. Aber jetzt auf Wiedersehen, ich halte Sie von Ihrer Arbeit ab.«

Er wartete, bis das Rücklicht des Wagens verschwunden war; dann ging er die Treppe zur Haustür hinauf. Sie stand weit offen, und in der hellerleuchteten Halle sah er Oberinspektor Clarke. Der Beamte ging ihm bis zur Treppe entgegen.

»Müssen Sie Ihre Nase unbedingt auch in dieser Angelegenheit haben, Dewin?« sagte er. »Wir haben doch selbst eben erst davon erfahren.«

»Sie wissen doch, daß ich manchmal hellsehen kann«, entgegnete Peter. »Ist er tot?«

Clarke nickte.

»Besser, Sie besuchen mich morgen früh. Jetzt kann ich Ihnen wirklich noch nichts sagen.«

Immerhin besaß Peter schon bedeutend mehr Informationen, als der Oberinspektor ahnte. Er konnte sich den ungefähren Hergang der Tat zusammenreimen und wußte außerdem, daß der Ermordete in Bloomsbury gewohnt hatte. Peter hatte ihn dort schon verschiedentlich interviewt und kannte auch seine alte Haushälterin.

Jetzt galt es vor allem schnell zu handeln, denn Peter hatte die Absicht, die Wohnung Joes unter allen Umständen vor der Polizei zu erreichen. Er mußte irgendeinen Anhaltspunkt finden, der auf den Weg zum Motiv des Verbrechens führte.

Als er vor Joe Farmers Wohnung ankam, wollte die Haushälterin eben die Wohnung verlassen, um ins Kino zu gehen. Sie hatte an diesem Abend Ausgang, und Mr. Farmer hatte ihr außerdem gesagt, daß er erst sehr spät zurückkommen würde.

»Macht gar nichts, Mrs. Curtin«, sagte Peter freundlich. »Ich muß ihn unbedingt sprechen und werde so lange warten, bis er kommt.«

Die alte Frau ließ ihn ohne weiteres ein. Es war durchaus nichts Ungewöhnliches, daß Farmers Freunde in der Wohnung des häufig abwesenden Hausherrn auf ihn warteten; vor allem wußte sie auch, daß Mr. Farmer den Zeitungsreporter stets sehr liebenswürdig empfangen hatte.

Peter wartete, bis sich die Haustür hinter der alten Frau geschlossen hatte, und begann dann eine schnelle Durchsuchung der Räumlichkeiten. Die Wohnung bestand aus vier Zimmern und einer Küche, die sich alle um einen Korridor gruppierten. Dieser führte zu einem kleinen Vorraum und der Haustür.

Der größte Raum der Wohnung – Farmers Arbeitszimmer – war mit viel Geld und wenig Geschmack eingerichtet. In der einen Ecke stand ein einfacher Büroschreibtisch mit Rolläden, der in sehr merkwürdigem Gegensatz zu den Stilmöbeln der übrigen Einrichtung stand. Der Schreibtisch war verschlossen, aber schon der erste kleine Schlüssel, den Peter der reichhaltigen Auswahl seines Schlüsselbundes entnahm, paßte in das Schloß. Er öffnete und durchsuchte systematisch sämtliche Schubladen. Anscheinend war Farmer ein Mann gewesen, der ordentlich und methodisch gearbeitet hatte. Peter fand Aktenordner, die Abrechnungen über Farmers verschiedene Nachtlokale und andere Unternehmungen enthielten; am meisten interessierte ihn aber eine Schublade, die allem Anschein nach später eingebaut worden sein mußte. Sie war mit einem Patentschloß gesichert, aber Peter hatte heute seinen glücklichen Tag, denn der Schlüssel steckte im Schloß. Wie sich später herausstellte, hatte Joe Farmer gerade an diesem Tag den Inhalt der Schublade kontrolliert.

Peter schloß auf und zog eine Metallkassette heraus, die nicht verschlossen war. Er hob den Deckel auf – der Inhalt bestand lediglich aus zwei zusammengefalteten Papieren. Er faltete sie auseinander und betrachtete sie. Das erste Blatt zeigte offensichtlich einen Grundriß für einen großen Block von Arbeiterwohnungen. Peter brummte mißmutig; er wußte, daß Joe Farmer seine Hand in vielen Bauunternehmungen gehabt hatte.

Das zweite Schriftstück bestand aus zwei zusammengehefteten Blättern Papier, die mit Seite 3 und 4 numeriert waren. Die Seiten 1 und 2 fehlten. Aus dem Text ging ohne weiteres hervor, daß dies ein amtliches Aktenstück war, anscheinend eine Zeugenaussage bei einem Verhör. Peter las:

»*Der besagte William Lane war mir als ein Mann bekannt, der Falschgeld vertrieb. Ich traf ihn zum erstenmal in dem Gasthaus ›Rose und Krone‹, das ich gepachtet hatte. Er erzählte mir, daß er früher Matrose gewesen und noch nicht oft nach England gekommen sei. Dann fragte er mich, ob ich nicht Falschgeld von ihm kaufen wolle. Er sagte mir, daß er selbst Drucker sei und mir jede beliebige Menge falscher Pfundnoten liefern könne. Er habe bereits zwanzig Stück davon ausgegeben, ohne daß jemand Verdacht geschöpft hätte. Ich dachte, er mache einen Scherz, und erwiderte, daß ich gar nicht daran denken würde, so etwas zu tun. Er lachte und sprach von etwas anderem. Zwei Tage später kam er dann in ein Lokal, das im Westend liegt und auch mir gehört, und fragte den Barmixer, ob er ihm nicht eine Fünfpfundnote wechseln könne. Mein Angestellter, der William Lane kannte, berichtete mir abends den Vorfall. Als ich meine Abrechnung machte, untersuchte ich den Geldschein genau. Er schien mir völlig echt zu sein, aber ich legte ihn trotzdem am nächsten Morgen in meiner Bank vor. Der Kassierer prüfte ihn und sagte, daß es eine Fälschung wäre und daß in den letzten Tagen schon mehrfach ähnliche Noten eingegangen seien. Ich brachte den Schein sofort zu Inspektor Bradbury und erzählte ihm von meiner Unterredung mit William Lane. Einige Tage später erhielt ich von der Polizei eine Benachrichtigung, daß die Wohnung William Lanes durchsucht worden sei. Man hatte dort eine Presse, Druckmaschinen und Falschgeld gefunden. Bei der Gegenüberstellung sagte der Gefangene aus:*

Es sei nicht wahr, daß zwischen William Lane und Farmer eine Unterhaltung über den Verkauf von Falschgeld stattgefunden habe. Es würde auch nicht stimmen, daß William Lane eine falsche Fünfpfundnote zum Wechseln vorgelegt habe.

Nachdem er noch einmal vom Staatsanwalt befragt worden war:

Es ist nicht richtig, wenn Lane behauptet, daß er sein Freund war. Er hat höchstens zwei- oder dreimal mit ihm gesprochen und kannte ihn nur als einen Gast der ›Rose und Krone‹.«

*

Hier endete das Aktenstück, das ganz offensichtlich nicht vollständig war; schließlich fand er auf einer Rückseite noch eine Bleistiftnotiz in Joes Handschrift:

»*Ich bin sicher, daß dieser Mann William Lane war, weil über sein linkes Handgelenk die Narbe einer alten Schnittwunde lief, die ihm nach seiner Erzählung einmal ein Neger auf einem Schiff beigebracht hatte.*«

Am unteren Rand des Blattes standen noch zwei Zeilen, mit blauem Farbstift geschrieben:

»*A. Bone starb am 14. Februar. Harry, der Barmann, 18b Calle Rosina, B. A., sehr krank.*«

Peter Dewins Augen glänzten. Ohne Zögern faltete er die Papiere wieder zusammen, steckte sie in seine Tasche und wollte den Bauplan eben in die Schublade legen, als er den Namen des Architekten und das Datum las. Warum hatte Joe Farmer diesen Plan so lange aufgehoben? Ohne Gewissensbisse schob Peter auch den Plan in seine Tasche. In diesem Augenblick hörte er ein Klopfen an der Haustür. Er schaute sich schnell noch einmal im Zimmer um, schob dann die Rolljalousie des Schreibtisches hoch und schloß ab, bevor er Oberinspektor Clarke die Haustür öffnete. Das Gesicht des Beamten zog sich merklich in die Länge, als er den Reporter erblickte.

»Donnerwetter, Sie verlieren aber wirklich keine Zeit«, sagte er. »Wer ist außer Ihnen hier in der Wohnung?«

»Niemand«, entgegnete Peter gelassen. »Die Haushälterin ist ins Kino gegangen – sie schaut sich den neuesten Kriminalfilm an.«

»Hören Sie mit dem Blödsinn auf!« Oberinspektor Clarke betrat die Wohnung, seine Beamten folgten ihm. »Haben Sie etwa schon hier herumgeschnüffelt und etwas gefunden?«

»Ich bin erst vor ein paar Minuten gekommen«, log Peter frech drauflos, »und ich überlegte eben, ob ich hier nicht etwas mitgehen lassen könnte, als ich durch Ihr Klopfen wieder auf den Pfad der Tugend zurückgeführt wurde.«

Clarke brummte etwas Unliebenswürdiges und begann dann mit der Durchsuchung der Räume. Peter ging bescheiden hinter ihm her.

»Vermutlich haben Sie diesen Schreibtisch geöffnet und jedes Papier angesehen«, sagte der Inspektor, während er geschickt das Schloß aufdrückte und die Schubladen herauszog. Dann bückte er sich und hob einen Blaustift vom Boden auf. »Ist der Ihnen aus der Tasche gefallen?« erkundigte er sich ironisch.

Peter wurde klar, daß die Notiz auf der Rückseite des einen Blattes erst kürzlich geschrieben worden war. Es war ein neuer Farbstift, frisch angespitzt. Die Holzspäne lagen auf dem Teppich, und das offene Federmesser auf dem Tisch zeigte blaue Spuren.

»Keine Spur von gefiederten Schlangen, wie?« meinte Clarke, als er seine Untersuchung beendet hatte. Dann ließ er sich dazu herbei, Peter einige Informationen zu geben.

»Farmer wurde mit einer automatischen Pistole erschossen, die wahrscheinlich einen Schalldämpfer hatte – wir fanden eine leere Patronenhülse mitten auf dem Gartenweg. Er hatte ein Taxi benutzt; der Wagen wurde an der Ecke des Grosvenor Square gesehen und bog dann in die Grosvenor Street ein. Mr. Crewe gab an, es sei ein kleiner Wagen gewesen, aber seine Beschreibung stimmt nicht mit der anderer Zeugen überein. Der Mann, der Farmer tötete, fuhr in diesem Auto mit – vielleicht war es der Chauffeur selbst. So, das können Sie veröffentlichen, Peter. Sie dürfen aber nicht schreiben, daß Farmer noch eine halbe Stunde vor seinem Tod mit Crewe telefonierte – ich erzähle Ihnen das nur deshalb, weil Sie es wahrscheinlich doch erfahren werden. Farmer sagte, daß er etwas über die gefiederte Schlange in Erfahrung gebracht habe und Crewe aufsuchen wolle, um es ihm mitzuteilen.«

»Wie kam es eigentlich, daß sich die beiden für die gefiederte Schlange interessierten?« fragte Peter. Der Oberinspektor sah ihn nachdenklich an.

»Wollen Sie mich bluffen? Sie wissen doch ganz genau, daß Crewe und Farmer diese mysteriösen Karten erhielten. Wie erklärt man sich die Geschichte eigentlich auf Ihrer Redaktion?«

»Wir haben die Sache bis jetzt nicht ernst genommen – es sah zu sehr nach Sensationsmache aus. Daß so etwas in Wirklichkeit nicht passiert, das wissen Sie doch am besten, Clarke.«

»Dafür hat sich dieser Mord wirklich zugetragen«, entgegnete Clarke grimmig.

Als sie zusammen zum Bloomsbury Square gingen, schaute er Peter immer noch ab und zu argwöhnisch von der Seite an und fragte schließlich:

»Haben Sie wirklich nichts gefunden?«

»Bestimmt nichts, was der Polizei irgendwie von Nutzen sein könnte«, erwiderte Peter prompt.

»Das heißt also, daß Sie mich irgendwie aufs Glatteis führen wollen. Es wäre eigentlich meine Pflicht, Sie auf die Polizeiwache zu bringen und Ihre Taschen vollständig durchsuchen zu lassen.«

Als Peter in seinem Büro am Schreibtisch saß, war er sich schon klar darüber, wie er die Reportage über das Verbrechen abfassen wollte. Es waren inzwischen auch einige weitere Details der Zeugenaussagen gemeldet worden, und schließlich war der Bericht, den er den Lesern seiner Zeitung vorsetzte, derselbe, der am nächsten Morgen in jedem anderen Blatt zu lesen war.

Für gewöhnlich verbrachte Peter sein Wochenende in einem kleinen Landhaus an der Goldaming Road. Gern hätte er auch diesmal die Gelegenheit wahrgenommen, in ländlicher Abgeschiedenheit über die verschiedenen Probleme nachzudenken, die sich ergeben hatten; aber diesmal konnte er sich beim besten Willen kein Wochenende gönnen. Für seine Verhältnisse ziemlich aufgeregt und bestürzt, fuhr er schließlich nach seiner Wohnung in Bayswater.

Wie Peter aus langer Erfahrung wußte, war ein Mord fast immer eine sehr prosaische und unromantische Angelegenheit. Zum ersten Male hatte er hier über eine Tat zu berichten, die etwas geradezu Phantastisches an sich hatte.

Er saß auf dem Rand seines Bettes und zog seine Schuhe aus, als ihm plötzlich der kleine Geldbeutel einfiel, den ihm Daphne gegeben hatte. Er zog ihn aus der Tasche; es war eigentlich mehr ein flaches Etui aus weichem Leder, die Klappe wurde durch einen Druckknopf festgehalten. Im Innern fühlte er einen harten Gegenstand; als er öffnete, fand er einen Schlüssel, an dem ein Streifen Pappe hing.

Der Schlüssel gehörte anscheinend zu einem Patentschloß. Er war sehr klein und trug oben am Griff die Nummer 7916.

Daneben schien noch etwas eingraviert gewesen zu sein, war dann aber ziemlich nachlässig wieder weggekratzt worden.

Er betrachtete den Pappstreifen, auf dem zwei Reihen Buchstaben standen:

F. T. B. T. L. Z. S. Y.
H. V. D. V. N. B. Z. A.

Entweder waren es Codeworte, oder es war der Schlüssel zu einer Geheimschrift. Die Pappe war ziemlich alt; die mit Tinte geschriebenen Buchstaben begannen bereits zu verblassen. Weiter fand sich nichts mehr in dem Geldbeutel, und Peter wollte ihn gerade wieder in seine Tasche stecken, als er aus irgendeinem Grund, über den er sich selbst nicht im klaren war, seine Meinung änderte und ihn unter sein Kopfkissen legte. Dann zog er sich aus und ging ins Bett. Todmüde schlief er sofort ein.

6

Ein leichter Stoß gegen seine eiserne Bettstelle weckte ihn plötzlich auf. Durch die Spalten der Rolläden vor dem Fenster schimmerten Streifen gelblichen Lichts von der Straßenlaterne draußen.

Er richtete sich auf. Die Tür seines Zimmers stand offen – er konnte das Fenster sehen, das auf der andern Seite des Ganges lag, seiner Zimmertür gegenüber. Angestrengt lauschte er und hörte plötzlich hastiges Atmen. Jemand stand dicht neben ihm!

Vorsichtig tastete Peter nach der kleinen Taschenlampe, die stets auf seinem Nachttisch lag. Er knipste sie an und sprang aus dem Bett. Unklar erkannte er im Lichtkegel seiner Lampe eine zum Sprung geduckte Gestalt, deutlich sah er einen gesenkten Kopf mit stark gelichtetem grauen Haar. Im gleichen

Augenblick bekam er schon einen so heftigen Schlag auf die Schulter, daß er die Lampe fallen ließ. Gleich darauf war er mit dem Einbrecher in einen heftigen Ringkampf verwickelt; mit Mühe machte er sich frei und holte zu einem kräftigen Stoß aus – stieß aber nur in die Luft. Dann krachte die Tür zu, und jemand drehte von außen den Schlüssel um. Das ganze Haus kam in Aufruhr, Peter hörte eilige Schritte auf der Treppe und begann an die Tür zu hämmern.

Es dauerte einige Zeit, bis einer der aufgeregten Hausbewohner den Hausmeister geholt hatte, der mit seinem Hauptschlüssel aufschloß. Der ganze Raum war in Unordnung; der Einbrecher hatte Peters Jackett mitgenommen; seine Hosentaschen waren umgestülpt und ihr Inhalt verschwunden. Seltsamerweise hatte der Dieb zwar Taschenuhr und Kette aus der Weste gezogen, aber auf dem Tisch zurückgelassen.

Nach kurzer Untersuchung war es Peter klar, wie der Einbrecher entkommen war. Das Fenster auf dem Korridor stand weit offen, und da es nicht allzu hoch über dem flachen Küchendach lag, war es leicht, von hier aus die Hofmauer und die Straße zu erreichen.

Der Morgen dämmerte bereits, als sich Peter zusammen mit einigen andern Bewohnern der Pension ins Eßzimmer setzte und Kaffee trank, den die erschrockene Pensionsinhaberin schnell gekocht hatte. Zu Peters großem Ärger bestand sie darauf, die Polizei zu holen. Er selbst war fest davon überzeugt, daß er das zufällige Opfer eines armseligen Diebes geworden war, der sich nur deshalb sein Zimmer ausgesucht hatte, weil es dem Flurfenster gerade gegenüber lag. Diese Meinung setzte er auch dem Kriminalbeamten auseinander, der bald darauf ankam.

»Können Sie mir dann vielleicht auch sagen, warum der Einbrecher zwar Ihr Jackett gestohlen, Ihre goldene Uhr aber liegengelassen hat?« entgegnete der Beamte trocken.

Peter konnte als Antwort nur mit den Schultern zucken. Einige Stunden darauf wurde das Jackett von einer Polizeistreife in einem benachbarten Hof gefunden. Man sah deutlich, daß die Taschen durchsucht worden waren – trotzdem befand sich in der einen noch Peters silbernes Zigarettenetui.

Peter begann sich ernstlich den Kopf zu zerbrechen, aber die Lösung des Rätsels fiel ihm erst ein, als er zufällig das Kopfkissen seines Bettes umdrehte und den kleinen Geldbeutel sah. Es wurde ihm plötzlich klar, daß der nächtliche Besucher nur nach diesem Gegenstand gesucht haben konnte. Nicht im entferntesten hätte er daran gedacht, daß letzten Endes Daphne Olroyd für diesen nächtlichen Besuch verantwortlich sein könnte!

7

Daphne Olroy hatte Peters scherzhafte Ankündigung, daß er sie besuchen wolle, ernstgenommen und bis ein Uhr nachts auf ihn gewartet. Sie war schließlich in ihrem Sessel eingenickt und schreckte erst bei einem leichten Kältegefühl auf – ihr Feuer war ausgegangen, und sie begann sich selbst Vorwürfe zu machen, daß sie so dumm gewesen war, so lange zu warten.

Sie zog sich aus und schlüpfte gerade in ihren Schlafanzug, als die Türklingel schrillte. Hastig warf sie ihren Morgenrock über und ging zur Tür, da sie glaubte, daß es Peter sei. Als sie aber geöffnet hatte, starrte sie den späten Besucher verwundert an – es war Mr. Leicester Crewe. Sie erkannte ihn kaum, so bleich und verfallen war sein Gesicht.

»Kann ich Sie einen Augenblick sprechen?« fragte er ohne ein weiteres Wort der Entschuldigung.

Sie war so erstaunt, daß sie – eigentlich ganz gegen ihren Willen – nickte und ihn hereinließ. Er folgte ihr ins Wohnzimmer.

»Wo ist der Geldbeutel?« Er sprach so grob, daß sie erschrak. Sie sah, wie seine Hand zitterte, als er sich über das Gesicht fuhr.

»Der Geldbeutel?«

Sie wußte einen Augenblick lang wirklich nicht, was er meinte. Plötzlich erinnerte sie sich wieder an den Vorfall.

»Meinen Sie das Ding, das Mr. Farmer gehörte?«

Er nickte nervös.

»Ich habe jetzt keine Zeit, Ihnen die ganze Sache auseinanderzusetzen ... Ich dachte, ich hätte ihn Mrs. Staines gegeben, erst später fiel mir ein, daß Sie hinter mir standen. Wo haben Sie den Geldbeutel?«

Sie zuckte hilflos die Schultern und sah die Enttäuschung auf seinem Gesicht.

»Haben Sie ihn etwa der Polizei gegeben?« fragte er mit heiserer Stimme.

»Ich gab ihn Mr. Dewin ...«

»Dem Reporter? Warum haben Sie das gemacht?« fuhr er sie ärgerlich an.

»Ich bat ihn, den Geldbeutel der Polizei auszuhändigen«, erwiderte sie. »Sie haben mich doch so schnell fortgeschickt – und ich traf ihn draußen vor dem Haus. Hat er ihn nicht abgegeben?« Sie war jetzt selbst so aufgeregt, daß ihr Gedächtnis sie im Stich ließ.

Ein tödliches Schweigen folgte. Leicester Crewe war sich völlig klar darüber, daß der Geldbeutel bei Oberinspektor Clarke nicht abgeliefert worden war, denn er hatte gesehen, wie der Inhalt der Taschen des Toten auf seinem Schreibtisch ausgebreitet und von einem Polizeibeamten einzeln registriert wurde.

»Haben Sie – den Geldbeutel geöffnet ... hineingesehen?« fragte er plötzlich.

»Nein, ich habe ihn nur Mr. Dewin gegeben. Aber ich nehme an, daß ein Schlüssel drin war – ich fühlte es von außen. Auf keinen Fall hätte ich den Geldbeutel geöffnet, ich bin nicht neugierig! Außerdem hätte ich auch gar keine Zeit dazu gehabt.«

Sein hageres Gesicht verzerrte sich vor Wut.

»Wie kommen Sie denn dazu, den Geldbeutel dem Reporter zu geben? Ich finde es einfach unerhört ... Natürlich – es war ja eigentlich nichts von Bedeutung, nur ... Schließlich hätten Sie doch mich zuerst fragen sollen, Farmer wollte mir ihn zur Aufbewahrung übergeben. Können Sie sich eigentlich noch daran erinnern, was ich zu Ihnen sagte?«

Sie wollte ihm schon entgegnen, daß er ihr den Auftrag gegeben hatte, den Geldbeutel ins Feuer zu werfen – aber dann gehorchte sie einer inneren Stimme und schüttelte nur den Kopf. Die Lüge fiel ihr um so schwerer, als er sie mit scharfen, mißtrauischen Blicken fixierte.

»Wo wohnt dieser Dewin?« – »Keine Ahnung – Sie können seine Adresse aber sicher im Telefonbuch finden.«

»Sie haben ihm doch nicht etwa gesagt, daß ich Ihnen aufgetragen habe, die Börse zu verbrennen? Es stimmt doch auch, daß Sie sich auf meine Worte nicht mehr besinnen können, wie?«

Der Mann war vollständig fassungslos; er konnte nicht mehr logisch denken und sprechen. Von neuem las sie in seinem Gesicht grauenhafte Furcht, die sich allmählich auch ihr mitteilte. Als er sah, wie ängstlich sie ihn beobachtete, gewann er allmählich seine Selbstbeherrschung zurück und sah sich flüchtig im Zimmer um.

»Hier wohnen Sie also? Nicht gerade sehr luxuriös!« meinte er in seinem alten, arroganten Ton. »Nun, ich werde jetzt wieder gehen – tut mir leid, daß ich Sie gestört habe, Miss Olroyd.«

Bis zu diesem Augenblick schien er nicht daran gedacht zu haben, mit wem er eigentlich sprach.

»Sind Sie nicht doch noch zu der Überzeugung gekommen, daß es besser wäre, bei mir zu bleiben?« fuhr er fort. »Ich verreise bald – schon nächste Woche. Die Sache mit Farmer ist mir auf die Nerven gefallen, und ich werde voraussichtlich längere Zeit fortbleiben. Den Winter über bin ich wohl in Afrika ...«

Sie ging aus dem Zimmer, öffnete die Haustür und machte damit der Unterredung ein Ende.

»Ich sehe Sie doch morgen wieder?« erkundigte er sich unverfroren. »Sicher wundern Sie sich, daß ich so viel Aufhebens um diesen alten Geldbeutel mache, aber es handelt sich um ...«

Das Denken fiel ihm immer noch schwer, und er konnte im Augenblick beim besten Willen keinen glaubwürdigen Grund für seine Ängstlichkeit finden. Schließlich murmelte er noch etwas über wichtige Schlüssel und sensationshungrige Zeitungsreporter, bevor sie endgültig die Tür hinter ihm schloß.

Sein Wagen stand vor dem Haus; er stieg ein und fuhr zurück. Als er in sein Arbeitszimmer kam, fand er dort Paula Staines und Ella Creed, die von den Ereignissen der Nacht sehr mitgenommen waren. Paula lag halb schlafend auf dem Sofa; Ella stand vor dem Kamin und starrte düster in die Flammen. Sie drehte sich um, als er eintrat.

»Hast du den Schlüssel?« fragte sie schnell.

»Welchen Schlüssel?« knurrte er unwillig.

»Benimm dich nicht so idiotisch, Billy«, erwiderte die Schauspielerin ärgerlich. »Du bist doch schließlich nur deshalb fort gewesen, um den Geldbeutel mit dem Schlüssel zu holen! Hatte Daphne ihn noch?«

»Sie hat ihn Dewin gegeben – dem Reporter.«

Ella biß sich auf die Lippen.

»Was? Dewin, diesem Kerl, der seine Nase in alles stecken muß? Nun sitzen wir erst recht in der Tinte!«

»Was ist denn los?« fragte Paula, die aus ihrem Halbschlaf hochgefahren war. »Hast du den Schlüssel, Billy?«

Ella Creed lachte höhnisch.

»Miss Olroyd hat ihn Dewin gegeben! Ausgerechnet Dewin! Der arme alte Joe hat immer gesagt, daß er der hartnäckigste Spürhund in ganz London ist und vier richtige Kriminalbeamte aufwiegt – und ausgerechnet der muß den Schlüssel haben!«

»Sei ruhig!« fuhr Leicester sie böse an und schaute vom Telefonbuch auf, in dem er nach Dewins Adresse suchte. »Konnte ich vielleicht wissen, daß Daphne hinter mir stand? Ich dachte eben, es sei Paula.«

Ella warf ihm einen verächtlichen Blick zu.

»Hast du nie daran gedacht, daß es durchaus möglich ist, daß deine hübsche Miss Olroyd für die gefiederte Schlange arbeitet? Du hättest sie längst hinauswerfen sollen – schon vor Monaten, damals, als ich es dir sagte!«

Leicester Crewe gab ihr keine Antwort. Er fuhr mit dem Finger eine Namensspalte entlang. Plötzlich hielt er an.

»Hier steht es. Peter Dewin, Journalist, 49 Harcourt Gardens (Pension), Bayswater.«

Er kritzelte die Adresse auf ein Stück Papier und klappte das Buch zu.

»Was hast du vor?« fragte Paula.

»Ich werde den Schlüssel wieder besorgen – das ist momentan das Wichtigste.«

»Meinst du nicht, daß es am besten ist, wenn du einfach hingehst und ihn nach dem Geldbeutel fragst?« meinte Ella.

»Ihn einfach danach fragen!« explodierte Crewe. »Was würde der wohl Clarke für eine Geschichte erzählen, wenn ich ihn wegen eines Geldbeutels, der aus Joes Tasche fiel, mitten in der Nacht aus dem Schlaf aufstörte? Und was würde Clarke mir erzählen, wenn ich ihm berichtete, daß der Geldbeutel nicht mehr da sei?«

Fluchend verließ er das Zimmer und kam nach zehn Minuten zurück. Er hatte sich umgezogen und trug jetzt einen dunklen Anzug und einen dunklen Schal.

»Ich weiß nicht, ob es mir gelingt, den Schlüssel wieder zu beschaffen – auf jeden Fall werde ich es aber versuchen. Am besten, ihr wartet hier, bis ich zurückkomme; falls die Sache mißlingt, müssen wir sofort einen anderen Plan fassen. Sollte der Schlüssel in die Hände der Polizei gelangen, kommt die ganze Geschichte heraus – und bevor dann die Bombe platzt, möchte ich lieber ein paar tausend Meilen zwischen mir und London wissen.«

Die beiden Frauen hörten, wie die Haustür zuschlug. Ella stocherte böse mit einem Schüreisen im Kamin.

»Was ist nur mit Billy los, daß er so völlig seine Selbstbeherrschung verloren hat? Er ist wirklich ein Angsthase. Nehmen wir doch einmal an, sie wüßten es – welche Beweise haben sie dann gegen uns? Und was für eine Anklage könnten sie gegen uns erheben?«

Paula Staines klopfte sorgfältig eine Zigarette auf dem Deckel ihres Bernsteinetuis ab und zündete sie an, bevor sie antwortete:

»Billy hat schon recht – die größte Gefahr kommt von dieser gefiederten Schlange. Ich wünschte nur, daß ich nicht selbst so nervös wäre – ich kann einfach nicht mehr in Ruhe überlegen ... Übrigens ist es eigentlich sonderbar – ich habe doch immer die verrücktesten Dinge gezeichnet, du kennst ja meine Vorliebe dafür, aber es wäre mir niemals eingefallen, eine gefiederte Schlange aufs Papier zu bringen.«

Ella sah sie mit einer gewissen Neugierde und Bewunderung an.

»Muß doch eigentlich sehr schön sein, wenn man so zeichnen kann wie du. Wo hast du das eigentlich gelernt?«

Paula blies einen Rauchring zur Decke und wartete, bis er sich aufgelöst hatte.

»Mein Vater unterrichtete mich darin – und manchmal wünsche ich, er hätte es nicht getan«, erwiderte sie ironisch. Aber plötzlich änderte sie ihren Ton. »Kannst du denn auch keine Lösung finden, Ella? Erinnerst du dich nicht an irgend etwas, das darauf hindeutet, daß Lane mit der gefiederten Schlange zu tun hatte?«

»Lane – dieser dumme Kerl?« entgegnete Ella geringschätzig. »Der ist doch glücklicherweise tot.«

Sie zog die Brauen zusammen.

»Ich wünschte nur, daß nicht ausgerechnet Dewin mit der Sache zu tun hätte. Er ist einer der findigsten Reporter – und außerdem erlauben sich diese Journalisten Dinge, die die Polizei nicht wagen würde ... Was war das?« Man hörte ein schwaches Klingeln und gleich darauf die Schritte des Dieners, der aufgeblieben war. Die Haustür wurde geöffnet, gedämpft klangen Stimmen herüber. Dann kam der Diener ins Zimmer.

»Draußen ist ein Mann – er heißt Hugg –, der Mr. Crewe sprechen will.«

Die beiden Frauen sahen sich einen Augenblick bedeutungsvoll an.

»Es ist gut, lassen Sie ihn herein.«

Als der Diener gegangen war, erhob sich Paula von ihrer Couch und ging quer durch das Zimmer zum Kamin.

»Der Mann, der an Billy schrieb«, flüsterte sie. »Der Sträfling, der bei Lane war, als er starb.«

Mr. Hugg trat unsicher ins Zimmer, er lächelte ziemlich verlegen und sah so aus, als ob er sich entschuldigen wolle, daß er überhaupt geboren sei. Sein glasiger Blick und sein leises Schwanken ließen vermuten, daß er getrunken hatte.

»Verzeihen Sie vielmals – ist Mr. Crewe hier?« fragte er.

»Nein, Mr. Crewe ist ausgegangen ... Sind Sie nicht der Mann, der bei William Lane war, als er starb?«

»Ganz richtig, meine Dame«, entgegnete Hugg. »Gerade deshalb will ich ja mit Mr. Crewe sprechen ... Ich habe ihn wiedergesehen!«

Paula starrte den kleinen Mann mit weitaufgerissenen Augen an.

»Ihn wiedergesehen?« wiederholte sie langsam. »Wen?«

»William Lane«, entgegnete Hugg.

»Der Kerl ist also nicht tot!« rief Ella dazwischen.

Mr. Hugg schüttelte nachdrücklich den Kopf.

»Natürlich ist er tot, darauf können Sie Gift nehmen, ich habe ihn ja damals sterben sehen – er ist tot«, erklärte er ohne Zögern. »Was ich heute abend sah, war sein Geist – er saß in einem Taxi, das in der Edgeware Road hielt. Ich ging zu ihm hin und sprach ihn an ... Ich sagte: ›Du bist doch William Lane, der mit mir zusammen im Kittchen saß – in der Abteilung D in Dartmoor?‹ und er sagt ›ja‹. Hat nicht einmal geleugnet, daß er tot ist! Ich sage dann: ›Ich muß mich wirklich sehr über dich wundern, William, daß du hier mit einem Auto herumfährst, obwohl du doch in Thatcham überfahren wurdest.‹«

Er schwankte noch heftiger, und Ella sah jetzt, was mit ihm los war.

»Sie sind ja betrunken«, fuhr sie ihn an.

Mr. Hugg schüttelte wehleidig den Kopf.

»Ich habe nur ein paar Gläschen auf nüchternen Magen gekippt«, verteidigte er sich. »Betrunken? Niemals, mein Fräulein – nur ein wenig die Gurgel geschmiert. Und ich war durchaus nicht betrunken, als ich William sah!«

»Haben Sie den Vorfall etwa der Polizei gemeldet?« erkundigte sich Ella schnell.

Mr. Hugg lächelte verächtlich und sah sie vorwurfsvoll an.

»Glauben Sie denn, daß ich jemand verpfeife, der womöglich von der Polente gesucht wird? Allerdings weiß ich nicht, ob er sich nach seiner Entlassung aus dem Gefängnis auch noch als Geist bei der nächsten Polizeiwache melden muß.

Ich fragte ihn dann, wie es ihm so ginge«, fuhr der betrunkene Hugg fort, wobei er sehr ernst und feierlich dreinschaute. »Und er sagte mir, er wäre gerade unterwegs, um einen Mann abzufangen, der ihm übel mitgespielt habe – einen Kerl, dessen Namen er früher im Gefängnis schon immer im Schlaf genannt hat – Bill oder Beale, so was Ähnliches, einen Kerl, der ihm einen Streich mit einer Schlange gespielt hat – verstehen Sie, einer richtigen Schlange.«

»Meinen Sie die gefiederte Schlange?« fragte Paula.

Er nickte bedächtig und schwankte wieder.

»Dieser Kerl, dieser Beale hat einen Haufen Geld ..., dann fragte ich ihn, ob er nicht Harry, den Vagabunden, gesehen habe. Denken Sie sich nur, meine Damen, den habe ich nach dem Unglück nicht mehr getroffen – ich lag nämlich im Krankenhaus ...«

Er sprach völlig zusammenhanglos weiter, bis ihn Ella unterbrach.

»Es wird besser sein, wenn Sie morgen früh noch einmal herkommen und mit Mr. Crewe sprechen.« Plötzlich kam ihr ein Gedanke. »Wo wohnen Sie?«

Er nannte ihr seine Adresse – ein billiges Absteigequartier –, die sie sich notierte.

Paula schloß die Tür hinter ihm. Die Aufregung war ihr deutlich anzusehen.

»Das verstehe ich ganz und gar nicht«, sagte sie. Ella lachte.

»Aber ich bitte dich, er ist vollständig betrunken! Er kam doch nur deshalb hierher, um mit dieser im Suff erfundenen Geschichte aus Billy noch mehr Geld herauszulocken. Wir haben doch den Totenschein gesehen!«

Paula zuckte die Schultern. Sie wußte aus Erfahrung, daß es keinen Zweck hatte, sich mit Ella zu streiten.

Ella sah gerade aufmerksam in den Spiegel. »Morgen werde ich zehn Jahre älter aussehen – und dabei muß ich in zwei Vorstellungen auftreten. Hoffentlich läßt uns Crewe nicht mehr so lange warten.«

»Der arme alte Joe«, meinte Paula nach einer kleinen Pause.

»Er hat es ja selbst so gewollt!« Ellas Stimme klang schon wieder gereizt. »Warum muß er auch unbedingt der gefiederten Schlange nachspüren? Ich wette, daß es Joe nur deshalb ans Leder ging. Außerdem war er natürlich in mehr üble Geschäfte verwickelt, als gut war, und hatte sehr viele Feinde. Sicher war der Täter jemand, den er früher einmal übers Ohr gehauen hat.«

»Dein Charakter läßt wirklich nichts zu wünschen übrig, Ella!« Paula sah sie gelassen an. »Gerade du hättest doch eigentlich allen Grund dazu, vorsichtig zu sein – und auch nicht zu viel Schlechtes über Joe zu sagen.«

»Meinst du?« Ella wandte sich hastig um. »Ich habe mich schließlich schon seit Jahren bemüht, von Joe loszukommen!«

»Du hättest dich ja ohne weiteres von ihm scheiden lassen können!«

»Mich von Joe scheiden lassen!« fuhr Ella hoch. »Glaubst du denn, daß ich es auch noch in den Zeitungen lesen wollte, daß ich mit einem solchen Schuft verheiratet war? Joe hat zweimal gesessen – und alle Welt weiß das!«

Das Gespräch verstummte endgültig. Paula ließ sich wieder auf die Couch sinken, aber obwohl sie die Augen schloß, konnte sie nicht schlafen. Sie war auch die erste, die das leise Geräusch eines Schlüssels hörte, der sich in der Haustüre drehte.

»Das ist Billy«, sagte sie und ging ihm entgegen.

Mr. Leicester Crewe sah im Gegensatz zu seiner sonstigen Eleganz sehr merkwürdig aus. Sein Anzug war an verschiedenen Stellen zerrissen, vor allem die Hosen hatten an den Knien große Löcher.

»Fragt mich jetzt nicht«, sagte er verstört. »Ich will mich zuerst umziehen.«

Zehn Minuten später kam er wieder, gewaschen und gekämmt und einen Bademantel um die Schultern.

»Wie steht es, hast du den Schlüssel?« erkundigte sich Ella sofort.

Er sah sie nur mißmutig an. Dann wandte er sich nach einer Pause an Paula.

»Ich bin tatsächlich ganz aus der Übung – habe alles versucht, um in die Wohnung hineinzukommen. Vor zehn Jahren ...«

»Warst du in seinem Zimmer?« fragte Paula.

»Das habe ich geschafft – und nur mit viel Glück«, erzählte er. »An allen Türen der Pension stehen Namensschilder, so daß es nicht weiter schwer war, sein Zimmer herauszufinden. Ich habe die Taschen seines Anzugs durchsucht und war noch nicht ganz fertig, als er aufwachte und das ganze Haus auf die Beine brachte. Ich konnte gerade noch entwischen – zu meinem Glück ließ die Polizei auf sich warten.«

»Also nichts – Erfolg gleich null«, meinte Paula mutlos.

Ella erzählte ihm, daß Hugg hier gewesen war, und er hörte mit wachsendem Interesse zu.

»Hugg? Was wollte denn der?«

Ella berichtete die seltsame Geschichte des Betrunkenen.

»Aber das ist doch alles Unsinn!« rief er. »Lane ist tot! Ich habe ja seinen Totenschein.«

Trotz dieser Tatsache klangen seine Worte nicht sehr überzeugt.

»Ich habe die ganze Zeit über die Sache nachgedacht«, erwiderte Paula nach einiger Zeit. »Erzählte Hugg dir eigentlich, daß Lane ganz plötzlich starb?«

»Er sei tot hingefallen«, entgegnete Crewe.

»Weißt du auch, daß Hugg selbst später im Krankenhaus lag?«

»Nein, er sagte damals nichts dergleichen.«

Crewe suchte den Totenschein heraus und las jetzt zum erstenmal aufmerksam die Todesursache.

»›Schädelbruch infolge eines Unglücksfalles.‹ Warum hat mich der Kerl nur angelogen?« Crewe biß sich auf die Lippen und betrachtete nachdenklich die Spitzen seiner Hausschuhe.

»Hat er dir nicht auch gesagt, daß Lane manchmal im Schlaf redete?« fuhr Paula fort.

»Weshalb sprecht ihr eigentlich immer über Lane?« fuhr Ella ärgerlich dazwischen. »Wenn er im Schlaf nichts Vernünftigeres gesagt hat als im Wachen, dann hat sein ganzes Gerede nichts zu bedeuten. Was wirst du nun wegen des Schlüssels unternehmen, Billy?«

Sein Achselzucken bewies, daß er offenbar noch keinen Plan hatte.

»Vielleicht könntest du etwas tun, Ella«, sagte er schließlich nach langem Nachdenken. »Du kennst Dewin doch und bist raffiniert genug, ihn herumzubringen.«

»Wenn er nun aber inzwischen den Schlüssel der Polizei übergibt?« fragte Paula.

»Das wird er sicher nicht tun«, meinte Ella. »Nach allem, was mir Joe von ihm erzählt hat, ist er ehrgeizig genug, die Sache selbst aufklären zu wollen. Verlaßt euch darauf, der gibt den Schlüssel nicht heraus.«

Paula gähnte und reckte sich müde.

»Ich gehe jetzt nach Hause«, sagte sie. »Wenn du willst, nehme ich dich mit, Ella, und setze dich bei deiner Wohnung ab. Mein Wagen steht hinten in der Garage.«

Ella nickte, und alle drei gingen zur Haustür. Es war inzwischen taghell geworden, und als Mr. Crewe die Tür öffnete, strich die kalte Morgenluft herein. Sie zitterten vor Kälte.

»Am liebsten würde ich . . .«, begann Crewe und brach plötzlich entsetzt mitten in der Rede ab.

Er war vorausgegangen und sah als erster drei Karten, die mit Reißnägeln an der Tür befestigt waren. Auf jeder war das Bild der gefiederten Schlange, und darunter stand ein Name. Auf der ersten stand »Billy«, auf der zweiten »Ella« und auf der dritten »Paula«. Und die Karte mit dem Namen »Billy« war schwarz eingerahmt.

8

Das Dienstmädchen berichtete Peter Dewin, daß unten im Empfangszimmer eine Dame auf ihn warte. Sobald er mit seinem Frühstück fertig war, rannte er die Treppe hinunter. Die Redaktion sandte ihm häufig schon früh am Morgen irgendwelche wichtigen Nachrichten, und die Überbringer waren ab und zu junge Volontärinnen. Die »Dame« war also in Wirklichkeit meistens ein neugieriges Mädchen mit einer Stubsnase.

Als er aber ins Zimmer trat, war er freudig überrascht.

»Mein Gott, was tun Sie hier?«

»Bereits seit einer Viertelstunde auf Sie warten«, entgegnete Daphne und lächelte ihn vergnügt an. »Sie haben mich ja schon gestern abend warten lassen, ich bin also nicht aus der Übung gekommen. Haben Sie Mr. Crewe gesehen?«

Er schüttelte verwundert den Kopf und wunderte sich noch

mehr, als sie ihm von Crewes mitternächtlichem Besuch erzählte.

»Crewe?« Konnte es möglich sein, daß der Einbrecher ...? »Haben Sie ihm gesagt, wo ich wohne?«

»Das hätte ich ihm vielleicht gesagt, wenn ich es gewußt hätte, aber so konnte ich ihn nur darauf aufmerksam machen, daß Ihr Name im Telefonbuch steht – was er sich ja schließlich auch selbst hätte denken können. Ich nahm an, daß er Sie wegen des Geldbeutels anrufen würde.«

»Ach, Sie glaubten, daß er mit mir telefonieren wollte?« entgegnete er nachdenklich. »Nein, das hat er nicht getan – man kann es beim besten Willen nicht so nennen ...«

»Haben Sie den Geldbeutel der Polizei gegeben?«

Peter überlegte schnell.

»Ich werde es heute morgen nachholen«, meinte er verlegen. »Tatsächlich hatte ich gestern abend und auch heute nacht so viel zu tun, daß ich nicht mehr wußte, wo mir der Kopf stand. Ich bin deswegen heute morgen auch ein wenig später aufgestanden.«

Er schaute auf seine Uhr. Es war neun vorbei, und plötzlich erinnerte er sich daran, daß er am vorigen Abend noch Mr. Gregory Beale angerufen und ihn um eine Unterredung gebeten hatte. Er war von dem Privatgelehrten auf zehn Uhr heute morgen bestellt worden und sagte dies Daphne.

»Dann können wir ja zusammen hingehen – ich habe auch eine Verabredung mit Mr. Beale, wenn man es so nennen will ... Ich bin nämlich seine neue Sekretärin. Es ist allerdings möglich, daß er mich heute morgen noch gar nicht brauchen kann.«

Er setzte sich auf den nächsten Stuhl und schaute sie groß an.

»Wollen Sie damit etwa sagen, daß das die neue Stellung ist, nach der Sie suchten?«

Sie nickte.

»Nun, dann haben Sie es gut getroffen – einer meiner Bekannten, der einmal vor Jahren für ihn gearbeitet hat, erzählte mir, daß er geradezu fürstliche Gehälter bezahlt und ein wirklich liebenswürdiger Mensch ist. – Von Crewe sind Sie dann aber sehr plötzlich weggegangen.«

Sie zögerte einen Augenblick.

»Ja – ich hatte den Eindruck, daß es besser wäre, wenn ich sofort ginge. Und es ist mir eine große Erleichterung, daß ich nicht mehr dorthin muß. Mr. Beale habe ich eigentlich mitgeteilt, daß ich erst in einer Woche kommen könne; es ist daher leicht möglich, daß ich jetzt einige Tage frei habe. Können Sie mir sonst noch irgend etwas über meinen neuen Chef erzählen?«

»Er ist eine Autorität für gefiederte Schlangen.«

Sie sah ihn erstaunt an.

»Wenigstens hat das mein Redakteur gesagt – und der weiß natürlich alles.«

Der klare, kühle Morgen war eigentlich wie geschaffen dazu, einen Spaziergang durch den Park zu machen. Aber die Zeit war zu knapp, und Peter bestand darauf, ein Taxi zu nehmen.

Unterwegs sagte er ihr ganz offen, daß er nicht die Absicht habe, den Schlüssel herzugeben. Sie schüttelte zwar den Kopf, sah aber ein, daß es wenig Wert hätte, ihn von seinem Entschluß abzubringen. Von dem Pappstück, das an dem Schlüssel hing, erzählte er ihr nichts. Es war nun einmal seine Art, kleine Geheimnisse zu haben.

Mit dem Glockenschlag zehn kamen sie vor Gregory Beales Haustür an. Der wie immer ernste und würdige Butler öffnete ihnen und führte sie in das Empfangszimmer. Mr. Beale ließ zuerst seine neue Sekretärin zu sich bitten. Er begrüßte sie sehr liebenswürdig in der Bibliothek, wo er anscheinend gerade zu arbeiten begonnen hatte.

»Soll das etwa heißen, daß Sie Ihre Stellung gleich antreten können?«

Sie nickte bestätigend, und er lächelte erfreut.

»Das paßt ja ausgezeichnet; ich habe mir schon den ganzen Morgen überlegt, was ich mit meinen Sammlungen machen soll, die inzwischen eingetroffen sind – sie müssen nämlich ausgepackt und katalogisiert werden. Ich selbst habe momentan nicht die nötige Ruhe zu so einer Arbeit – vor allem möchte ich nach dem, was ich heute morgen in der Zeitung gelesen habe, recht bald meine gefiederten Schlangen wieder einmal sehen.«

»Gefiederte Schlangen?« fragte sie. »Was meinen Sie damit?«

Er mußte über ihre Frage und ihr erstauntes, fast erschrokkenes Gesicht lachen.

»Sie brauchen sich nicht davor zu fürchten – ich bin kein Zoologe. In meinen Sammlungen habe ich nur Geräte oder kleine Bildwerke, die ich in den Ruinenstädten der Maya gefunden habe. Meine gefiederten Schlangen sind kleine Tonfiguren, bei denen ein Laie kaum eine Ähnlichkeit mit Federn oder mit Schlangen entdecken kann.«

Er schaute zur Tür.

»Der junge Mann, der mit Ihnen kam, ist doch Journalist, nicht wahr? Da kann ich ja gleich zwei Fliegen mit einer Klappe schlagen!«

Er läutete dem Butler und gab Anweisung, Peter Dewin hereinzuführen.

Als Peter den Raum betrat, kramte der Gelehrte in einer Schublade seines Schreibtisches. Endlich hatte er gefunden, was er suchte – ein kleines, anscheinend formloses Ding, das dem Aussehen nach aus gebranntem Ton bestand.

Beale begrüßte den Reporter mit einem Kopfnicken.

»Sie wollen etwas über gefiederte Schlangen wissen, nicht wahr? Hier können Sie gleich eine sehen!«

Peter nahm den Gegenstand neugierig in die Hand.

»Gehen Sie vorsichtig damit um«, warnte Mr. Beale. »So ein Ding hat immerhin einen Wert zwischen fünfhundert und tausend Pfund. Es ist eine echte Maya-Figur – eine gefiederte Schlange. Das einzige Exemplar, das jemals in einer Maya-Stadt gefunden wurde. Aus Mexiko dagegen haben wir zahlreiche derartige Funde; ich habe mehrere von meiner Reise mitgebracht.«

Peter erkannte nun auch bei genauerem Hinsehen, daß der Gegenstand tatsächlich eine zusammengerollte Schlange mit kleinen regelmäßigen Erhebungen auf der Oberfläche darstellte. Wie er annahm, waren diese Erhebungen die mysteriösen Federn.

»Was hat es eigentlich mit so einer gefiederten Schlange auf sich, Mr. Beale?«

Der Gelehrte lehnte sich in seinem Stuhl zurück, legte die Fingerspitzen gegeneinander und begann zu dozieren:

»Die gefiederte Schlange«, begann er, »war nach der Meinung der alten Azteken der Schöpfer des Weltalls. Wie ihre Volksmythen berichten, war sie schon vorhanden, ›ehe sich zwei Dinge berührten‹ – mit anderen Worten, noch bevor es organisches oder anorganisches Leben auf der Welt gab. Gleichzeitig war die gefiederte Schlange das Symbol der Herrschaft, auch galt sie als eine Art Rachegöttin. Wie alt sie ist, ersehen Sie am besten daraus, daß schon zur Zeit des Cortez, der die Azteken im 16. Jahrhundert besiegte, die gefiederte Schlange nur noch eine mythische Figur war, die nicht mehr in den Tempeln verehrt wurde. Seltsamerweise hat es aber immer einen kleinen Kreis von Leuten gegeben, der sogar heute noch die gefiederte Schlange als oberste Gottheit verehrt.« Er hob den Finger, um die Bedeutung seiner folgenden Worte zu unterstreichen: »Zu dieser Stunde gibt es in Mexiko, in Spanien, ja selbst in England noch Leute, die der gefiederten Schlange dienen.«

»Meinen Sie das im religiösen Sinn?« fragte Peter. Er war sehr überrascht, glaubte aber, was der Gelehrte gesagt hatte.

»Wahrscheinlich weniger aus religiösen Gründen – ich denke mehr an eine Art Geheimgesellschaft ...«, entgegnete Mr. Beale und lächelte undurchsichtig. »Aber darüber weiß ich selbst nichts Näheres; ich erzähle Ihnen hier nur, was mir einmal von anderer Seite berichtet wurde.«

Er klingelte wieder dem Butler.

»Bitte machen Sie Miss Olroyd mit der Haushälterin bekannt.« Dann wandte er sich an Daphne. »Sie wird Ihnen sagen, wo Ihr Zimmer ist und wie Sie sich am besten einrichten können.«

Peter wartete gespannt, und er sollte mit seiner Vermutung recht haben, daß der Gelehrte die junge Dame nicht zufällig fortgeschickt hatte.

»Hat man noch etwas Neues über den Mord – oder über den Mörder – erfahren?« erkundigte sich Mr. Beale interessiert, als die Sekretärin das Zimmer verlassen hatte.

»Nein. Sie haben doch die Morgenzeitung gelesen?«

Mr. Beale nickte.

»Natürlich beschäftigt mich alles, was mit der gefiederten

Schlange zusammenhängt und was ich bei meinen Studien verwerten kann. Auf jeden Fall bin ich überzeugt davon, daß ihre Macht immer noch wirksam ist. Mit Mitgliedern der Geheimgesellschaft, die ich vorhin erwähnte, bin ich leider noch nie zusammengekommen. Soviel weiß ich aber, daß zum Beispiel in Mexiko die gefiederte Schlange das Geheimzeichen gewisser Verbindungen von Sträflingen im Gefängnis geworden ist; natürlich wissen diese Leute kaum mehr etwas vom Ursprung dieses Zeichens. Ob es solche Geheimgesellschaften auch in England gibt, weiß ich nicht genau, mit Sicherheit habe ich sie aber in verschiedenen Staaten Südamerikas nachweisen können.«

»Geheimgesellschaften in Gefängnissen?« fragte Peter erstaunt.

»Warum nicht?« erwiderte der andere lächelnd. »In gewissem Sinn sind Geheimgesellschaften kindliche Vergnügungen – und Gefangene brauchen weiß Gott irgendeine Aufheiterung! Geheimbünde, die mit Kennworten, Handgriffen, Zeichen und allem andern Zubehör arbeiteten, wurden in einer Reihe amerikanischer Gefängnisse aufgedeckt. Und Sie sehen, daß sich auch hier in England etwas Ähnliches anbahnt.«

Peter nahm die kleine Tonfigur wieder in die Hand und betrachtete sie von allen Seiten. Wieviel tausend Jahre mochte sie wohl schon alt sein? Wieviel Generationen bronzefarbener Menschen hatten sich wohl schon anbetend vor ihr verneigt? Visionen von seltsamen, grausigen Kulthandlungen stiegen vor ihm auf – ein kalter Schauer lief ihm über den Rücken, und er legte die kleine Plastik schnell wieder auf den Tisch.

»Glaubt man, daß so ein Ding wie dieses hier irgendeinen bösen Einfluß hat?«

Gregory Beale lachte.

»Warum fragen Sie danach, Mr. Dewin, sind Sie etwa abergläubisch?« meinte er scherzhaft. »Glauben Sie etwa an die bekannten Geschichten von unheilbringenden Statuen, die kein Museumsbeamter berühren darf, ohne zu sterben? Ich kann Ihnen versichern, daß diese kleine Tonfigur hier völlig harmlos ist.«

»Aber mindestens fünfhundert Pfund kostet sie doch?« fragte Peter noch einmal etwas beschämt.

Beale nickte und schien sich darüber zu freuen, daß seine Ausführungen auf den andern einen solchen Eindruck gemacht hatten.

»Hoffentlich habe ich jetzt Ihren Wissensdurst gestillt. Was ich Ihnen erzählt habe, hätte Ihnen auch jeder andere Archäologe mit anderen Worten auseinandersetzen können. Übrigens, wenn Sie meine Mitteilungen in einem Zeitungsbericht verwenden wollen, dann erwähnen Sie bitte meinen Namen nicht. Ich habe eine entschiedene Abneigung gegenüber allem, was mich in zu engen Kontakt mit der Öffentlichkeit bringt.«

Peter tat es sehr leid, daß er den Namen des Gelehrten, der in der wissenschaftlichen Welt einen guten Klang hatte, nicht verwenden konnte; aber was bleibt einem Journalisten anderes übrig, als eine solche Bitte zu erfüllen?

»Das tut mir wirklich leid, Mr. Beale – aber wenn Sie wollen, selbstverständlich ...«

Der Gelehrte lachte.

»Würde Ihnen auch nicht viel nützen, wenn Sie meinen Namen erwähnten«, sagte er trocken. »Als Archäologe bin ich nicht so bekannt – als einen etwas exzentrischen Philanthropen kennt man mich besser.«

Er zog drei Bände aus dem Bücherregal und legte sie auf den Tisch.

Peter nahm einen nach dem andern in die Hand: »Der Grund der Armut. Eine nationalökonomische Untersuchung«, war der Titel des ersten; der zweite handelte von der Urbarmachung von Sumpfland zu Siedlungszwecken; der dritte erschien ihm am wenigsten interessant, er hieß: »Armut. Eine Studie.«

Gregory Beale seufzte traurig.

»Die Urwälder Zentralamerikas mit ihren unzugänglichen Dschungeln, die die Reste alter Kulturen bedecken, sind weniger erschütternd als das Großstadtelend Londons ...«

Peter war aber nicht zu ihm gekommen, um soziale Fragen zu besprechen, und versuchte jetzt, das Gespräch noch einmal auf die gefiederte Schlange zu bringen.

»Glauben Sie im Ernst, daß hinter diesem Mord eine Geheimgesellschaft steckt und daß die Karten, die an verschiedene Personen in London geschickt wurden, irgendeinen realen Hintergrund haben?«

Gregory Beale sah ihn nachdenklich an.

»Wissen Sie etwas Genaueres über diesen ermordeten Mr. Farmer? Wird er vielleicht in irgendwelchen Gefängnisakten geführt? Das wäre das erste, wonach man suchen müßte ... Das gleiche gilt für die andern Leute, die Karten mit dem Bild der gefiederten Schlange erhalten haben. Existieren auch von ihnen Strafakten? Wenn ich Reporter wäre und mich mit dieser Sache zu befassen hätte, würde ich mich zuerst in dieser Richtung informieren.«

Peter betrachtete wieder die kleine Tonfigur.

»Haben Sie vielleicht eine Fotografie davon?«

»Aber natürlich«, lächelte der Gelehrte und ging zu einem Schrank in der Ecke des Raumes. »Ich habe verschiedene Fotografien von gefiederten Schlangen und gebe Ihnen gern die Erlaubnis, eine davon zu veröffentlichen – vorausgesetzt, daß mein Name nicht erwähnt wird. – Das ist keine Bescheidenheit«, fuhr er nach einer kurzen Pause fort, »aber vor einigen Jahren litt ich unter der Einbildung, daß man annehmen könnte, daß meine wissenschaftliche Tätigkeit von dem Wunsch diktiert wäre, meinen Namen bekanntzumachen!«

Er lachte leise vor sich hin, als ob er sich jetzt über diesen Gedanken freue.

»Öffentlichkeit ist nicht gerade meine – Spezialität ...«, wenn ich so sagen darf.«

9

Peter verließ das Haus, ohne Daphne noch einmal gesehen zu haben. Mit einem Bus fuhr er zur Redaktion. Dort waren inzwischen keine wichtigen Nachrichten über den Mord eingegangen.

»Wie gewöhnlich haben wir eine Menge Anrufe von Leuten bekommen, die bedeutsame Entdeckungen gemacht haben wollen«, sagte der Nachrichtenredakteur. »Auch hat sich die unvermeidliche Dame eingefunden, die einen großen, dunklen Mann fünf Minuten nach der Tat über den Grosvenor Square gehen sah. Außerdem erzählte mir der Nachtportier, daß ein Landstreicher heute morgen zwischen sechs und acht dreimal dagewesen sei, um uns einen interessanten Artikel anzubieten. Er hieß Lugg oder Mugg und behauptete, daß der Mord von einem Geist verübt wurde.«

»Er war wahrscheinlich betrunken«, antwortete Peter.

»Der Mann erzählte dem Portier auch, daß der Mörder ein Sträfling war —«

»Wie?« fragte Peter plötzlich interessiert. »Ist der Portier noch im Hause?«

Der Redakteur sah ihn mißbilligend an.

»Sie arbeiten nun schon sechs Jahre bei uns und sind noch immer nicht mit der Hausordnung vertraut! Nein, er ist wie üblich um zehn Uhr gegangen, aber Sie werden einen Bericht über den Vorfall in seinem Notizbuch finden.«

Peter fuhr mit dem Aufzug nach unten und besah sich in der Eingangshalle das Notizbuch des Portiers. Es war im Hause so üblich, daß der Portier aufschrieb, welche Leute während der Abwesenheit des übrigen Büropersonals vorgesprochen hatten. Der Nachtredakteur ging morgens um halb fünf fort, und von da ab war bis zum Beginn des Redaktionsbetriebs niemand da, der mit Besuchern verhandeln konnte.

Peter blätterte aufgeregt in dem Notizbuch. In der vergangenen Nacht war nur eine Eintragung gemacht worden.

»Sechs Uhr früh. Ein betrunkener Mann namens Lugg will angeblich Näheres über den Mord am Grosvenor Square wissen. Behauptet, Mord sei von altem Sträfling verübt worden, der ein Taxi fuhr. Sagte weiter, der Mann sei ein Geist. Adresse des Betrunkenen ist Rowton House, King's Cross.«

Nachdem sich Peter die Anschrift notiert hatte, fuhr er wieder nach oben. Es war nichts Ungewöhnliches, daß sich alle möglichen Leute bei der Redaktion meldeten, wenn ein aufsehenerregender Mord geschehen war. Meistens waren die Mitteilungen völlig unglaubwürdig, und es sprach kaum etwas dagegen, daß dies nicht auch bei Lugg der Fall war.

Allerdings gab es zwei Punkte in der Notiz des Nachtportiers, die Peters Aufmerksamkeit erregten: Erstens sollte der Mörder ein früherer Verbrecher sein – was mit der Theorie Gregory Beales übereinstimmte, zweitens wurde als Täter der Chauffeur eines Taxis bezeichnet.

Nach Ansicht der Polizei war der Schuß von einem Wagen aus abgegeben worden, und auch Peter hatte es in seinem Artikel so beschrieben. Der Landstreicher war aber so früh auf der Redaktion erschienen, daß er die Geschichte unmöglich der Zeitung entnommen haben konnte.

Mr. Lugg von Rowton House war deshalb eine Persönlichkeit, die man so schnell wie möglich interviewen mußte, und schon eine halbe Stunde später wartete Peter in dem geräumigen Aufenthaltsraum von Rowton House vor einem riesigen Kamin, um den sich eine Menge halbverhungerter Existenzen lagerten, die sich für gewöhnlich in solchen Übernachtungsheimen herumtreiben.

Wie ihm ein Angestellter mitteilte, gab es hier nur einen Mann namens Hugg. Er war spät am Morgen zurückgekommen und schlief jetzt. Erst nach längerer Zeit erschien der Gesuchte. Er hatte rote, entzündete Augen, und sein Gesicht zeigte unverkennbare Spuren von übermäßigem Alkoholgenuß. Als er in die Halle trat, betrachtete er Peter mißtrauisch.

»Ach, ein Reporter?« sagte er sichtlich erleichtert, als sich Peter vorstellte.

»Sie dachten wohl, ich sei von der Polizei?«

Der kleine Mann lachte verlegen und fuhr sich mit der Hand über den kahlen Schädel.

»Aber nein, warum sollte auch die Polizei etwas von mir wollen. Und was wünschen Sie?«

Anscheinend erinnerte er sich nicht mehr an seinen nächtlichen Besuch beim ›Postkurier‹.

»Sie saßen doch früher einmal im Gefängnis?« ging Peter geradewegs auf sein Ziel los. Hugg sah ihn wieder argwöhnisch von der Seite an.

»Ja«, entgegnete er dann kurz. »Geht das Sie etwas an? Was wollen Sie denn von mir?«

»Angeblich haben Sie gestern abend einen Mann gesehen, der Ihrer Meinung nach Mr. Farmer getötet hat. Und Sie behaupteten, der Mörder wäre Taxi-Chauffeur.«

Hugg machte ein sehr dummes Gesicht.

»Woher wollen Sie das wissen?« fragte er schnell.

»Von Ihnen selbst«, entgegnete Peter lächelnd. »Wenigstens haben Sie dem Nachtportier des ›Postkuriers‹ so etwas erzählt.«

Hugg strich sich verwirrt über die Stirn.

»Habe ich das wirklich getan?« fragte er bestürzt. »Es ist immer das gleiche – wenn ich einen über den Durst getrunken habe, kann ich den Mund nicht mehr halten ... Er kann es ja gar nicht gewesen sein – er ist gestorben – ich habe doch erst gestern seinen Totenschein einem Herrn gegeben. Aber er sah genauso aus – mit dem kleinen grauen Schnurrbart, den er immer hatte ... Trotzdem, er ist doch tot! Vor meinen eigenen Augen ist er in Thatcham tot umgefallen, als ich und er ...« Plötzlich brach er ab.

»Wen meinen Sie denn?«

Mr. Hugg schüttelte heftig den Kopf.

»Ich gebe Ihnen keine Auskunft mehr – wenn ich nichts dafür bekomme«, erklärte er energisch.

»Aber Sie haben mir ja schon allerhand gesagt«, bemerkte Peter belustigt. »Sie erzählten doch eben, daß in Ihrem Beisein ein Mann in Thatcham tot umgefallen sei. Thatcham ist ein kleines Dorf in der Nähe von Newbury, nicht wahr? Ich glaube nicht, daß dort im Lauf der letzten zehn Jahre allzu viele Leute auf der Straße tot umgefallen sind.«

Mr. Hugg rutschte unruhig auf seinem Stuhl hin und her und vermied es, Peter in die Augen zu schauen.

»Alles, was ich Ihnen sagen kann, ist – daß er tot umfiel. Und der Kerl, der daran schuld ist, hätte zehn Jahre kriegen müssen.«

Mr. Hugg war zwar ein wenig verwirrt, aber die Widersprüche in seiner Erzählung schienen ihm gar nicht ganz bewußt zu sein. Peter hatte schon allerhand Erfahrung mit solchen kleinen Gaunern, die stets eine Neigung haben, ihre Verschlagenheit durch unzählige nutzlose Lügen unter Beweis zu stellen. Soviel war Peter auf jeden Fall bereits klar: Dieser Unbekannte in

Thatcham war keines natürlichen Todes gestorben. Möglich, daß die näheren Umstände recht belastend für Mr. Hugg waren ... Höchstwahrscheinlich war der Unbekannte aber nicht ermordet worden, sondern durch einen Unfall ums Leben gekommen; das überlegte sich Peter während einer kurzen Gesprächspause.

»Was hatten Sie denn ausgerechnet in Thatcham zu tun?« fragte er dann.

»Hören Sie mal, ich habe Ihnen doch bereits gesagt ...«, begann Hugg. Aber Peter, der seinen Mann kannte, unterbrach ihn und fuhr ihn in scharfem Ton an:

»Es ist nur zu Ihrem eigenen Vorteil, wenn Sie etwas offenherziger werden ... Ich kann natürlich auch zur Polizei gehen, um Licht in diese reichlich dunkle Angelegenheit bringen zu lassen. Am besten, Sie rücken sofort mit der Sprache heraus – oder ich telefoniere mit Oberinspektor Clarke.«

Der kleine Mann wurde plötzlich außerordentlich lebendig.

»Clarke?« gestikulierte er entrüstet. »Dieser Schuft müßte doch schon längst an all den Lügen erstickt sein, die er über mich verbreitet hat! Der hat mich ins Zuchthaus gebracht!«

Ein abgerissen aussehender Kerl, anscheinend ein Freund Huggs, brachte eine dampfende Tasse, die Hugg geräuschvoll ausschlürfte. Der Kaffee – und die Erwähnung des Oberinspektors – schienen sein Gedächtnis zu beleben.

»Schön, ich werde Ihnen alles erzählen – und wenn dabei etwas Geld für mich herausspringen würde, wäre es mir sehr recht. Der Mann, den ich gestern nacht zu sehen glaubte, heißt Lane. Er saß in dem gleichen Gefängnis in Dartmoor wie ich, und dort haben wir uns auch kennengelernt. Nach der Entlassung nahm ich ihn mit nach Reading zu meinen Verwandten, aber die waren nicht mehr da ...« Er machte eine Pause. »Nun ja, sie waren eigentlich nicht fortgezogen, aber sie hatten keine Lust, sich mit uns drei – ich meine natürlich, zwei – abzugeben.«

»Ihr wart also drei?« hakte Peter ein. »Machen Sie doch keinen Unsinn, erzählen Sie die Geschichte, wie sie wirklich war!«

Mr. Hugg schwieg einige Zeit.

»Ja, wir waren drei«, gab er dann zu. »Aber ich weiß wirklich nicht, was aus dem andern geworden ist – nach dem ...«

»Nach dem Unfall«, ergänzte Peter, als Hugg wieder eine Pause machte. Der Mann kaute verlegen an seinen schmutzigen Fingernägeln.

»Nun ja«, meinte er schließlich zögernd.

»Also, wie war das nun mit dem Unfall? Sie tippelten zusammen mit zwei andern früheren Sträflingen durch die Gegend. Wohin wolltet ihr denn?«

»Nach Newbury.« Hugg wurde immer aufgeregter. »Sagen Sie mal, Sie sind doch wirklich nicht von der Polizei?«

Peter holte eine Visitenkarte hervor, die sich Hugg nahe vor die Augen hielt. Er schien kurzsichtig zu sein.

»Gut, das wäre in Ordnung. Und wenn es nun einmal sein soll, erzähle ich Ihnen auch die ganze Sache – wenn Sie mich aber anzeigen, soll Sie der Teufel holen. – Kurz vor Thatcham liegt ein kleines Haus; ich und Harry, der Dritte im Bunde, überlegten uns, daß wir da einbrechen und ein paar warme Kleider für uns herausholen könnten. Es war nämlich eine elend kalte Nacht, und das Haus schien leer zu sein. William – der Mann, der nachher getötet wurde – wollte nichts damit zu tun haben, und wir ließen ihn auf der Straße, damit er Schmiere stehen solle. Ich und Harry drückten dann ein Fenster ein und kletterten hinein. Wir hatten uns aber kaum ein wenig umgesehen, als wir hörten, wie jemand aus dem oberen Stock die Treppe herunterpolterte. Da zogen wir schnell Leine, sprangen in den Garten und liefen weg. William stand nicht mehr auf seinem Posten, er war weitergewandert, und wir holten ihn erst nach zehn Minuten wieder ein. Es war eine enge Landstraße mit scharfen Windungen, und wir standen in der Mitte und machten ihm Vorwürfe, was er für ein Feigling wäre – als plötzlich ein Wagen mit rasender Geschwindigkeit um die Ecke sauste. Er fuhr mit ausgeschalteten Scheinwerfern ... Ich kann mich dann nur noch darauf besinnen, daß ich mit dem Gesicht auf die Straße flog – im Krankenhaus wachte ich wieder auf. William wurde tödlich verletzt; Harry kam auch mit dem Leben davon. Wie ich dann später hörte, war der Kerl im Auto der Eigentümer des Hauses, in das wir eingebrochen waren. Er wollte nach Thatcham, um die Polizei zu benachrichtigen.« Hugg schwieg. Nach einer Pause fügte er hinzu: »Vermutlich hat Mr. Crewe Sie auf meine Spur gebracht.«

Peter hielt es für klüger, nichts zu sagen.

»Ich mußte ihn nämlich anlügen«, fuhr Hugg fort. »Ich konnte ihm doch nicht sagen, daß William getötet wurde, weil wir einen Einbruch verübt hatten!«

»Wie kamen Sie denn auf Mr. Crewe?« fragte Peter vorsichtig.

»William hat immer im Schlaf gesprochen und dabei den Namen von Leicester Crewe erwähnt. Er muß ihn geradezu gehaßt haben. Ich erfand dann die Geschichte, daß Lane ihm durch mich eine Warnung vor der gefiederten Schlange zukommen ließe – William hat im Schlaf nämlich sehr oft von gefiederten Schlangen geredet.«

»Gefiederte Schlangen?« fragte Peter schnell. »Was hat er darüber gesagt?«

»Nichts Genaueres, er hat sie nur erwähnt. Und außerdem nannte er noch einen Namen, der sehr merkwürdig war – ich kann mich aber nicht darauf besinnen –, dann sprach er öfter von einem Schlüssel.«

Er machte eine Pause und dachte nach.

»Hat er sonst noch etwas gesagt?« fragte Peter gespannt.

Hugg nickte langsam.

»Ja, von einem großen Haus hat er auch gesprochen. Ich glaube, er nannte es das Haus der gefiederten Schlange.«

Peter Dewin machte sich in Gedanken Notizen über das Gehörte. Dann fragte er weiter:

»Wissen Sie etwas über William – ich meine, über seine Vergangenheit?«

»Er war Falschmünzer«, war die Antwort. »Druckte eine Menge falsche Banknoten.«

»Wie war denn sein Familienname?«

»Lane – William Lane.«

William Lane ...! Der Name kam ihm bekannt vor, und plötzlich erinnerte er sich an die Aufzeichnungen in Joe Farmers Schreibtisch.

Allmählich sah Peter klarer. William Lane war verurteilt

worden, weil er falsche Banknoten hergestellt hatte. Die Aussage Farmers hatte ihn ins Gefängnis gebracht.

»Haben Sie das alles auch Crewe erzählt?«

Hugg nickte. »Ich sprach aber nicht von Harry«, sagte er verlegen. »Ich wollte nämlich nicht, daß dieser Crewe denken sollte, es könnte noch ein anderer kommen, um ihn anzuzapfen. Harry wußte natürlich ebensoviel über Lane wie ich. Genaugenommen wußte er sogar noch mehr. Wir wurden alle drei am selben Tag entlassen, und Harry sagte mir, daß wir uns an Lane halten sollten, denn durch ihn sei eine Menge Geld zu machen. Erst als ich nach dem Unfall aus dem Krankenhaus in Newbury entlassen wurde, erfuhr ich, daß Lane tot war.«

»Was für ein Mensch war er denn – ich meine, charakterlich?« fragte Peter.

»Er war ein wenig sonderbar; so ganz schlau bin ich nie aus ihm geworden. Als er nach Dartmoor kam, soll er ein ruhiger, netter Kerl gewesen sein. Er sprach kaum mit jemand und las viel – meistens Kriminalromane. Mit der Zeit aber änderte er sein Verhalten, er wurde gereizt und jähzornig. Einmal hätte er während eines Streits beinahe einem andern Sträfling mit einem Stein den Schädel eingeschlagen. Wir konnten ihn gerade noch zurückhalten. Ein Glück, daß die Aufseher nichts gemerkt haben. Er war ungefähr in meinem Alter, vielleicht auch etwas älter. Ein verrückter Gedanke, daß ich ihn in einem Auto gesehen haben soll – ich muß ziemlich betrunken gewesen sein«, gestand er. »Er ist bestimmt tot. Die Polizei in Newbury hat alle seine Papiere und einen genauen Bericht über den Unfall.«

Peter versuchte ihn weiter auszuholen, aber er erfuhr nichts Wissenswertes mehr. Bevor er Rowton House verließ, sagte er dem Mann, daß er ihn abends in seiner Wohnung erwarte.

Er hielt jetzt einige Fäden in der Hand, die ihn ohne Zweifel der Lösung des Rätsels näherbrachten. Das Haus der gefiederten Schlange! Konnte es jene Strafkolonie in dem trostlosen Dartmoor sein, oder war das alles eine überspannte Vorstellung?

Je mehr er über die gefiederte Schlange und über die geheimnisvollen Karten nachdachte, desto mehr lehnte sich seine Vernunft gegen romantische Verschwörungen auf, wie sie von Sensationsschriftstellern erfunden werden. Auf alle Fälle schien William Lane aber kein gewöhnlicher Verbrecher zu sein.

10

Ganz in der Nähe des Zeitungsviertels liegt das Klubhaus, in dem alle Journalisten verkehren. In dieser frühen Morgenstunde war die Bibliothek leer; Peter zog sich einen bequemen Sessel zum Kamin, nahm den Geldbeutel heraus und prüfte noch einmal seinen Inhalt.

Schon der Schlüssel gab ihm zu denken. Früher mußte auf seinem Griff eine gut leserliche Inschrift eingraviert gewesen sein; man konnte noch Spuren der ausgekratzten Buchstaben erkennen. Wahrscheinlich war es schon lange her, daß jemand daran herumgefeilt hatte, denn die angefeilten Stellen waren längst nicht mehr blank, sondern sahen genauso aus wie das übrige Metall. Peter stopfte seine Pfeife und untersuchte sorgfältig das Pappstück mit den beiden Buchstabenreihen:

F. T. B. T. L. Z. S. Y.
H. V. D. V. N. B. U. A.

Er brauchte nicht lange herumzutüfteln. Mit Geheimschriften hatte er sich schon oft beschäftigt, und so fand er bald die Lösung des Rätsels. Als er die übereinanderliegenden Buchstaben von oben nach unten las, entdeckte er, daß sie in alphabetischer Reihenfolge geschrieben waren – nur fehlte jedesmal der dazwischenliegende Buchstabe. Er nahm sein Notizbuch und schrieb das Ganze mit den fehlenden Buchstaben auf:

F. T. B. T. L. Z. S. Y.
G. U. C. U. M. A. T. Z.
H. V. D. V. N. B. U. A.

Die mittlere Reihe ergab jetzt das Wort »Gucumatz«, mit dem Peter nicht viel anfangen konnte.

Der Klub hatte eine kleine Bibliothek, in der auch ein gutes

Konversationslexikon stand. Peter zog den betreffenden Band heraus und schlug nach – plötzlich hielt er freudig überrascht inne:

»Gucumatz, auch Kukumats. Dieser Name wurde von den alten Azteken dem Schöpfer des Weltalls gegeben. In Mexiko war Gucumatz als Quetzalcoatl bekannt. Er wurde stets als eine gefiederte Schlange dargestellt, gleichgültig wie er bei den einzelnen Völkern genannt wurde. In gewissen Gegenden Zentralamerikas wird Gucumatz heute noch verehrt. Der Ursprung der Legende läßt sich auf das Auftauchen eines weißen Mannes mit langem Bart zurückführen, der eines Tages an der Küste Mexikos landete. Ob es sich dabei vielleicht um einen seefahrenden Wikinger gehandelt hat, kann nur vermutet werden...«

Peter lehnte sich in seinem Sessel zurück und fuhr sich durchs Haar. Wieder stieß er hier auf die gefiederte Schlange! Ob Joe Farmer etwas von ihrer Existenz gewußt hatte? Peter konnte beim besten Willen noch keinen Zusammenhang zwischen dem seltsamen Wort aus Urzeiten und den sehr greifbaren Warnungen der gefiederten Schlange finden. Übrigens war das System, einen Buchstaben zwischen zwei anderen auszulassen, eine sehr primitive Form einer Geheimschrift.

Unbestreitbar lag über dem Ganzen etwas Unheimliches. Zum erstenmal, seitdem Peter mit der Geschichte zu tun hatte, fühlte er sich sehr unbehaglich. Er hatte den Eindruck, jeden Moment auf ein Hornissennest stoßen zu können – und das hatte dann möglicherweise sehr üble Folgen für ihn selbst.

Zum Mittagessen wollte er sich mit Daphne in einem kleinen Restaurant in der Nähe des Soho Square treffen. Er war ihr gegenüber in einer schwierigen Lage. Sie war die Sekretärin Mr. Crewes gewesen und hatte auch Farmer gekannt – zweifellos konnte sie ihm viele nützliche Hinweise geben, auf der andern Seite wollte er ihre Freundschaft aber auch nicht für seine eigennützigen Zwecke in Anspruch nehmen.

Als er sie begrüßt hatte, setzte er ihr in aller Offenheit seine Bedenken auseinander.

»Fragen Sie nur, ich habe mich schon daran gewöhnt!«

Über Leicester Crewe konnte sie Peter aber auch nicht viel Neues berichten – daß Mr. Crewe ein sehr erfolgreicher Börsenmakler gewesen war, war ihm sowieso bekannt.

Daphne war drei Jahre bei Crewe angestellt gewesen – seit dem Zeitpunkt, als er das Haus am Grosvenor Square gekauft hatte. Sie kannte auch Joe Farmer als einen häufigen, aber nicht gerade gern gesehenen Gast.

»Wer ist eigentlich diese Mrs. Staines?« erkundigte sich Peter. »Ich möchte möglichst den ganzen Bekanntenkreis Crewes kennenlernen.«

»Ich weiß es auch nicht genau. Sie ist eng mit Mr. Crewe befreundet und ist auch eine Freundin der Schauspielerin Ella Creed.«

»Alles reiche Leute, wie? Hat Mrs. Staines irgendeinen Beruf?«

»Sie ist eine vornehme Dame«, entgegnete Daphne lächelnd, »und vornehme Damen arbeiten bekanntlich nicht. Im übrigen war sie immer sehr liebenswürdig und ist mir eigentlich recht sympathisch. Mr. Crewe hat mir auch öfter erzählt, daß sie sehr klug ist. Als ich ihr einmal etwas bringen mußte, zeigte sie mir in ihrer Wohnung einige Zeichnungen, die sie selbst gemacht hat. Sie haben mich außerordentlich beeindruckt.«

»Dann ist sie also eine Künstlerin?« fragte Peter schnell. »Malt sie auch?«

Daphne dachte nach.

»Nein, ich glaube nicht, wenigstens habe ich nur Schwarzweißzeichnungen bei ihr gesehen. Eine besondere Vorliebe scheint sie für mythologische Darstellungen zu haben. Einige hübsche Sachen, auf die sie sehr stolz ist, hängen gerahmt in ihrem Wohnzimmer. Darunter befindet sich eine Zeichnung, die halb so groß wie diese Tischplatte ist. Bestimmt fehlt es ihr nicht an Talent. Miss Creed kenne ich nicht so gut, ich habe sie nur einmal gesehen, und dabei benahm sie sich ziemlich hochmütig. Ist sie eigentlich eine gute Schauspielerin?«

»Sie ist erfolgreich«, entgegnete Peter vorsichtig. »Zur Zeit tritt sie in musikalischen Lustspielen auf, die ihr anscheinend keine Gelegenheit zur Entfaltung ihrer Talente geben.«

Er dachte einen Augenblick nach.

»Eigentlich kann man sie schon eine gute Schauspielerin nennen. Ich sah sie vor einigen Jahren in einem erfolgreichen Stück. Eine tragische Szene gelang ihr dabei wirklich großartig. Wenn man sie so auf der Bühne gesehen hat, kann man kaum glauben, daß sie ihren Angestellten und dem Regisseur das Leben zur Hölle macht. Nun erzählen Sie mir aber, was Sie heute in Ihrer neuen Stellung erlebt haben.«

»Ich habe eine Menge interessante Dinge katalogisiert – Speerklingen, kleine Figuren, Tongefäße und alte Waffen, die Mr. Beale in Zentralamerika ausgegraben hat. Darunter waren auch vier gefiederte Schlangen«, erzählte sie ihm stolz.

Peter lachte.

»Sie werden bald eine Kapazität auf diesem Gebiet sein! Aber wie schaffen Sie das nur – Sie hatten doch bis jetzt keine Ahnung von aztekischer Kultur?«

Sie sagte ihm, daß Mr. Beale ihr alles genau erkläre. Sie mußte kleine Namensschilder schreiben und sie an jedes Stück der Sammlung ankleben.

»Eine Anzahl der Gegenstände war schon beschriftet.«

Peter dachte erst wieder an diese Bemerkung, als sie später ihre Handtasche öffnete, um ihr Taschentuch herauszunehmen. Ein Stück rundes Papier fiel dabei auf den Tisch. Er betrachtete es neugierig. Es war ungefähr so groß wie ein Halbschillingstück, und darauf stand in roter Schrift das Wort »Zimm«. Dahinter war eine Zahl.

»Das war an einer alten Aztekenlampe, die Mr. Beale in einer Stadt mit einem furchtbar komischen Namen fand.«

Er schwieg einen Augenblick.

»Wozu tragen Sie denn das Ding mit sich herum?«

Sie erklärte ihm auf seine Frage, daß sie einen Zipfel ihres Taschentuchs naß gemacht hätte, um das Papier zu entfernen. Dabei müsse es wohl an dem Taschentuch hängengeblieben sein.

Aber er hörte ihr gar nicht zu, sondern beobachtete einen Gast – einen Mann mit schwarzem Bart, der ihm irgendwie bekannt vorkam. Er saß in einer Ecke des Speisesaals und schien ganz in seine Zeitung vertieft zu sein.

Peter Dewin besaß ein phänomenales Gedächtnis. Er gehörte zu den Menschen, die spaltenlange Artikel lesen und sie fast Wort für Wort wiederholen können. Ohne sich zu irren, konnte er den Inhalt der Zeugenaussagen eines Falles angeben, der vor zehn Jahren verhandelt wurde, ebenso Bemerkungen der Richter und die Plädoyers der Verteidiger, wenn er den Bericht darüber gelesen hatte.

»Was haben Sie denn?« fragte sie besorgt, als sie seinen geistesabwesenden Gesichtsausdruck bemerkte.

»Ach so – bitte entschuldigen Sie!« Er wandte sich zerknirscht seiner Nachbarin zu. »Ich dachte gerade nach. Woher sagten Sie doch, daß dieses Etikett stammt?«

Sie erzählte ihm noch einmal, daß sie es von einer Lampe aus gebranntem Ton entfernt hätte.

»Merkwürdig, sie hatten auch Lampen, diese alten Azteken. Sie mag manchem heimgeleuchtet haben, will ich wetten! Ob es da auch Klubs und Vereine gab? Sie tranken doch so ein Zeug, das sie Tiki oder Miki nannten; es soll so ähnlich geschmeckt haben wie ein altes irisches Getränk. Und wenn Sie dann eines seligen Todes starben, krähte kein Hahn danach.«

»Wovon reden Sie denn, um Himmels willen?« fragte sie erstaunt.

»Von Lampen«, entgegnete er verwirrt. »Es ist komisch mit mir, Daphne, wenn ich mich mit irgendwelchen Problemen herumschlage, kann mich nichts davon ablenken. Habe ich Sie eben Daphne genannt? – Bitte entschuldigen Sie vielmals, ich hasse nichts mehr als zudringliche Leute. Aber wir wollen unsern Kaffee trinken.«

Er versuchte vergeblich, seine Erregung zu verbergen. Irgendeine Entdeckung schien alle seine Gedanken in Anspruch zu nehmen.

»Nun seien Sie nicht gar so schweigsam und erzählen Sie mir, was Sie so intensiv beschäftigt!«

Er sah sie abwesend an und lachte dann plötzlich.

»Sie sind wirklich ein netter Kerl«, sagte er übermütig. »Und es ist nicht recht von mir, daß ich mich so unhöflich benehme. Ich mag Sie nämlich sehr gern.«

Dann erzählte er ihr, daß sie seit Jahren das erste Mädchen sei, das er zum Essen eingeladen hätte. Sie war erstaunt zu erfahren, daß er schon einunddreißig Jahre alt war.

»Meine letzte Verabredung mit einer Dame hatte ich aus beruflichen Gründen. Sie war mit der Ricks-Bande bekannt, die Kreditbriefe gefälscht und über hunderttausend Pfund unterschlagen hatte. Ich war damals ein ganz junger Reporter.«

Um seine Aufregung zu verbergen, erzählte er Daphne die Geschichte. Er machte das so geschickt, daß sie seinem Bericht von dem genial angelegten Schwindel gespannt lauschte. Warum ihm ausgerechnet der Fall Ricks in den Sinn gekommen war, wußte er selbst nicht so recht – etwas in seinem Unterbewußtsein erinnerte ihn daran.

»... es war der jetzige Oberinspektor Clarke, der die Bande seinerzeit überführte. Er war damals noch Sergeant, und diesem Erfolg verdankte er seine Beförderung zum Inspektor. Ricks erschoß sich auf einem Schiff, als er über den Kanal fuhr. Zwei Mitglieder der Bande flohen nach Amerika. Einer wurde ausgeliefert, aber den eigentlichen Fälscher des Geldes haben sie nicht bekommen ... Ricks selber war zwar ein hervorragender Zeichner, aber die Polizei war der Meinung, daß die gefälschten Platten von seiner sechzehnjährigen Tochter hergestellt waren. Man konnte aber nichts nachweisen, und es wurde nicht einmal ein Verfahren gegen sie eingeleitet. Sie war sehr hübsch – soviel ich weiß, fuhr sie schließlich zu Verwandten nach Frankreich ...«

Plötzlich brach er ab.

»Heiliger Himmel«, murmelte er.

»Was gibt es?«

Er versuchte ruhig zu sprechen.

»Tut mir leid – ich bin heute so nervös. Warum sprechen wir auch ausgerechnet über den Fall Ricks! Ich möchte nur wissen, wie ich darauf gekommen bin. Aber merkwürdig, wie alles stimmt – sogar das hier!«

Er nahm das kleine Etikett und schaute es noch einmal prüfend an.

»Darf ich das behalten? Vielleicht bringt es Glück«, sagte er und schob es in die Tasche, ohne ihre Erlaubnis abzuwarten.

»Ich werde wirklich nicht schlau aus Ihnen«, meinte sie kopfschüttelnd.

»Eines Tages werde ich Ihnen alles erklären«, erwiderte er geradezu feierlich.

Als sie sich erhoben, stand auch der bärtige Mann auf und folgte ihnen zum Ausgang. Auf der Straße war er plötzlich nicht mehr zu sehen. Peter winkte einem Taxi; sie stiegen ein, und er nannte dem Chauffeur die Adresse ihrer Wohnung.

Auf der Fahrt war er ziemlich schweigsam und schaute nur ab und zu durch das kleine Rückfenster des Wagens.

»Sie haben sich nun schon dreimal umgesehen, seitdem wir das Restaurant verlassen haben«, sagte sie schließlich. »Was gibt es denn hinter uns Interessantes?«

»Sieht so aus, als ob wir Nebel bekommen – wollte nur mal sehen ...« Das übrige ging in einem halblauten Gemurmel unter.

Er wartete auf der Straße, bis er hörte, daß sie die Tür von innen zugeschlossen hatte. Dann schlenderte er langsam ein Stück zurück – der kleine Sportwagen, der seinem Taxi vom Restaurant aus gefolgt war, hielt in einer Entfernung von fünfzig Metern mit abgeblendeten Scheinwerfern. Als er geradewegs auf das Auto zuging, gab der Fahrer plötzlich Gas, entfernte sich ein Stück im Rückwärtsgang, wendete dann und verschwand in der Dunkelheit.

Peter zögerte. Wenn dies eine Gefahr für ihn bedeutete, konnte sie sich ebensogut auch auf Daphne erstrecken. Der Gedanke beunruhigte ihn, wenn die Bedrohung bis jetzt auch keine feste Form angenommen hatte. Immerhin war ihm der Wagen vom Restaurant an gefolgt, und er war sich völlig sicher, daß der Mann mit dem schwarzen Bart, der in der Ecke gesessen war und sich anscheinend nur um seine Zeitung gekümmert hatte, mit ihrer Überwachung beauftragt war.

Sollte er umkehren und Daphne warnen? Diese Absicht gab er sofort wieder auf, denn er wollte sie auf keinen Fall beunruhigen. Was sollte er machen? Er konnte sich doch nicht bis morgen früh auf die Treppenstufen ihres Hauses setzen? Das Außergewöhnliche seiner Lage kam ihm zum Bewußtsein; er fühlte sich wie in einem schlechten Kriminalfilm. In seiner Phantasie tauchten nacheinander alle möglichen düsteren Gefahren auf, über die er sich dann gleich lustig zu machen versuchte. Wer sollte auch Interesse an einem jungen Mädchen haben, dessen einzige Schuld es war, daß sie als Sekretärin bei einem Gelehrten angestellt war und dieselbe Stellung vorher bei einem Geschäftsmann zweifelhaften Rufes innegehabt hatte.

Er ging zu seinem Taxi zurück und ließ sich wieder in das Restaurant fahren. Glücklicherweise kannte er den Besitzer sehr gut und konnte sich daher ohne weiteres einige Fragen erlauben. Zu seinem Erstaunen erhielt er volle Auskunft über den Fremden.

»Er ist ein Privatdetektiv, der bei der Firma Stebbings angestellt ist. Seinen Namen kenne ich nicht – vielleicht ist es sogar Stebbings selber. Er war schon öfters hier; da er für gewöhnlich aber einen meiner Gäste beobachtet, freue ich mich nicht sehr über seine Besuche.«

Ein Stein fiel Peter vom Herzen. Privatdetektive sind im allgemeinen ziemlich harmlose Leute, die zumindest keine unmittelbare Lebensgefahr für die Leute darstellen, die sie beobachten. Besonders in England beschränkt sich ihre Tätigkeit meistens auf harmlose Ermittlungen.

Mit leichterem Herzen machte sich Peter auf den Weg zum Orpheum, dem Theater, das Miss Creed gehörte.

Ella Creed war eben auf der Bühne, als er ankam, und er mußte in einem zugigen Vorraum warten, bis eine Platzanweiserin kam und ihn aufforderte, in die Garderobe Miss Creeds zu kommen. Ella sah abgespannt aus.

»Zwei Vorstellungen am Tag und eine schlaflose Nacht wegen des armen Mr. Farmer – ich bin halb tot«, sagte sie. »Etwas zu trinken, Mr. Dewin?«

Sie erwähnte den Mord erst, als ihre Garderobiere den Raum verlassen hatte.

»Mr. Dewin, ich möchte Sie um einen Gefallen bitten.« Sie lehnte sich in ihrem Sessel vor und sah ihn mit einem bezaubernden Augenaufschlag an. »Der arme Joe trug einen Schlüssel bei sich, den er mir an jenem Abend geben wollte ... Mr. Crewe erzählte mir, daß er zufällig in Ihre Hände geraten ist. Würden Sie ihn mir bitte zurückgeben?«

Peter tat äußerst erstaunt.

»Meinen Sie etwa den Schlüssel in dem Geldbeutel? Ich habe mir schon überlegt, wem er gehören könnte. Ja, Miss Olroyd hat ihn mir gegeben. Ich wollte ihn gleich am andern Tag der Polizei abliefern, aber er ist mir in der Nacht von einem Einbrecher gestohlen worden«, log Peter seelenruhig. »Von einem Mann, der mein Jackett mitlaufen ließ. Wie Sie vermutlich wissen werden, war er in großer Eile, und der Schlüssel ist ihm wahrscheinlich dabei aus der Tasche gefallen.«

Sie blickte ihn einen Augenblick verdutzt an und fragte dann scharf:

»Woher soll ich denn das wissen?«

»Vielleicht haben Sie es in der Zeitung gelesen«, antwortete Peter gelassen.

Offensichtlich kam ihr diese Erklärung unerwartet, denn sie schwieg eine Weile.

»Aber es ist doch merkwürdig, daß Sie den Schlüssel in die Tasche Ihres Jacketts steckten«, begann sie dann wieder.

»Das ist allerdings seltsam«, sagte Peter höflich. »Ich hätte ihn eigentlich in meinen Schuh stecken sollen. Für gewöhnlich pflege ich Schlüssel auch dort aufzubewahren.«

Ella Creed sah ihn mißtrauisch und ärgerlich an, denn ihr Sinn für Humor war nicht sehr ausgeprägt.

»Es ist einfach furchtbar«, sagte sie dann. »Ich meine, daß der Schlüssel verlorengegangen ist ...«

»Ach, es war wohl der Schlüssel zu Ihrem Schmuckkasten?« fragte Peter unschuldig. »Oder zu dem Schrank, in dem die gefiederte Schlange steckt?«

Sie sprang auf.

»Was wollen Sie damit sagen, zum Kuckuck?« fragte sie. »Gefiederte Schlange? Was soll das heißen, Dewin? Wissen Sie, was ich glaube? Das Ganze ist nur ein Trick, den ihr Zeitungsleute erfunden habt, um damit andere Leute zu erschrecken!«

Ella Creed war manchmal leicht zu durchschauen, und Peter wußte, daß sie ihm jetzt nichts vormachte.

»Hören Sie mir einmal zu, Miss Creed«, sagte er ernst. »Die gefiederte Schlange ist keine Erfindung von Zeitungsleuten, die auf Sensation aus sind. Im allgemeinen pflegen Zeitungen auch nicht die Ermordung von Barbesitzern vorher anzukündigen. Haben Sie tatsächlich noch nie von der gefiederten Schlange gehört, bevor Sie die mysteriösen Karten erhielten?«

»Ganz bestimmt nicht!«

»Auch Farmer nicht?«

»Er hat sicher nichts davon gewußt! Gefiederte Schlangen, das ist doch Unsinn! Ich möchte nur wissen, wer hinter der ganzen Geschichte steckt. Die Leute sollten sich endlich klar darüber werden, daß sie mir keine Angst einjagen können. Falls sie etwa auf Geld aus sind, so ist bei mir nichts zu holen. Meine Wertsachen liegen alle sicher auf der Bank.«

»Man hat bei Ihnen eingebrochen, nicht wahr?« sagte Peter schnell. »Wurde eigentlich außer den unechten Schmuckstücken noch etwas gestohlen?«

Sie merkte, daß sie schon zuviel gesagt hatte, und wollte das Thema wechseln, aber er blieb hartnäckig bei seiner Frage.

»Nun ja«, sagte sie zögernd, »es ist tatsächlich bei mir eingebrochen worden, aber die Diebe haben nichts Wertvolles mitgenommen.«

Peter war klar, daß sie ihm nicht die ganze Wahrheit gesagt hatte. Was mochte sie wohl verbergen?

»Es wurde Ihnen also doch etwas gestohlen?« bohrte er.

Draußen wurde an die Tür geklopft, Ellas Auftritt begann in wenigen Minuten.

»Ich muß mich schleunigst umziehen –«

»Was war es?« fragte Peter.

»Ein Ring«, erwiderte sie ärgerlich. »Ein Ding, das keine fünf Pfund wert ist.«

»Was für ein Ring – doch nicht ein Trauring?«

»Trauring...« Sie mußte erst Luft holen, bevor sie ihm antwortete. Er hätte nicht herausfordernder fragen können, wenn er die Wahrheit gewußt hätte. »Es war ein Siegelring, ein ganz altes Ding, das ich schon viele Jahre hatte. Aber nun verschwinden Sie!«

Peter wartete auf dem Gang vor der Garderobe. Dahinter steckte bestimmt etwas. Doch würde es schwierig sein, noch mehr aus Ella Creed herauszuholen. Sie erschien nach wenigen Minuten fertig angekleidet zum zweiten Akt. Als er auf sie zutrat, winkte sie nervös ab.

»Ich kann heute abend nicht mehr mit Ihnen sprechen, Mr. Dewin. Es hat keinen Zweck, wenn Sie warten.«

Als sie in Richtung Bühne verschwunden war, begann er, ihre Garderobieren auszuhorchen.

»Miss Creed scheint heute abend nicht in der besten Laune zu sein«, begann er kühn.

Die ältere der beiden lächelte verächtlich.

»Ich möchte nur wissen, wann sie überhaupt einmal guter Laune ist! Heute war es wieder ganz besonders schlimm. Es ist wirklich kaum auszuhalten.«

»Hat Ihnen Miss Creed irgend etwas von dem Einbruch in ihrer Wohnung erzählt?«

»Soviel ich weiß, wurde ihr ein Ring gestohlen. Für gewöhnlich trug sie ihn bei ihren Auftritten. Ich hätte kein Pfund dafür gegeben.«

»Wie sah er denn ungefähr aus?«

Das jüngere Mädchen konnte ihm eine ziemlich genaue Beschreibung des Ringes geben.

»Es war so eine Art Wappen darauf, drei Weizengarben mit einem Adler in der Mitte. Mr. Crewe sagte ihr immer, sie solle doch das alte Ding ins Feuer werfen, aber das brachte sie nicht übers Herz.«

Ella galt allgemein als ziemlich geizig.

»Sind Sie schon lange hier beschäftigt?« fragte Peter teilnahmsvoll.

»Schon viel zu lange«, kam die verärgerte Antwort. »Ich bin nun seit mehr als zwanzig Jahren in diesem Beruf, aber so etwas ist mir noch nicht vorgekommen. Es ist mir ganz gleich, wenn ich entlassen werde. Dabei habe ich Miss Creed schon gekannt, als sie noch ein kleines Chormädchen war, lange bevor sie zu Geld kam und das Orpheum pachtete. Sie hat von Anfang an ein unwahrscheinliches Glück gehabt.«

Das Mädchen legte den Finger an die Lippen und lauschte auf die fernen Klänge der Kapelle.

»Ich glaube, es ist besser, wenn Sie jetzt gehen«, sagte sie dann. »Sie wird in einer Minute hier sein, um sich umzuziehen.«

Peter war klug genug, das Feld zu räumen; er hatte das Theater schon längst verlassen, als Ella atemlos in ihren Ankleideraum kam.

»Bringen Sie mir sofort Schreibpapier und ein Kuvert«, befahl sie. »Rufen Sie dann Mr. Crewe an und fragen Sie ihn nach der Adresse von Miss Daphne Olroyd – aber etwas schnell bitte!«

11

Daphne Olroyd saß in der Küche ihrer kleinen Wohnung vor ihrem Frühstück, als es an der Tür läutete. Sie öffnete und sah draußen Peter stehen.

»Ist das ein offizieller Gegenbesuch?« fragte sie und bat ihn einzutreten.

»Je nachdem – ich weiß noch nicht recht... Mir ist etwas eingefallen, was ich Sie unbedingt noch fragen wollte.«

Was er dann aber vorbrachte, war so offenkundig an den Haaren herbeigezogen, daß sie gleich wußte, daß der eigentliche Grund seines Morgenbesuches ein ganz anderer war.

Tatsächlich hatte er eine ruhelose Nacht verbracht; um vier Uhr morgens war er bereits so nervös gewesen, daß er sich am liebsten angezogen hätte, um bei ihr nachzusehen, ob es ihr auch gut ginge. Er konnte ihr doch aber jetzt nicht sagen, daß er ihr nur deshalb einen Besuch machte, weil er sie dauernd von irgendwelchen eingebildeten oder wirklichen Gefahren umgeben sah.

Warum er überhaupt auf so dumme Gedanken kam, war ihm unbegreiflich. Der sonst so schlaue Peter war nicht einmal mehr imstande, seinen eigenen Gemütszustand richtig zu beurteilen.

»Ich habe eine Einladung zum Abendessen von... Raten Sie mal, von wem«, sagte Daphne, nachdem sie ihm einen Platz angeboten hatte.

»Doch nicht von Ella?« fragte er auf gut Glück und war verblüfft, als sie bejahte.

Sie nickte, ging in ihr Schlafzimmer und holte das Schreiben, das er verwundert las:

Meine liebe Miss Olroyd – ich würde mich gerne über verschiedene Dinge mit Ihnen unterhalten. Wären Sie so liebenswürdig, mich heute abend am Theater abzuholen? Wir könnten dann irgendwo miteinander zu Abend essen. Wir sind uns nun schon so oft begegnet, ohne daß wir richtige Bekanntschaft geschlossen hätten. Vor allem möchte ich auch einige Fragen an Sie richten, die den Tod meines armen Freundes Mr. Farmer betreffen. Vielleicht wird es Sie bei dieser Gelegenheit interessieren, auch einmal einen Blick hinter die Kulissen eines Theaters zu werfen? Bitte rufen Sie mich doch in meiner Wohnung in St. John's Wood an.

Mit freundlichen Grüßen
Ihre
Ella Creed

Er faltete den Brief wieder zusammen und gab ihn Daphne zurück.

»Werden Sie hingehen?«

Sie sah ihn nachdenklich an.

»Ich weiß noch nicht recht. Eigentlich wäre es sehr unhöflich, wenn ich ablehnte, andererseits kenne ich sie ja kaum. Was würden Sie denn an meiner Stelle tun?«

»Ich wüßte keinen Grund, warum Sie nicht hingehen sollten«, entgegnete Peter. Dabei hatte er aber das unangenehme Gefühl, daß es besser sei, wenn sie diese unerwartete Einladung nicht annehmen würde.

»Ich werde es mir noch überlegen«, meinte Daphne und steckte den Brief wieder in ihre Handtasche. »Heute abend habe ich sowieso nichts vor – und eigentlich würde ich tatsächlich ganz gern einmal hinter die oft erwähnten Theaterkulissen schauen.«

An diesem Morgen hatten sie genügend Zeit, um zu Fuß zu

Gregory Beales Haus zu gehen. Sorglos schlenderten sie durch den Park und fühlten sich ganz als zwei junge Leute, die momentan keine allzu großen Sorgen hatten.

»Wie wäre es denn, wenn ich Sie heute abend zum Essen einladen würde?« erkundigte er sich vorsichtig, als sie vor Mr. Beales Haus angelangt waren.

»Sie haben doch so viel zu tun«, erwiderte sie schnell. »Und ich möchte auch nicht, daß diese Einladungen zur Gewohnheit werden.«

»Es wäre die erste gute Gewohnheit, die ich jemals hatte!«

Sie lachte nicht, wie er erwartet hatte, und ihre Entgegnung war ziemlich zurückhaltend.

»Sie sollten nicht gar zu selbstsicher sein, Mr. Dewin – noch nicht.«

Er glaubte, daß er sie durch irgendeine leichtsinnige Bemerkung beleidigt hätte, wußte aber beim besten Willen nicht, was er Falsches gesagt oder getan hatte. Sie dagegen war über sich selbst verwundert, daß sie so unfreundlich zu ihm gewesen war.

Sie trennten sich etwas kühl, und während Peter Dewin weiterschlenderte, quälten ihn unangenehme Gedanken. Schließlich legte er sich die naheliegende Frage vor, ob er sich nicht bereits verliebt habe, brach diese nutzlosen Überlegungen aber mit einem tiefen Seufzer ab.

Mit dem Bus fuhr er nach Scotland Yard und ließ sich bei Oberinspektor Clarke melden. Er wurde sofort zu einem kleinen Kriegsrat zugezogen, der schon vor seiner Ankunft begonnen hatte.

»Kommen Sie herein, Peter«, sagte Clarke. Der große, starke Mann mit dem grauen Schnurrbart war einer der fähigsten Männer von Scotland Yard. »Wir diskutieren gerade über die gefiederte Schlange. Vielleicht können Sie uns weiterhelfen.«

»Die Zusammenhänge sind mir auch noch nicht ganz klar«, erwiderte Peter prompt. »Ich kam eigentlich her, um mir bei Ihnen neue Informationen zu holen.«

»Hier können Sie wenig Neuigkeiten erfahren«, brummte Sweeney, ein Mitarbeiter von Clarke. »Wir sind auf einem toten Gleis festgefahren.«

»Worüber wollten Sie uns denn ausholen, Peter?« fragte Clarke.

»Wissen Sie etwas über einen gewissen Hugg?«

Clarke nickte nach kurzem Nachdenken.

»Ich habe ihn einmal hinter schwedische Gardinen gebracht«, sagte er. »Er ist ein Einbrecher, der vor ein paar Monaten auf Bewährungsfrist entlassen wurde und sich regelmäßig bei der Polizeiwache von King's Cross melden muß. Er hat mir das erzählt, als ich ihn vor einiger Zeit zufällig auf der Straße sah und ansprach. Was hat er denn jetzt wieder ausgefressen?«

»Er wollte mir nur einen Artikel anbieten«, sagte Peter, »und das ist schließlich kein Verbrechen. Dann möchte ich noch gerne wissen, ob Sie mir Auskunft über die Ricks-Bande geben können?«

Sweeney, der sich gerade mit einem Kollegen unterhielt, schaute interessiert auf.

»Meinen Sie die Falschmünzerbande? Die habe ich seinerzeit ausgehoben – mit Ausnahme des Mädchens, das damals noch ein Kind war. Ist sie denn wieder in London aufgetaucht?«

»Sie hat doch eigentlich die Fälschungen gemacht, nicht wahr?« fragte Peter, indem er die Frage des andern überhörte. »Hatte sie denn so viel Talent?«

»Ja, sie war wirklich sehr geschickt«, antwortete ihm Clarke. »Als sie zwölf Jahre alt war, erhielt sie einmal von der Chelsea-Gesellschaft eine goldene Medaille für ihre Zeichnungen.«

»Können Sie sich an ihren Namen erinnern?« fragte Peter.

Keiner wußte ihn mehr, aber er ließ sich ohne weiteres in den Akten feststellen.

»Sie hieß Paula.«

Peter bekam Herzklopfen vor Aufregung.

»Paula – Paula Ricks – sie hat also die Entwürfe für die falschen Banknoten gezeichnet?«

Clarke nickte langsam.

»Daran ist nicht zu zweifeln. Mag sein, daß sie keine englischen Noten gemacht hat, aber bestimmt hat sie die französischen Tausendfrancsscheine gefälscht. Der Sachverständige der Bank von Frankreich erklärte damals, die Fälschungen seien ganz raffiniert ausgeführt. Es waren keine Photographien, sondern Zeichnungen, die später geätzt wurden. Wir konnten damals allerdings nicht gegen das Mädchen vorgehen, weil es noch zu jung war. Ihr Vater betrieb die Falschmünzerei geradezu als Hobby und konnte nicht mehr davon lassen. Wenn er sich nicht erschossen hätte, wäre er für immer im Zuchthaus gelandet. – Glauben Sie, daß die Zeichnungen der gefiederten Schlange von ihr stammen?«

Peter schüttelte entschieden den Kopf.

»Gegen diese Vermutung möchte ich einiges wetten.«

»Nanu«, rief Clarke verdrießlich, als der Reporter ihnen lässig zuwinkte und zur Tür ging. »Was sind denn das für Manieren? Nichts als Fragen stellen und dann wieder verschwinden?«

Peter drehte sich um.

»Ich habe mir nun verschiedene Meinungen über die gefiederte Schlange und den Mord angehört und mir allerlei daraus zusammengereimt. Ich verspreche Ihnen das eine, Clarke, daß Sie alles Material meiner Geschichte bekommen, bevor sie in Druck geht. Zuerst muß ich aber noch ein Schloß finden, das sich mit einem bestimmten Schlüssel öffnen läßt. Und außerdem muß ich noch wissen, wozu Joe Farmer das verdammte Wort Gucumatz gebraucht hat.«

Dann ging er, ohne eine Antwort abzuwarten.

12

Peter hatte eine Menge Besuche zu absolvieren. Darunter waren sowohl wichtige als auch nebensächliche, deren Ergebnis man jedoch nicht voraussehen konnte. Im obersten Stock eines Geschäftshauses in der Winchester Street trat er in das Büro einer alteingesessenen Baufirma und wollte sich bei dem ersten Architekten, dessen Name auf dem Firmenschild stand, melden lassen. Der Mann in der Pförtnerloge schüttelte aber den Kopf.

»Mr. Walber lebt nicht mehr. Das Geschäft wird jetzt von Mr. Denny allein geführt. Wollen Sie ihn sprechen?«

Peter stand bald darauf einem hageren, kurzsichtigen Mann

gegenüber, der nervös und ungeduldig wirkte. Man hatte den Eindruck, daß er das Gespräch so bald wie möglich zu beenden wünschte. Selbst das Zauberwort ›Redaktion des Postkuriers‹ zog bei ihm nicht. Er war ein so vielbeschäftigter Mann, daß er wahrscheinlich von der Existenz dieser großen Zeitung keine Ahnung hatte.

Peter zog den Plan aus der Tasche, den er in der Schublade von Joe Farmers Schreibtisch gefunden hatte und auf dem der Name der Firma ›Walber und Denny‹ stand. Er zeigte ihn dem Architekten.

»Das ist einer der Baupläne, die noch Mr. Walber entworfen hat«, sagte Denny sofort und zeigte auf eine schwer leserliche Unterschrift in der Ecke des Blattes. »Ich kann Ihnen darüber leider keine Auskunft geben. Mr. Walber liebte es, an solche große Projekte heranzugehen. Was es sein soll? Anscheinend ein riesiger Wohnblock – du lieber Himmel –, die Londoner Baupolizei würde sich gegen einen solchen Unsinn entschieden verwahren. Das Ganze hat nur in Mr. Walbers lebhafter Phantasie existiert.«

»Können Sie vielleicht feststellen, für wen dieser Plan gezeichnet wurde?«

Denny beteuerte nachdrücklich, daß er das nicht wisse.

»Mr. Walber war ein gutherziger, aber unpraktischer Mensch. Als er starb, hinterließ er keinen Pfennig. Als Junggeselle brauchte er auch sehr wenig Geld.«

An Mr. Dennys düsterem Tonfall ließ sich unschwer erkennen, daß er kein Junggeselle war.

»Mr. Walber zeichnete häufig nur zu seinem Vergnügen solche weitläufige Pläne. Er war von dem Gedanken besessen, daß er eines Tages einen Geldgeber finden würde, der ihm die nötigen Mittel zur Verwirklichung seiner Ideen zur Verfügung stellte. Aber Millionäre sind bekanntlich dünn gesät und außerdem meist praktisch veranlagt, und so hatte er keine Gelegenheit, seine verrückten Pläne zu verwirklichen. Wollen Sie sonst noch etwas wissen?«

Peter faltete den Plan zusammen und steckte ihn wieder ein. Etwas an der kurzangebundenen Art des anderen belustigte ihn.

»Sind Sie sicher, daß dieser Plan in Ihrem Büro nicht weiter bearbeitet wurde?« fragte Peter.

»Ganz sicher. Es war eine private Spielerei von Mr. Walber; ein offizieller Auftrag, der in unseren Akten festgehalten sein müßte, war es keinesfalls – außerdem verwenden wir hier im Büro ein ganz anderes Papier.«

Peter hatte eine unbestimmte Ahnung, auf wen Mr. Walber bei der Verwirklichung seiner Pläne gezählt hatte; daß er aber hier nichts Näheres darüber erfahren konnte, war ihm klar. Er fragte dann noch, ob Walber vielleicht den kürzlich ermordeten Mr. Farmer gekannt habe. Mr. Denny schaute in seiner Kundenliste nach und schüttelte dann den Kopf.

»Unter unseren Kunden befindet sich kein Mr. Farmer.«

Gleich darauf machte sich Peter auf den Weg zur City. In der Queen Victoria Street liegt ein altmodisches Gebäude aus der Zeit der Königin Anna – das Heraldische Amt. In diesem Amt blieb Peter fast eine Stunde, und als er herauskam, sah er bedeutend vergnügter aus. Einen Zipfel des Vorhangs, der das Geheimnis der gefiederten Schlange verbarg, hatte er lüften können.

Die schwierigste Aufgabe erwartete ihn aber erst noch. Buckingham Gate Nr. 10 war ein vornehmes, großes Haus mit einzelnen Mietwohnungen. Der Portier sagte ihm, daß Mrs. Paula Staines zu Hause sei, und öffnete ihm die Tür des Aufzugs.

Als Peter oben an der Wohnungstür geklingelt hatte, öffnete ihm ein Dienstmädchen und führte ihn in eine kleine, geschmackvolle Diele; besonders fielen ihm an den Wänden eine Reihe von eingerahmten Zeichnungen auf.

Das Mädchen kam bald zurück und führte ihn in einen Raum, der das Meisterstück eines Innenarchitekten hätte sein können. Ein Blick auf Mrs. Paula Staines genügte Peter, um zu wissen, daß er hier einen ganz anderen Typ vor sich hatte als die eingebildete Schauspielerin vom Orpheum. Mrs. Staines saß an einem Tischchen, einen weißen Zeichenkarton vor sich. Er konnte nicht umhin, sie bewundernd anzuschauen; in ihrem ganzen Wesen drückte sich das aus, was man eben nur bei einer ›Dame‹ findet.

Sie lehnte sich in ihren Sessel zurück und begrüßte ihn mit einem etwas spöttischen Lächeln.

»Eine große Ehre für mich, Mr. Dewin«, sagte sie. »Wollen Sie mich etwa interviewen?«

Bevor er antworten konnte, nahm sie den vor ihr liegenden Zeichenkarton und hob ihn in die Höhe.

»Ich zeichne gefiederte Schlangen – sehen sie nicht phantastisch aus?«

Er erkannte einige Skizzen von gefiederten Schlangen auf dem Blatt – zusammengerollt, den Kopf zurückgebogen, um auf ein Opfer loszustoßen, in seltsamer Verschlingung. Daneben Einzelstudien von Köpfen und Versuche, besonders das eigenartige Gefieder herauszuarbeiten.

»Reizend von Ihnen, daß Sie mir meine Aufgabe so leicht machen«, meinte Peter begeistert. »Deshalb bin ich ja zu Ihnen gekommen.«

Ihre Lippen preßten sich für einen Augenblick zu einem dünnen Strich zusammen.

»Das vermutete ich schon, als ich Ihre Karte las«, entgegnete sie. »Aber glauben Sie mir, Mr. Dewin, Sie haben sich nicht gerade an eine kompetente Person gewandt. Ich habe in meinem ganzen Leben noch nie etwas von gefiederten Schlangen gehört – bis dieser fürchterliche Mord geschah.«

Sie sah ihn offen an, und er war sich fast sicher, daß sie ihn nicht belog.

»Vermutlich sind Sie auch wegen des Mordes gekommen.« Sie wischte die Zeichnungen vom Tisch und schauderte zusammen. »Es ist furchtbar!«

Er wußte ganz genau, warum die Tat dieser sonst so gelassenen Frau besonders naheging. Wäre er ein brutaler Mensch gewesen, so hätte er ihr sofort einiges auf den Kopf zugesagt; so erkundigte er sich vorerst nur nach dem Vorleben Mr. Farmers. Anscheinend hatte sie ihn gut genug gekannt, um auch über seine verschiedenen Straftaten im Bilde zu sein; trotzdem berührte sie diese Dinge nicht.

»Und jetzt, Mr. Dewin« – bei diesen Worten legte sie ihre schönen schlanken Hände auf den Tisch und zog die Augenbrauen zusammen –, »sagen Sie mir bitte, was Sie wirklich von mir wollen.«

Das war eine Herausforderung, und er nahm sie an.

»Ich will ganz offen sein – ich brauche Informationen über die gefiederte Schlange.« Sie machte eine abwehrende Bewegung. »Vielleicht sind Sie selbst überzeugt davon, daß Sie nichts über diese Angelegenheit wissen – ich vermute das Gegenteil. Nun, vor vielen Jahren erregte eine große Betrugsaffäre viel Aufsehen...«

»Ich war nicht daran beteiligt«, erwiderte sie ruhig und bestimmt. »Natürlich kann ich nicht verlangen, daß Sie mir glauben, aber deswegen ist es doch wahr. Ich will nicht behaupten, daß ich in gewissem Sinn von dieser Angelegenheit damals nicht profitiert hätte – aber bis zur letzten Minute, in der man mich einweihen mußte, wurde ich über die eigentlichen Zusammenhänge im unklaren gelassen. Übrigens werde ich Ihnen über die Sache nichts weiter erzählen.«

»Warum haben Sie denn überhaupt schon so viel angedeutet?«

Sie überlegte einen Augenblick, bevor sie antwortete.

»Weil ich annehme, daß Sie irgend etwas entdeckt haben, was mich angeht. Ich wußte es nicht, bis Sie hier hereinkamen – erst als ich Ihren Gesichtsausdruck sah.«

Er nickte.

»Ja – Sie sind Paula Ricks.«

Sie erwiderte nichts, und er wiederholte die Worte. Wieder verzog sie den Mund zu einem spöttischen Lächeln.

»Ganz richtig, ich bin Paula Ricks – aber was kann Ihnen diese Tatsache helfen?«

»Sie kennen William Lane«, entgegnete er ernst. Aber zu seiner größten Verwunderung schüttelte sie den Kopf.

»Ich habe ihn niemals gesehen – ich wußte kaum etwas von ihm, bis er festgenommen wurde. Später habe ich dann natürlich alles erfahren, was es überhaupt über ihn zu wissen gab.« Sie lehnte sich vor und sah ihn groß an. »Ist es denn ein Verbrechen, daß ich Paula Ricks bin? Sie können mir doch nicht den Aufenthalt in England verbieten – und die Polizei kann mir nichts anhaben!« Forschend sah sie ihn an. »Soll ich Ihnen erzählen, was die Polizei vermutet, was aber bisher niemand weiß? Ich habe alle Platten selbst gestochen, die mein Vater brauchte, um die falschen französischen Banknoten nachzudrukken. Allerdings, was mir kaum jemand glauben wird, ich dachte damals, daß es nur ein Scherz sei ... Ja, sogar als ich den Ernst der Lage übersah, machte ich mir nicht viel Gewissensbisse, ich hielt es immer noch für einen großen Spaß. Vielleicht hatte ich auch eine gewisse Genugtuung dabei, als ich es tat ... Übrigens habe ich nachher nie wieder eine solche Platte gestochen.«

Er betrachtete vielsagend die luxuriöse Einrichtung des Zimmers.

»Nun, das hier muß doch etwas gekostet haben – und nicht zu wenig. Nehmen Sie mir diese Frage nicht übel – wie bringen Sie es fertig, von Ihren sicher nicht sehr großen Einnahmen als Künstlerin in diesem Stil zu leben?«

Peter war von der Art dieser Frau schon vorher beeindruckt gewesen, aber das größte Rätsel gab sie ihm erst jetzt auf.

»Das Geld, das ich besitze, diese Wohnung, alles, was Sie hier sehen, habe ich nur deshalb, weil ich ehrlich war! Und ich würde genau dasselbe haben, wenn ich nicht ehrlich gewesen wäre. Merken Sie sich – ich kann sagen, daß mein Vermögen der Preis für meine Ehrlichkeit und meine energische Weigerung ist, das alte Leben weiterzuführen.«

Er war davon überzeugt, daß sie die Wahrheit sagte, wenn er sich vorerst auch durchaus noch keinen Reim darauf machen konnte.

»Man sagt, daß Sie eine Vorliebe für Rätsel haben, Mr. Dewin – lösen Sie dieses!« Sie stand auf und drückte auf einen Klingelknopf. »Ich werde jetzt Tee trinken. Wollen Sie mir dabei Gesellschaft leisten? Ich war wirklich im Unrecht, als ich Ihrem Besuch mit einem gewissen Unbehagen entgegensah.«

Das Mädchen kam herein, und sie sprach erst weiter, als es einen Auftrag entgegengenommen und die Tür wieder geschlossen hatte.

»Ich fürchtete, Sie würden herausbekommen, wer ich in Wirklichkeit bin, und das haben Sie in der Tat ja auch getan; nur daß es jetzt gar nicht so schlimm ist, wie ich mir einbildete. Eigentlich war es sehr dumm von mir, daß ich so unruhig war ... Sie sind heute morgen in Scotland Yard gewesen – haben Sie dort Ihre Entdeckung mitgeteilt?«

Er sah sie erstaunt an.

»Woher wissen Sie das?«

»Aus einem ganz einfachen Grund«, entgegnete sie gelassen. »Ich habe Sie während der letzten sechsunddreißig Stunden überwachen lassen – und habe dabei eine ganze Menge über Sie und Ihr Privatleben erfahren. Miss Olroyd ist wirklich ein sehr hübsches Mädchen, nicht wahr, Mr. Dewin?«

Er hörte den heiteren Unterton in ihrer Stimme und wurde rot.

»Sie haben doch nicht etwa Mr. Stebbings engagiert, um mich beobachten zu lassen?«

»Aber natürlich – Mr. Stebbings in Person«, sagte sie mit der größten Selbstverständlichkeit. »Sie haben ihn also erkannt? Ich habe ihm doch gleich gesagt, daß sein Bart viel zu sehr auffällt!«

Der Tee wurde hereingebracht, und sie goß ein.

»Entsetzlich, diese Sache mit Mr. Farmer«, sagte sie nach einer längeren Pause. »Nicht, daß ich ihn besonders leiden konnte ... Ich könnte Ihnen viel von ihm erzählen, aber es ist besser, wenn ich es nicht tue. Außerdem sind Sie ja so klug, daß Sie alle diese Dinge selbst herausbringen werden.«

»Soll das eine Beleidigung oder ein Kompliment sein?«

»Ich weiß nicht – nehmen Sie es, wie Sie wollen.«

Er starrte in seine Tasse, dann trank er einen Schluck und schaute ihr von unten herauf in die Augen.

»Wenn wir Wein hätten, würde ich einen Trinkspruch auf Sie ausbringen«, meinte er mit einem seltsamen Unterton. »Ich brauchte Ihnen dabei nur das schöne alte Wort Gucumatz zu sagen!«

Klirrend fiel ihr die Tasse aus der Hand, und sie wurde plötzlich totenblaß.

»Gucumatz!« stieß sie hervor und starrte ihn mit weitaufgerissenen Augen an. »Gucumatz ...«

Sie atmete erregt. In der nächsten Sekunde würde sie zu reden beginnen...

Aber in diesem Augenblick klopfte es an die Tür, und das Mädchen kam herein. Paula wurde am Telefon verlangt – die günstigste Gelegenheit für sie, um Zeit zu gewinnen.

Sie verließ schnell das Zimmer, war einige Minute abwesend, und als sie wieder eintrat, hatte sie ihre alte, sichere Haltung bereits zurückgewonnen.

»Ich glaube, wir müssen jetzt sehr vernünftig sein«, sagte Paula mit einer Stimme, die gezwungen fröhlich klang.

»Und aufrichtig!« fügte Peter hinzu.

»Auch aufrichtig!« wiederholte sie. »Und zwar gilt das für uns beide. Ich gestehe, daß Sie mich überrascht haben ... Gleich darauf wurde mir klar, daß Sie das böse Wort bei Farmer gefunden haben, der es stets mit sich herumtrug. Sie erschreckten mich tatsächlich furchtbar! Solche unvermittelte Überraschungen gehören zu Ihrem Beruf, wie?«

»Das kann ich nicht abstreiten – und wenn ich von Gucumatz sprach...«

»Ein verrücktes Wort – ich schwöre Ihnen, daß ich es nicht gehört habe, bis ein Jahr nach...« sie zögerte und suchte nach einem Ausdruck.

»Bis ein Jahr nach?« wiederholte Peter.

»... nach einem gewissen Ereignis«, vollendete sie den Satz. »Aber was bezwecken Sie eigentlich mit diesem Wort?«

Wußte sie es wirklich nicht, oder wollte sie ihn nur verblüffen? Es sah doch so aus, als ob sie dem Wort eine besondere Bedeutung zugrunde legte, und seine Vermutung wurde auf seinen nächsten Satz hin bestärkt.

»Gucumatz ist nur ein anderer Name für gefiederte Schlange«, sagte er langsam.

Sie schaute ihn lange an, dann ließ sie sich plötzlich in einen Sessel fallen und bedeckte das Gesicht mit den Händen. Als sie wieder aufschaute, war sie so blaß wie vorher.

»Würden Sie mich morgen besuchen?« sagte sie und reichte ihm die Hand. »Nein, nein, ich will heute nicht mehr darüber sprechen, ich fühle mich nicht wohl – morgen...«

Sie begleitete ihn bis zur Tür und sah ihm nach, wie er die Treppe hinunterging. Dann klingelte sie ihrem Mädchen.

»Rufen Sie sofort bei Cooks Reisebüro an, und lassen Sie zwei Schlafplätze im Orientexpreß belegen.«

Das Mädchen war anscheinend an solche plötzlichen Entschlüsse gewöhnt und antwortete nur mit einem zuvorkommenden Lächeln.

»Nita, niemand darf erfahren, daß wir morgen früh verreisen. Es wäre gut, wenn Sie sofort packen würden und die Koffer nachts zum Bahnhof brächten. Sagen Sie auch dem Portier erst im letzten Moment, daß wir fortfahren – für mindestens ein Jahr ...«

Paula Staines ging zu ihrem Schreibtisch und verbrachte den ganzen Nachmittag damit, Briefe zu zerreißen und Schecks auszuschreiben. Sie hatte sich an einen Grundsatz erinnert, den ihr Vater ihr einmal eingeprägt hatte: »Gehe immer Verwicklungen aus dem Weg!« Und es waren böse Verwicklungen im Anzug, die schnell über die hereinbrechen würden, die dablieben.

13

Das Arbeitszimmer Mr. Gregory Beales war ein großer Raum im Erdgeschoß, an dessen Wänden hohe Bücherregale standen. Das ganze Zimmer war bis zur Decke hinauf mit dunklem Eichenholz getäfelt. Hier hielt sich der Gelehrte die meiste Zeit des Tages auf.

Er hatte Daphne ein kleines, freundliches Zimmer im ersten Stock angewiesen, aber die ersten Tage brachte sie hauptsächlich in seiner Bibliothek zu, die einen recht angenehmen Aufenthalt bot. Durch ein großes Fenster sah man in einen kleinen Garten, der von hohen roten Ziegelmauern eingefaßt wurde. Das Haus war ein Eckgrundstück, und eine Umfassungsmauer grenzte an die Straße. Die Mauern waren oben mit zerbrochenem Glas und Scherben versehen, um das Haus vor Einbrechern zu schützen.

Von einer Balkontür aus führten mehrere Stufen zu dem kleinen Kiesweg, der die Blumenbeete in zwei Hälften teilte.

Späte Chrysanthemen blühten dort noch, und Mr. Beale machte sich ein Vergnügen daraus, täglich eine halbe Stunde lang in der kleinen Anlage herumzuwandern.

Eigentümlicherweise duldete er in seinem Haus keinerlei Vorhänge. Auch die Rolläden an den Fenstern wurden nie heruntergelassen, sobald er daheim war. Ohne nähere Erklärung hatte er Daphne darauf gleich am ersten Tag ihres Eintritts aufmerksam gemacht. Soviel sie wußte, wollte er einfach viel frische Luft und Sonne haben.

Er hatte auch noch andere kleine Eigenheiten. Kein Angehöriger des Hauspersonals betrat jemals sein Zimmer, wenn er nicht nach ihm geklingelt hatte. Wenn es notwendig war, benützte der Butler ein Haustelefon, um sich mit seinem Herrn zu verständigen. Daphne wurde feierlich in alle diese Gebräuche eingeweiht.

»Nicht, daß ich etwas dagegen hätte, wenn Sie zu mir kommen«, sagte er lächelnd. »Dazu sehen Sie viel zu anziehend aus. Aber ich habe eine große Abneigung dagegen, bei der Arbeit unterbrochen zu werden. Aus diesem Grund habe ich den Raum auch mit Doppeltüren versehen lassen.«

Als sie an diesem Morgen zu ihm kam, traf sie ihn bei seinem Spaziergang im Garten. Die erste Frage, die er an sie richtete, betraf zu ihrer Verwunderung Peter Dewin, und obwohl sie sich mit Peter im Augenblick nicht so gut stand – ohne jeden Grund, wie sie genau wußte –, konnte sie ihn Mr. Beale gegenüber gar nicht genug loben. Frauen sind nun einmal unlogisch.

»Zweifellos, ich bin auch davon überzeugt, daß er sehr intelligent ist«, unterbrach sie Mr. Beale schließlich belustigt. »Er ist ein recht netter junger Mann – von Journalistik verstehe ich allerdings nicht genug, um seine Begabung für seinen Beruf beurteilen zu können. Er ist wohl Ihr Bräutigam, wenn ich fragen darf?«

Sie errötete tief.

»Aber Mr. Beale, kein Gedanke daran – ich kenne ihn ja kaum länger als eine Woche!«

Er schaute sie vergnügt von der Seite an.

»Gibt es nicht so etwas wie Liebe auf den ersten Blick? Ich

für meinen Teil würde nichts von einer langen Verlobungszeit halten – in der Ehe sieht dann doch alles anders aus.«

Sie fand es sonderbar, daß er Betrachtungen über die Ehe anstellte, und mußte lachen.

»Diese Fragen sind zwischen Mr. Dewin und mir noch nicht besprochen worden«, sagte sie und fügte ein wenig neugierig hinzu: »Sie sprechen, als ob Sie eine Autorität auf diesem Gebiet wären, Mr. Beale.«

»Weiß der Himmel, das bin ich nicht«, entgegnete er. Er verzog einen Moment lang das Gesicht, als ob er sich an etwas Unangenehmes erinnerte. »Ich war einmal verheiratet – aber die Sache ging nicht glücklich aus.«

Im Verlauf ihrer kurzen Bekanntschaft hatte Daphne schon erkannt, daß er ein Mann von wirklich umfassendem Wissen war. Es gab kaum ein Gebiet, auf dem er sich nicht schon betätigt hatte, und gleich am ersten Tag half sie ihm bei einem kleinen Experiment: In einem Mörser zerstieß er einen Stein und schmolz in einem elektrisch geheizten Tiegel ein kleines Stückchen Silber heraus. Beim Ordnen verschiedener Akten fand sie das halbvollendete Manuskript eines Buches. Sie las eine Seite; es war eine Abhandlung über die Wirtschaftlichkeit kleinster Haushaltungen und enthielt Tabellen über Löhne in ihrem Verhältnis zum Lebensunterhalt. Sehr erstaunt war sie, als er ihr gleichgültig den Auftrag gab, es zu verbrennen.

»Es ist ja doch längst überholt – zehn Jahre sind auf diesem Gebiet eine große Zeitspanne.«

Die archäologischen Kenntnisse Mr. Beales über Süd- und Mittelamerika waren ausgezeichnet. Er zeigte ihr Kopien wertvoller Handschriften, die teils in Maya, teils in Altspanisch abgefaßt waren und von Sitten und Gebräuchen in dem Königreich Quiche berichteten.

»Verstehen Sie Spanisch? – Schade ... Sie könnten sonst hier eine Menge über gefiederte Schlangen lesen«, sagte er gutgelaunt. »Sie würden auch feststellen, daß sich die Menschen im Grunde genommen gleichgeblieben sind. Die komplizierten Zeremonien, die bei den aztekischen Kulthandlungen zelebriert wurden, sind nicht verwickelter als die Aufnahmegebräuche der modernen Geheimgesellschaften – nur haben die Götter ihre Namen geändert.«

Als sie diesen Morgen in der Bibliothek arbeitete, entdeckte sie dort etwas, das nicht gerade zur Verschönerung des Raumes beitrug. Eine alte eichene Tür mit rostigen Angeln lehnte an der Wand, dem Fenster gegenüber; ihre eine Seite war mit Stahlblech beschlagen. Er erzählte ihr, daß er sie draußen im Schuppen gefunden und hereingebracht habe. Früher war sie an einem Zugang durch die hintere Gartenmauer angebracht gewesen, der aber zugemauert worden war. Wie er ihr auseinandersetzte, wollte er auf der verwitterten Oberfläche der Tür irgendeine seltsame aztekische Zeichnung anbringen. Wieder so eine neue Laune von ihm, über die sie heimlich den Kopf schüttelte.

Bei ihrer interessanten Tätigkeit verging ihr die Zeit wie im Flug, und Mr. Beale mußte sie abends darauf aufmerksam machen, daß sie ihre Arbeitszeit schon längst überschritten hatte.

Peter hatte nichts von sich hören lassen. Sie ging nach Hause, fand aber auch dort keine Nachricht vor.

Etwas unlustig zog sie sich um; da sie nicht wußte, ob Miss Creed sie zum Abendessen in ein vornehmes Restaurant einladen würde, hatte sie ihr schwarzes Cocktailkleid aus dem Schrank geholt und dazu einen dunklen italienischen Seidenschal umgelegt, den sie von ihrer verstorbenen Mutter geerbt hatte.

Es fröstelte sie, als sie in das kalte Taxi stieg, und sie überlegte sich noch einmal, daß sie eigentlich nicht viel Lust hatte, den Abend ausgerechnet mit Miss Creed zu verbringen. Ihre früheren Unterhaltungen waren immer äußerst oberflächlich verlaufen, denn Ella fühlte sich in ihrer gesellschaftlichen Position bergehoch über jede Angestellte erhaben. Dafür hätte Daphne heute abend, auch wenn sie eine Prinzessin gewesen wäre, keinen großartigeren Empfang erwarten können. Bereits am Eingang empfing sie ein Portier und brachte sie persönlich zu Miss Creed.

Ella schloß sie überschwenglich in die Arme.

»Wie nett von Ihnen, daß Sie gekommen sind! Setzen Sie sich

doch – hier, der Sessel ist besonders bequem. Sie haben doch nichts dagegen, wenn ich mich umziehe . . .? Ist dies wirklich Ihr erster Besuch hinter den Kulissen eines Theaters? Ich zeige Ihnen dann gleich nachher die Bühne und alles übrige.«

Daphne war in der Pause zwischen zwei Akten gekommen; derselben Pause, die Peter Dewin am vergangenen Abend zu seinen Nachforschungen benützt hatte. Während sie sich umzog, redete Ella wie ein Wasserfall.

»Nach der Vorstellung gehen wir in den Rapee-Club. Sie haben doch Lust dazu? – Da es mir gerade einfällt . . . Sie kennen doch Peter Dewin? Er hat mich gestern besucht – ein netter Kerl! Aber ein wenig überheblich, ich hasse überhebliche Menschen – sie denken immer nur an sich!«

Die ganze Zeit über saß Ella vor dem Spiegel, betupfte ihr Gesicht und starrte wie gebannt auf ihr eigenes Bild. Daphne konnte sie in aller Ruhe beobachten und sich dabei noch einmal überlegen, was wohl die eigentliche Ursache dieses freundlichen Empfanges war. Als Ella noch weiter über Peter sprach, fand sie die Lösung.

»Wie gesagt, er ist ein netter Kerl – Sie kennen ihn doch sehr gut, nicht wahr? Finden Sie nicht auch, daß es ihm Spaß macht, jemandem einen Streich zu spielen? Bei mir hat er es wenigstens versucht. Stellen Sie sich vor, er hat einen Schlüssel, der mir gehört und den er einfach nicht herausgibt – erzählt mir eine Geschichte von einem Einbrecher, der ihn gestohlen haben soll. Aus seiner Jackentasche! Und ich weiß doch, daß er überhaupt nicht dort steckte. Vielleicht erinnern Sie sich an die ganze Angelegenheit . . .? Es war ein Schlüssel, den der arme Mr. Farmer bei sich trug. Billy – Mr. Crewe – gab ihn aus Versehen Ihnen.«

Das alles erwähnte sie nur ganz nebenbei, aber Daphne wußte jetzt, warum sie zu der ungewöhnlichen Ehre einer solchen Einladung gekommen war. Ella hatte herausgebracht, daß Daphne mit Peter befreundet war – und vermutlich sollte sie jetzt Peter überreden, den Schlüssel herauszugeben. Daphne amüsierte sich im stillen über diesen Plan.

Als Ella fertig war, ging sie mit ihr durch ein Labyrinth von Gängen in einen hohen Raum, dessen eine Seite von Kulissen ausgefüllt war. Durch einen Wald von Pfosten, Requisiten und Versatzstücken drängte sie Ella zu dem Pult des Regisseurs, von wo aus man die Vorgänge auf der Bühne aus nächster Nähe verfolgen konnte. Der Regisseur stellte einen Stuhl für Daphne zurecht, die vergnügt aus diesem neuen Blickwinkel der Vorstellung zusah. So vergingen fast zwei Stunden.

Mit einem Seufzer des Bedauerns sah sie den Vorhang zum letztenmal fallen und ließ sich dann von dem Regisseur zu Ellas Ankleideraum zurückbringen. Ella legte ihr liebenswürdig den Arm um die Schultern und führte sie zu einem Herrn, der lässig in einem der Sessel lehnte. Es war Leicester Crewe, ausgerechnet der Mann, den sie am liebsten nie mehr zu Gesicht bekommen hätte.

Die beiden letzten Tage hatten ihn sehr mitgenommen; er war auffallend gealtert. Das Lächeln, mit dem er seine frühere Sekretärin begrüßte, wirkte gezwungen.

»Hallo, Miss Olroyd, haben Sie nun Bekanntschaft mit der Bühne geschlossen? Vielleicht werden auch Sie eines Tages noch ein berühmter Star!«

»Bitte unterhalte Miss Olroyd so lange, bis ich mich umgezogen habe!« rief Ella aus der Nische herüber, in der sie sich umzog. »Später darfst du uns dann zum Essen ausführen und die Rechnung bezahlen.«

Anscheinend sollte dies ein Scherz sein, denn Ella ließ ihren Worten ein ziemlich schrilles Gelächter folgen.

Natürlich war es kein Zufall, daß Mr. Crewe hier war. Ella hatte es so eingerichtet, daß er der dritte bei dem Abendessen sein würde, und Daphne war dies um so unangenehmer, als sie sich noch sehr genau an seine unverfrorenen Anträge erinnerte.

Während Ellas Garderobieren sich mit Miss Creeds Gesicht beschäftigten, unterhielten sich Daphne und Mr. Crewe zehn Minuten lang über alle möglichen Nebensächlichkeiten – dann kam das Gespräch wieder auf den Mord.

»Farmers Tod ist wirklich eine harte Prüfung für mich«, sagte Leicester. »Eine ganze Kompanie von Polizeibeamten ist in mein Haus gekommen und hat sich dort geradezu häuslich eingerichtet. Und ein Heer von Zeitungsreportern quält mich unentwegt mit Fragen.«

Er betrachtete Daphne von der Seite.

»Es wundert mich eigentlich, daß Ihr Freund mich seit jenem Abend nicht mehr besucht hat – er interessiert sich doch sonst so brennend für jeden Mord!«

»Welchen Freund meinen Sie?«

Die Frage verblüffte ihn.

»Natürlich Mr. Dewin. Er ist ein intelligenter Mensch – aber ein wenig voreilig und sehr geneigt, unbesonnene Schlüsse zu ziehen. Dadurch hat er mich in ernstliche Schwierigkeiten gebracht. Sie erinnern sich doch an die Sache mit dem Schlüssel? Ich sagte es Ihnen damals nicht, daß er Ella – Miss Creed – gehört; sie erinnert mich seitdem dauernd daran.«

Nachdenklich betrachtete er seine Zigarre.

»Es wäre mir ein paar hundert Pfund wert, wenn ich den Schlüssel zurückbekommen könnte. Soviel ich weiß, werden Zeitungsreporter nicht gerade fürstlich bezahlt, und ein paar hundert Pfund kann man immer mitnehmen – wenn er sie nicht selbst haben will, kann er ja ein hübsches Geschenk für eine Freundin davon kaufen. Was meinen Sie dazu?«

Sie war entrüstet über diese plumpe Anspielung, ließ sich aber nichts anmerken.

»Es ist wirklich sehr unangenehm für mich«, fuhr Leicester fort. Er sah sich um, ob Ella noch in ihrer Nische beschäftigt sei, und senkte dann seine Stimme zu einem theatralischen Flüsterton. »Sie sind doch eine Dame von Welt.« Daphne wußte zwar nicht, was er darunter verstand, erhob aber vorerst keinen Widerspruch. »Wir müssen unbedingt einen Skandal vermeiden ... Es ist nämlich der Schlüssel zu Ellas Haus – verstehen Sie mich?«

Daphne begriff durchaus, was er sagen wollte, und sah ihn bestürzt an.

»Wir waren jahrelang miteinander befreundet ... Begreifen Sie nun, warum wir den Schlüssel zurückhaben müssen?«

Die Erklärung schien glaubwürdig zu sein, und Daphne hatte sich schon halb dazu entschlossen, Peter zu veranlassen, das verfängliche Beweisstück herzugeben.

»Zweihundert oder dreihundert Pfund ...«, fing Leicester wieder an, aber sie unterbrach ihn sofort.

»Ich glaube nicht, daß Mr. Dewin Wert auf Ihr Geld legen wird«, erklärte sie. »Im übrigen bin ich mir auch völlig sicher, daß er den Schlüssel nicht dazu benützen wird, Miss Creed irgendwie in Verlegenheit zu bringen.«

»Würden Sie wenigstens einmal über die Sache mit ihm reden?« drängte er.

Sie nickte.

In diesem Augenblick kam Ella aus dem Nebenraum zurück. Anscheinend um ihrem Gast ein Kompliment zu machen, trug auch sie ein schwarzes Kleid und außer den blitzenden Ringen an ihren Händen keinen Schmuck. Sie wandte sich an Daphne.

»Gehen wir? Bei Rapee können wir uns nach dem Essen gleich noch die Kabarett-Vorstellung ansehen.«

Crewe nickte zustimmend.

»Hast du dich auch anständig betragen, Billy, und Miss Olroyd nichts Schlechtes über mich gesagt?«

Er lächelte.

»Ich bin viel zu gut mit dir befreundet, um dir etwas Schlechtes nachzusagen, Ella.«

Das alles gehörte zu der Komödie, die sie Daphne vorspielten, und sie hatten ihre Rollen sehr gut einstudiert. Vielleicht ein wenig zu gut, denn Daphne kam das ganze Gerede plötzlich sehr unglaubwürdig vor.

Das Mädchen kam herein und sagte, daß es draußen heftig regne.

»Haben Sie einen Regenumhang?« Als Daphne den Kopf schüttelte, sagte Ella besorgt: »Sie werden durch und durch naß, wenn Sie über den Hof gehen ... Jessie, geben Sie Miss Olroyd meinen roten Umhang! Bitte, Sie müssen ihn anziehen. Es kann höchstens sein, daß Sie dann vor der Tür einige Mädchen um ein Autogramm bitten, weil sie glauben, meine Wenigkeit vor sich zu haben – das ist nun einmal die Strafe der Berühmtheit.«

Als sie durch den Gang zur Bühnentür schritten, hielt Leicester Ella etwas zurück und sprach leise auf sie ein.

Die Schauspielerin blieb plötzlich stehen.

»Warum konnte sie denn nicht kommen?« fragte sie ärgerlich. »In letzter Zeit tut Paula viel zu vornehm.« Dann sagte sie laut zu Daphne: »Gehen Sie nur voraus, Miss Olroyd; mein Wagen wartet vor der Tür.«

»Sie ließ am Telefon sagen, daß sie Kopfschmerzen hätte«, erklärte Leicester. »Ich konnte nur mit ihrem Mädchen sprechen.«

Ella biß sich nachdenklich auf die Lippen.

»Das sieht Paula nicht ähnlich. Aber komm jetzt – diese blöde Stenotypistin bekommt sonst kalte Füße!«

Sie gingen zusammen auf den dunklen Hof und traten auf die Straße, die an der Rückseite des Theaters entlangführte – ein menschenleeres, schmutziges Seitensträßchen. Neben dem Eingang lehnte ein Bettler, um Schutz vor dem Wetter zu suchen, aber von Daphne und dem Wagen war nichts zu sehen. Ella wandte sich an den Eckensteher.

»Haben Sie nicht eine Dame hier herauskommen sehen?«

»Natürlich – sie trug einen roten Umhang, und der Wagen fuhr gleich ab, als sie eingestiegen war.«

Ella schimpfte.

»Ich werde den Chauffeur entlassen! Billy, telefoniere nach einem Taxi!«

Kurz vorher war Daphne aus der Tür getreten. Sie lief schnell über das nasse Trottoir und stieg in den Wagen, dessen Schlag von innen aufgehalten wurde. Dann erschrak sie, als sie an jemand anstieß, der in der Ecke saß.

»Ach, entschuldigen Sie, ich dachte...«

In diesem Moment zog der Chauffeur die Wagentür zu und fuhr an. Sie lehnte sich vor, klopfte ihm auf die Schulter:

»Warten Sie doch, warten Sie! Es kommen noch mehr Leute...«

Dann wurde sie von der dunklen Gestalt, die neben ihr saß, auf den Sitz zurückgezogen.

»Seien Sie ruhig und schreien Sie nicht – oder es wird Ihnen schlecht bekommen«, sagte eine rauhe Stimme.

In diesem Augenblick fuhr der Wagen gerade an einer hellen

Straßenlaterne vorbei, und sie konnte einen Blick auf ihren Begleiter werfen. Es waren nur seine Augen und seine Stirn zu sehen, denn er hatte sich ein buntes Taschentuch vor das Gesicht gebunden.

14

Lange Zeit war Daphne Olroyd nicht fähig, ein einziges Wort hervorzubringen. Der Wagen fuhr sehr schnell durch die Straßen des Westend. In den Regen mischten sich große Schneeflocken, die bald die Außenseite der Fenster bedeckten, so daß es nicht möglich war, draußen irgend etwas zu erkennen. Die Straße mußte jedoch am Themseufer entlangführen, denn sie sah den trüben Schein der Straßenlampen, die sich im Wasser spiegelten. Jetzt konnte man auch die Lichter eines Schleppdampfers erblicken, der langsam den Fluß hinunterglitt, und sie hörte den tiefen Ton der Sirene, mit der ein Polizeiboot seine Fahrtrichtung anzeigte.

Sie bogen in Blackfriars ab, und der Wagen fuhr nun durch die belebte City. Einen Augenblick tauchte der Umriß des Towers auf, dann wurde das Auto durch Seitenstraßen gelenkt. In einer hellerleuchteten Straße, die sie kurz darauf entlangfuhren, erkannte Daphne eines der Gebäude – es war das Zentralkrankenhaus von London.

»Was haben Sie mit mir vor?« begann sie mit zitternder Stimme.

»Stellen Sie jetzt keine Fragen – Sie werden es bald erfahren.«

Sie hielt es für besser, still zu sein. Die geschlossenen Häuserblocks hörten allmählich auf, und sie erreichten eine Gegend, in der freie Felder mit Fabriken abwechselten. Einmal merkte sie am Geruch, daß eine chemische Fabrik in der Nähe sein mußte. Die Straße wurde jetzt schmaler, sie war zu beiden Seiten mit hohen Bäumen bestanden. Dann strichen die Scheinwerfer des Autos über Gebüsch und Unterholz, das sich links und rechts ausbreitete.

Es wurde ihr plötzlich klar, daß das die Gegend von Epping Forest sein mußte.

Kaum hatte sie diese Entdeckung gemacht, als der Wagen langsamer fuhr und nach rechts einbog. Es ging einen ebenen, engen Weg entlang, der viele Kurven hatte. Sie glaubte, daß sie schließlich wieder zu einer Hauptstraße kommen würden, aber das Auto fuhr weiter und weiter, und als sie endlich ins Freie kamen, befanden sie sich in der Nähe eines kleines Dorfes.

Nachdem sie noch ein gutes Stück gefahren waren, hielt der Wagen auf einem Feldweg. Es war jetzt so dunkel, daß man kaum mehr etwas unterscheiden konnte. Der Chauffeur öffnete die Tür, sprang hinaus und half ihr beim Aussteigen.

Sie sah ein großes halbfertiges Gebäude, das einen verwahrlosten Eindruck machte. Gleich darauf wurde die Tür von einer Frau geöffnet, die Daphne beim Arm nahm und einen kurzen Gang entlangführte, der bald nach rechts abbog.

»Gehen Sie hier hinein und verhalten Sie sich ruhig«, sagte die Frau. Sie hatte eine harte, rauhe Stimme und roch ziemlich stark nach Alkohol.

Daphne stand im Dunkeln. Eine Tür schlug zu, und kurz danach wurde der Raum, in dem sie sich befand, durch ein in die Betondecke eingelassenes Licht erhellt. Anscheinend war der elektrische Schalter draußen auf dem Gang.

Es war eine kleine Kammer, deren Wände, Decke und Fußboden aus Beton bestanden. Sie mochte etwas größer sein als das kleine Schlafzimmer in ihrer Wohnung. Eine eiserne Bettstelle mit frisch überzogenem Bettzeug stand da, außerdem waren nur noch ein Tisch und ein Stuhl in dem Raum. Auf einem Wandbrett lagen eine Bürste mit Kamm und ein Buch. Unter dem Tisch entdeckte sie eine Strohmatte. In einem kleinen Nebenraum befand sich ein vollständig eingerichtetes Badezimmer.

Ganz verwirrt ging sie in das Zimmer zurück und griff mechanisch nach dem Buch auf dem Wandbrett. Es war eine Bibel! Alles war vollkommen neu und unbenützt. Sie staunte. Das ganze Gebäude konnte noch nicht lange gebaut worden sein, denn es roch nach Zement und frischem Putz. Sie drückte die Klinke herunter, aber die Tür war verschlossen. Ein kleines Beobachtungsfenster war darin eingelassen.

Daphne Olroyd setzte sich auf das Bett. Der Schrecken über

den plötzlichen Überfall hatte sie völlig aus der Fassung gebracht, und sie zitterte vor Angst. Nur der Gedanke an Peter Dewin hielt sie aufrecht. Sie wußte allerdings nicht, wie er ihr zu Hilfe kommen könnte. Was würde mit ihr geschehen? Was beabsichtigte man mit dieser Entführung?

Während der ganzen Fahrt hatte sie das unangenehme Gefühl, daß Leicester Crewe seine Hand im Spiel hatte. Sie wagte nicht, diesen Gedanken ganz zu Ende zu denken ... Immerhin hatte er ihr oft genug ziemlich unzweideutige Anträge gemacht.

Andererseits war er nicht der Mann, der ein solches Risiko auf sich nahm. Sie traute ihm zwar jede Niederträchtigkeit zu, aber diese Entführung schien doch viel raffinierter geplant zu sein, als es seine Art war.

Sie sah auf ihre Uhr – Viertel vor eins. Dann hörte sie, wie der Schlüssel umgedreht wurde und die Tür sich langsam öffnete. Im Korridor stand eine Gestalt, über die sie heftig erschrak. Von Kopf bis Fuß war der Mann in ein enganliegendes dunkles Gewand eingehüllt. Er hatte eine schwarze Kapuze über den Kopf gezogen, die auch das Gesicht vollständig bedeckte; in Augenhöhe waren zwei Schlitze hineingeschnitten. Der Unheimliche stand einige Zeit drohend an der Tür und starrte sie an, dann trat er plötzlich einen Schritt zur Seite, die Tür schloß sich, und der Schlüssel wurde wieder umgedreht. Alles blieb totenstill wie vorher. Zehn Minuten vergingen – die Tür öffnete sich von neuem. Daphne nahm allen Mut zusammen, um dem Unbekannten entgegenzutreten – aber diesmal stand ein anderer Mann vor ihr. An dem bunten Taschentuch vor seinem Gesicht erkannte sie ihren Entführer.

»Wissen Sie, weshalb Sie hierhergebracht wurden, Miss?« Die Stimme wurde durch das Tuch zu einem dumpfen Flüstern gedämpft.

Sie wollte sprechen, brachte aber keinen Ton heraus und konnte nur den Kopf schütteln.

»Weil Sie mit Leuten verkehren, die der gefiederten Schlange feindlich sind.«

Der Mann sprach langsam, als ob er eine auswendig gelernte Botschaft hersage.

»Wenn wir wollten, könnten wir Sie hier jahrzehntelang gefangenhalten, und niemand würde etwas davon erfahren. Wenn Sie uns aber das feierliche Versprechen geben, niemand zu verraten, was sich heute abend zugetragen hat, wird Sie die gefiederte Schlange wieder gehen lassen – ohne daß Ihnen irgend etwas passiert.«

Er wartete auf ihre Antwort. Endlich gelang es ihr, einige Worte zu sagen.

»Ich werde nichts verraten ..., bestimmt nicht, ich verspreche es Ihnen!« rief sie atemlos.

»Werden Sie keinem Menschen etwas erzählen?«

»Nein, nein ... Ich verspreche es!«

Der Mann verließ die Zelle, schloß ab und kam bald darauf wieder zurück. Er trug ein Tablett mit einer dampfenden Tasse Bouillon, einigen Brötchen und einem Glas Wein. Sie schüttelte den Kopf.

»Nein, vielen Dank, ich möchte nur etwas Wasser haben.«

»Es wäre besser, wenn Sie sich etwas stärken würden.« Er ging hinaus, ließ diesmal die Tür offen und kam gleich darauf mit einem Glas Wasser zurück, das er ihr höflich reichte. Sie leerte es gierig in einem Zug.

»Sind Sie fertig?« fragte er.

»Ja«, entgegnete sie. Sie war so aufgeregt, daß ihr die eigene Stimme fremd vorkam.

Sie folgte ihm durch den Gang. Der Wagen wartete vor der Tür. Zu ihrer Freude machte der Mann keinen Versuch, sie zu begleiten, sondern warnte sie nur noch einmal.

»Wenn Sie klug sind, dann verhalten Sie sich ruhig und versuchen nicht, die Aufmerksamkeit der Leute auf sich zu lenken. Die Polizei würde Ihnen die seltsame Geschichte, die Sie zu erzählen hätten, sowieso nicht glauben.«

Der Chauffeur fuhr sehr schnell. Sie kamen auf einer Straße nach London zurück, die sie nicht kannte. Nach und nach tauchten dann die bekannten Gebäude der Stadt auf, und es wurde ihr immer leichter ums Herz. Es war zwei, als der Wagen vor der Tür ihres Hauses hielt. Sie stieg aus – ringsum lag alles in tiefem Schlaf. Als sie sich wieder umdrehte, fuhr der Wagen schon an; sie versuchte noch das Nummernschild zu lesen, aber es war völlig mit Schmutz bedeckt.

Zitternd schloß Daphne die Haustür auf, schlug sie zu, rannte in ihr Zimmer und warf sich aufs Bett. Eine halbe Stunde lang lag sie dort und erholte sich nur langsam von dem Schrecken. Schließlich zog sie sich aus, hüllte sich, so fest sie konnte, in ihre Bettdecke und fiel in einen tiefen Erschöpfungsschlaf. Es war elf Uhr am nächsten Morgen, als die Putzfrau an ihre Tür klopfte. Erschrocken fuhr sie in die Höhe, und der Gedanke, daß es bereits eine Stunde nach Beginn ihrer Arbeitszeit war, ließ sie für einen Augenblick fast die entsetzlichen Ereignisse der letzten Nacht vergessen.

15

»Eine Dame ist am Telefon – sie hat schon zweimal angerufen. Ich sagte ihr, daß Sie noch schlafen!« rief die Putzfrau. Plötzlich erinnerte sich Daphne an Ella und an den roten Umhang, den sie ihr geliehen hatte. Wie sollte sie ihr nun alles erklären? Sie ging zum Telefon und hörte Ellas scharfe Stimme.

»Was ist Ihnen denn in der letzten Nacht passiert?« Ella redete sie nun nicht mehr mit ›meine Liebe‹ an, aber Daphne war zu zerschlagen und erschöpft, um das zu bemerken.

»Ich bin in einen falschen Wagen eingestiegen ... er wartete ... vielleicht um jemand von Ihren Angestellten nach Hause zu bringen. Ich habe den Irrtum nicht sofort bemerkt.«

Die Erklärung klang ziemlich unwahrscheinlich, denn Daphne war nicht sehr geschickt im Lügen. Miss Creed schien auch nicht ganz überzeugt zu sein.

»Wissen Sie das bestimmt?« fragte sie argwöhnisch. »Irgend jemand hat meinen Chauffeur mit einem angeblichen Auftrag von mir weggeschickt. Ich dachte, man hätte Ihnen einen Streich gespielt.«

»Nein, nein – ganz gewiß nicht – glauben Sie mir.« Daphne erschrak heftig. Wenn Mr. Crewe die Entführung inszeniert hatte, so wollte er womöglich durch Ellas Fragen feststellen, ob sie ihr Wort hielt.

»Ich möchte gern mit Ihnen sprechen – wo kann ich Sie um zwei Uhr erreichen?«

Daphne nannte ihr die Adresse von Mr. Beale und war sich nicht ganz klar darüber, was ihr Chef zu einem solchen Besuch sagen würde.

»Beale?« Ella schien sich Name und Adresse zu notieren. »Es ist gut – ich werde gegen zwei Uhr dort sein.«

Daphne legte den Hörer auf und begann zu frühstücken, aber es wollte ihr nicht schmecken. Sie überlegte, daß Leicester Crewe eigentlich nicht an der Sache beteiligt sein konnte – es sei denn, daß er den Namen der gefiederten Schlange für seine Zwecke benutzt hatte. Es sah ihm durchaus ähnlich, dann noch in letzter Minute vor den Konsequenzen seines niederträchtigen Planes zurückzuschrecken.

Nach dem Frühstück fuhr sie mit einem Taxi zu Mr. Beale. Sie traf ihn in der Halle und wollte sich entschuldigen, aber er winkte ab.

»Ich habe mir Sorgen um Sie gemacht«, sagte er. »Sie brauchen sich nicht zu entschuldigen. Wenn Sie morgens einmal etwas später kommen, so ist das nicht schlimm.«

Die alte Tür lehnte an der Wand, sie war oberflächlich gereinigt worden und jetzt mit eigenartigen Arabesken bedeckt.

»Haben Sie schon die seltsame Form der Tür bemerkt? Sie würde genau in eine aztekische Türöffnung passen, obwohl ich nicht glaube, daß sie in ihren Wohnungen überhaupt Holztüren hatten. Sie verjüngt sich nach oben, das ist nicht nur eine Eigenart der aztekischen Architektur, auch die alten Ägypter kannten diese Form. Ich selbst bin fest davon überzeugt, daß die Ägypter und die Indianer in Südamerika von derselben Rasse abstammen, obwohl natürlich die meisten Ethnologen nicht mit mir übereinstimmen...«

Er sprach sehr viel an diesem Vormittag, und es fiel ihr nicht immer leicht, ihm zuzuhören. Mr. Beale sah sie ein paarmal forschend an.

»Sie sehen ziemlich müde aus, Miss Olroyd«, sagte er. »Darf ich fragen, auf welchem Ball Sie die vergangene Nacht durchtanzt haben?«

Daphne lächelte schwach.

»Ich habe in der letzten Nacht bestimmt nicht getanzt, aber ich bin trotzdem sehr spät ins Bett gekommen.«

Er fragte nicht weiter, und sie schien keine näheren Erklärungen abgeben zu wollen.

Kurz vor zwei rief Ella an, die ihr mitteilte, daß sie leider verhindert sei. Sie fragte, ob Daphne heute abend nicht wieder zum Theater kommen könne. Daphne hatte den roten Umhang bereits an Ella abgeschickt und sagte ihr, daß sie am Abend schon eine andere Verabredung hätte.

Um drei Uhr tauchte plötzlich Peter Dewin auf. Obwohl er an diesem Morgen ziemlich früh aufgestanden war, hatte er nicht eher Zeit gefunden, sie aufzusuchen. Sie sprach im Empfangszimmer mit ihm. Er war allerbester Laune.

»Mir fehlen jetzt nur noch wenige Stücke in meinem Zusammensetzspiel. Das ist eine tolle Geschichte, ich bin ganz begeistert!«

»Was für eine Geschichte?« fragte sie ein wenig verwirrt.

Er bemerkte erst jetzt, wie müde sie aussah. »Fühlen Sie sich nicht wohl?« fragte er. »Sie sind ja so weiß wie die Wand!«

Sie hatte nicht die geringste Lust, mit ihm über ihre Person zu sprechen. »Wollen Sie Mr. Beale besuchen?« erkundigte sie sich ein wenig schroff.

»Ich kam, um mit Ihnen zu reden. Wir beide werden heute abend in einem hübschen Restaurant essen —«

»Ich werde heute abend früh ins Bett gehen«, unterbrach sie ihn. Er machte ein enttäuschtes Gesicht. »Ich bin furchtbar müde, und Sie würden es mir bestimmt nicht verzeihen, wenn ich mitten in Ihrer anregenden Unterhaltung einschliefe.«

»Ich würde Sie schon wachhalten — darauf können Sie sich verlassen! Es gibt genug aufregende Skandalgeschichten, die ich Ihnen erzählen könnte«, sagte er vergnügt.

»Auch ich wüßte einige Dinge zu berichten, bei denen Ihnen die Haare zu Berge stehen würden«, gab sie ihm zur Antwort. Darauf mußten sie beide lachen.

»Aber im Ernst — ich bin wirklich viel zu müde, um heute abend auszugehen.«

Sie schwieg plötzlich. Er hatte das Gefühl, daß sie ihm noch etwas sagen wollte. Aber sie streckte ihm nur schnell die Hand zum Abschied hin.

»Sie gehen jetzt wohl zu Ihren gefiederten Schlangen zurück?« Er war bestürzt, als er sah, wie sie zu zittern anfing.

»Nein, nein – kein Wort mehr von gefiederten Schlangen!« sagte sie schaudernd. »Leben Sie wohl.« Sie war verschwunden, ehe er noch eine Frage an sie richten konnte.

Er wollte unbedingt den Grund ihrer plötzlichen Abneigung gegen gefiederte Schlangen wissen, und so beschloß er, vor ihrem Haus auf ihre Rückkehr zu warten. Unterwegs war er in Grosvenor Square gewesen und hatte dort erfahren, daß Mr. Crewe schon um neun Uhr in die Stadt gegangen war. Er hatte ein Büro in der Nähe von St. Martin's Le Grand, das aus zwei Räumen bestand. Es war im obersten Stockwerk eines hohen Gebäudes und wurde von ihm nur selten aufgesucht. Ein Angestellter genügte, um die Geschäfte abzuwickeln, die in diesem kleinen Büro getätigt wurden.

Crewe war seit einigen Stunden damit beschäftigt, eine Liste seiner Börsenpapiere aufzustellen und ihren Wert abzuschätzen. Er war an diesem Morgen mit der Absicht aufgewacht, alle seine Aktien zu verkaufen und sich an einen Ort zurückzuziehen, wo ihn die gefiederte Schlange nicht erreichen konnte.

Es war ihm klar, daß die gefiederte Schlange niemand anderes als William Lane war. Dieser Lane, der Farmer ohne Mitleid getötet hatte und dessen Drohungen drei weitere Menschen beunruhigten, hatte nichts mehr mit dem schweigsamen Mann zu tun, der damals auf der Anklagebank von Old Bailey saß und ohne Bewegung das Urteil anhörte, das über ihn gefällt wurde.

Während der vergangenen Jahre hatte Crewe fast vergessen, daß ein Mann namens Lane überhaupt noch existierte, hatte vergessen, daß hinter den Mauern eines düsteren Gefängnisses jemand lebte, dem er schweres Unrecht angetan hatte.

Schon bevor sein Angestellter kam, hatte Crewe ein Dutzend Briefe geschrieben, die Instruktionen für seine Beauftragten an der Börse enthielten. Drei bis vier Tage würde es in Anspruch nehmen, bis er seine Bestände an Aktien zu Geld gemacht hatte.

Crewe hatte gerade die zu erwartenden Beträge zusammengezählt, als der Angestellte die Visitenkarte Peters hereinbrachte. Zuerst hatte Crewe die Absicht, eine Unterredung mit ihm abzulehnen, dann siegte aber seine Neugier – vielleicht konnte er von dem Reporter irgend etwas in Erfahrung bringen. Er räumte seine Papiere beiseite und erwartete ihn mit einem möglichst unbefangenen Gesicht.

»Nehmen Sie bitte Platz ... Eine Zigarre?« begrüßte er Peter betont heiter. »Ich bin allerdings sehr beschäftigt und habe nur fünf Minuten Zeit. Etwas Neues über die gefiederte Schlange?«

Peter ließ sich durch Crewes scheinbaren Gleichmut nicht täuschen. Er sah nur zu deutlich, wie sehr sich sein Gegenüber in den letzten Tagen verändert hatte. Die Drohung, die sich plötzlich gegen vier Menschen gerichtet hatte, war am deutlichsten von seinem Gesicht abzulesen. Peter dachte daran, daß Farmer bereits tot und Paula Ricks fluchtartig verschwunden war ...

»Keine großen Neuigkeiten. Sie werden doch vermutlich Zeugnis bei der Totenschau ablegen müssen?«

Crewe sah ihn erschrocken an.

»Bei der Totenschau ...? Was habe denn ich dort zu tun? Ich habe ganz vergessen, daß eine Totenschau abgehalten wird ...«

»Aber Sie sind doch der Hauptzeuge! Ich dachte, Sie hätten schon eine Vorladung erhalten. Bin gespannt, was der Richter sagen wird, wenn er erfährt, daß Mrs. Paula Staines in solcher Eile abgereist ist.«

Crewe sah Peter ungläubig an.

»Abgereist?« wiederholte er. »Was soll das heißen?«

»Nun, daß sie heute morgen in den Schnellzug nach Vlissingen eingestiegen ist. Und ich kann sie zu dem Entschluß nur beglückwünschen! Hoffentlich hat sie eine glücklichere Überfahrt als ihr Vater ...«

Während er sprach, behielt er Crewe scharf im Auge und sah, wie er plötzlich totenblaß wurde.

»Ihren Vater ...? Den kannte ich nicht.«

»Was – Sie haben den großen Ricks nicht gekannt?«

Crewe sah aus, als ob er einen schweren Schlag erhalten hätte; seine Stimme klang schrill und heiser:

»Ich weiß wirklich nicht ... Ricks ... Ich dachte immer, sie hieße Staines ...«, erwiderte er völlig aus dem Konzept gebracht. »Tun Sie doch nicht so geheimnisvoll, Dewin.«

»Nun, sie heißt Paula Ricks – und ist die Tochter des Falschmünzers Ricks, der sich vor einer Reihe von Jahren das Leben nahm. Niemand weiß das besser als Sie, Mr. Crewe!«

»Sie hat England verlassen, sagen Sie? Wissen Sie das auch ganz genau?« Leicester wollte offensichtlich jeder Auseinandersetzung aus dem Wege gehen.

»Ich habe es selbst gesehen«, erwiderte Peter. »Zeitungsreporter haben manchmal ein untrügliches Gefühl für kommende Ereignisse, und ich ging zum Bahnhof, um mir bei der Abfahrt der wichtigsten Züge nach dem Kontinent die Reisenden ein wenig anzuschauen.«

Crewe dachte schnell nach.

»Hm, ich habe so eine Erinnerung ... Sie sagte letzthin, daß sie für eine Woche verreisen wolle ... Ich glaube, Paris ...«

»Sie hat aber bei dem Portier in Buckingham Gate hinterlassen, daß sie mindestens ein Jahr lang fort sein wird«, entgegnete Peter ruhig. »Sie brauchen sich darüber gar keine Illusionen zu machen – Miss Ricks ist endgültig und für immer verschwunden; und ich weiß, daß ein einziges kleines Wort sie vertrieben hat.«

»Ein – einziges Wort?«

Peter nickte.

»Ein sehr merkwürdiges Wort allerdings. Es würde mich interessieren, ob es Sie auch so erschreckt ...« Er lehnte sich in seinem Stuhl zurück. Sie beobachteten sich beide scharf.

»Vor einem Wort erschrecke ich nicht so ohne weiteres«, meinte Leicester Crewe schließlich gelassen.

Peter staunte, wie sich der Mann in den letzten Minuten verändert hatte. Vorher war er mehr oder weniger der Typ des durchschnittlichen Geschäftsmannes gewesen, der immerhin eine gewisse Lebensart angenommen hatte; jetzt verkörperte er wieder den Typ des kleinen, schmierigen Winkelspekulanten, der er früher gewesen war.

»Ich will ganz offen mit Ihnen reden, mein Herr«, begann er. »Ihr geheimnisvolles Getue geht mir langsam auf die Nerven –

verstehen Sie mich? Ihr Zeitungsleute glaubt immer, daß Ihr euch einfach alles erlauben könnt. Die Sache kann nämlich ziemlich unangenehme Folgen für Sie haben, wenn Sie nicht vorsichtiger sind. Ich weiß nicht, wer Joe Farmer ermordet hat, aber wenn Ihr kleines Wörtchen irgend etwas mit gefiederten Schlangen zu tun hat, dann rate ich Ihnen, Ihre kostbare Zeit nicht länger zu verschwenden – mich jedenfalls können Sie damit nicht erschrecken.«

»Mrs. Staines –«, begann Peter.

»Zum Kuckuck mit Mrs. Staines!« schrie Crewe. »Es ist mir völlig gleichgültig, wo sie sich aufhält. Ich bin auch an weiteren Mitteilungen nicht im geringsten interessiert«, sagte er böse, als Peter einen Brief aus der Tasche zog.

Aber der Reporter ließ sich nicht aus der Ruhe bringen, sondern faltete das Papier auseinander.

»Diesen Brief habe ich heute morgen erhalten«, sagte er langsam. »Er ist mit Maschine geschrieben und hat weder Unterschrift noch Absender.«

Er legte das Blatt vor Leicester Crewe, der es widerwillig las:

Leicester Crewe (oder Lewston) siehe die Akten der Londoner Gerichtsverhandlung unter dem Namen Lewston, Februar 1905, oder Polizeiblatt vom 14. Februar 1905, S. 3 Absatz 3.

Elli Creed. Joseph Farmer, siehe die Polizeiakten von Marylebone Juni 1910. Ebenso die Peddington Times vom 22. Juni 1910. Name Farmster, geb. Lewston.

»Was soll das bedeuten?« fragte er, nachdem er das Schriftstück gelesen hatte.

»Ich habe heute morgen Erkundigungen eingezogen. Sie, Mr. Crewe, heißen Lewston, und Miss Ella Creed ist Ihre Schwester. Sie heiratete Farmer oder Farmster, als sie siebzehn Jahre alt war. Sie sind zweimal vorbestraft, einmal wegen Versicherungsbetrugs und einmal wegen betrügerischen Verkaufs von wertlosen Aktien. Sie sind einer früheren Verurteilung wegen Falschmünzerei nur entgangen, weil sich ein Formfehler in der Anklage fand. Ihre Schwester und Farmer waren vor dem Gericht in Marylebone wegen Hehlerei angeklagt. Sie scheinen aus einer wirklich unternehmungslustigen Familie zu stammen!«

Leicester Crewe biß sich auf die Lippen.

»Was soll das heißen? Wollen Sie mich etwa erpressen?«

Peter lächelte.

»Wenn ich dies als Frage verstehen soll, ob ich Sie anzeigen werde, so kann ich Sie beruhigen.«

Crewe betrachtete das Schreiben noch einmal, drehte es um und hielt es gegen das Licht.

»Es ist mir ganz egal, ob die Sache bekannt wird«, sagte er barsch. »Es ist schließlich kein Verbrechen, wenn man in der Welt vorwärtskommen will. Falls Sie mich erpressen wollen, so kann ich Ihnen nur sagen, daß ich mich auf nichts einlasse. Vielleicht haben Sie bei Ella mehr Glück. Ich nehme an, daß Sie diese Geschichte bei der Totenschau vorbringen wollen, um einen Sensationsbericht für Ihre Zeitung zu bekommen.«

»Diese Absicht habe ich keineswegs«, entgegnete Peter ernst. »Wenn ich eine gute Geschichte entdecke, behalte ich sie erst mal für mich selbst. Sie können ganz beruhigt sein, ich werde nichts gegen Sie unternehmen. Ich bemühe mich nur, ein schwieriges Rätsel zu lösen, und ich hoffte, daß Sie mir dabei helfen könnten.«

Der Mann sah ihn düster an. »Was für ein Rätsel meinen Sie?« fragte er mit belegter Stimme.

»Die Geschichte von Gucumatz!« erwiderte Peter.

Crewes Gesicht blieb unbewegt. Langsam verfärbte es sich, dann wurde es dunkelrot und dann wachsbleich.

»Gucumatz!« wiederholte er mechanisch und sah Peter an. Dann verzogen sich seine Lippen zu einem spöttischen Lächeln. »Jetzt verstehe ich! Sie haben das Wort natürlich in dem Geldbeutel entdeckt, den Joe Farmer immer bei sich trug. Das war eine seiner verrückten Ideen!«

Peter lachte.

»Dieselbe Erklärung fand auch Mrs. Staines. Sie war einen Augenblick sehr erleichtert, bis –«

»Nun, bis . . .?« fragte Crewe ungeduldig, als Peter eine Pause machte.

»Bis ich ihr erzählte, daß Gucumatz ein aztekisches Wort für gefiederte Schlange ist.«

Crewe schwieg einen Augenblick.

»Ach, das ist ja interessant«, sagte er dann gedehnt.

Er hatte sich schnell wieder gefaßt. Peter bewunderte seine Haltung, denn er wußte ganz genau, wie schwer ihn diese Mitteilung treffen mußte.

»Die Sache regt mich nicht weiter auf!« fuhr Crewe mit einem schwachen Versuch zu lächeln fort. »Die gefiederte Schlange ... das ist die Bedeutung. Der Kerl lebt also noch?«

Peter nickte.

»William Lane ist ganz gesund – daran gibt es keinen Zweifel mehr.«

Crewe spielte nervös mit den Papieren, die auf dem Tisch herumlagen.

»Zu dumm, daß ich das nicht früher gewußt habe, sonst hätte ich ihn beobachten lassen.«

»Aus welchem Grund verfolgt Lane Sie eigentlich?«

Crewe schüttelte den Kopf.

»Das fragen Sie ihn am besten selbst, wenn Sie ihm begegnen. Ist es der Polizei eigentlich bekannt, daß er Farmer ermordet hat? Es ist in diesem Lande anscheinend möglich, daß jeder sich seine eigenen Gesetze macht. So ein Kerl kann frei herumlaufen und andere Leute erschießen, bloß weil er sie haßt.«

Er begann in den Papieren herumzuwühlen, und sein Gesicht zeigte einen Ausdruck von Hilflosigkeit.

»Ich danke Ihnen jedenfalls für Ihre Angaben, Dewin. Es ist mir aber nicht möglich, Ihnen irgend etwas zu erklären. Von mir aus können Sie die Geschichte in Ihrer Zeitung bringen. – Also deshalb ist Paula abgereist? Bis vorhin habe ich Ihnen das nicht geglaubt. Und sie nannte mich einen Feigling!«

»Wollen Sie mir nicht wenigstens den Anfang der ganzen Sache erzählen?« fragte Peter.

Mr. Crewe lachte hart.

»Ich habe keine Lust, auf der Anklagebank von Old Bailey zu sitzen und für zehn Jahre ins Zuchthaus zu wandern. – Brauchen Sie Geld?« fragte er plötzlich brutal.

»Ich hätte eine ganze Menge davon nötig«, entgegnete Peter schnell. »Aber ich will es nicht von Ihnen, Crewe. Sie könnten mir jedoch eine Menge Arbeit und Mühe ersparen, wenn Sie mir die Geschichte von Gucumatz berichten wollten. Sind Sie jemals in Südamerika gewesen?«

Zum erstenmal schien Crewe wirklich belustigt zu sein.

»Ich hätte keine Ahnung, daß das Land überhaupt existiert, wenn ich nicht zufällig ein Paket Trambahnaktien von Buenos Aires besäße. Kennen Sie vielleicht jemand, der sie mir schnell abkauft?«

Peter hatte plötzlich eine Idee.

»Warum gehen Sie nicht zu Mr. Beale – Mr. Gregory Beale? Ich habe neulich gehört, daß er sein ganzes Vermögen in südamerikanischen Unternehmungen investiert hat.«

Leicester dachte nach. »Beale . . .? Ist das nicht der Mann, bei dem meine frühere Sekretärin jetzt beschäftigt ist?«

»Ganz recht – er hat Miss Olroyd angestellt.«

»Ich kenne ihn nicht – hat er denn so viel Geld? Geben Sie mir seine Adresse.« Er notierte sie sich schnell auf einem Block.

»Wenn Sie vielleicht ein paar hundert Pfund brauchen, Dewin . . .«

»Hören Sie damit auf«, entgegnete Peter. Als er in der Tür stand, drehte er sich noch einmal um. »Noch etwas, Crewe – wenn sich Ihr Gewissen melden sollte und wenn Sie gerne einem verschwiegenen Menschen beichten möchten, dann finden Sie meine Nummer jederzeit im Telefonbuch.«

Peter besaß ein eigenes kleines Auto; aus dritter Hand gekauft und nicht gerade sehr elegant, hatte ihn der Wagen doch noch nie im Stich gelassen. Natürlich hätte er auch mit der Bahn nach Newbury fahren können, aber er zog die offene Landstraße und die Einsamkeit vor, denn er hatte noch allerlei zu überlegen.

Sein Weg führte durch Thatcham, und er hielt Ausschau nach dem Haus, in das Hugg in der Nacht vor William Lanes Tod eingebrochen war.

An einer Ecke stand ein Schutzmann; Peter hielt und fragte.

»Aber ja, ich erinnere mich noch gut an den Fall«, sagte der Beamte. »Einer der Strolche wurde bei einem Autounfall getötet – ich glaube, er hieß Lane. Mr. Bonnys Haus hat die Nr. 92, diese Straße weiter geradeaus.«

Mr. Bonny war ein ziemlich nervöser Mann, der ununterbrochen redete. Es dauerte fast eine Viertelstunde, bis Peter zum Kernpunkt der Sache vorgedrungen war.

». . . ich sah die beiden Burschen in der Eingangshalle. Von dem Podest im ersten Stock aus drehte ich das Licht an und brauchte mich nur über das Treppengeländer zu lehnen, um sie zu beobachten. Der Kleinere von ihnen hatte das Silber in einem Sack unter dem Arm.« Peter erinnerte sich daran, daß es Mr. Hugg seinerzeit diskret vermieden hatte, von Silber zu sprechen, und seinen Einbruch damit entschuldigte, daß er bei der Kälte Kleider gesucht hätte. »Der andere war der Mann, der später getötet wurde – ein großer, häßlicher Kerl . . .«

»Ich dachte, der Mann, der getötet wurde, wäre an dem Einbruch gar nicht beteiligt gewesen?« fragte Peter schnell.

»Natürlich war er das!« knurrte Mr. Bonny. »Er war es ja, der mich zu ermorden drohte, wenn ich herunterkäme!«

Peter verabschiedete sich. Die Lösung des Rätsels war gefunden. Der getötete Einbrecher war nicht William Lane gewesen, sondern Harry. William Lane war als einziger bei dem Autounfall unverletzt geblieben.

Es hatte eigentlich keinen Zweck, noch weitere Nachforschungen anzustellen. Um ganz sicher zu gehen, fuhr Peter aber doch noch nach Thatcham und Newbury; dort wurde ihm alles bestätigt, was Mr. Bonny erzählt hatte.

Als er bei zunehmender Dunkelheit auf der Straße nach London zurückfuhr, überlegte er wieder. Harry war also getötet worden, und William Lane hatte seinen Ausweis und seinen Entlassungsschein in die Tasche des Toten gesteckt, während Mr. Bonny die Polizei benachrichtigte. Anscheinend hatte man die Identität des Toten in keiner Weise angezweifelt. Hugg hatte von dem ganzen Vorfall natürlich nichts gemerkt, da er ja gleich bewußtlos gewesen war.

Warum hatte William Lane das getan? Aus welchem Grund wollte er sich verbergen? Peter brauchte sich diese Frage nicht lange zu überlegen; die Antwort war ihm klar.

16

Wenn Daphne auch sehr gleichgültig tat – in Wirklichkeit wäre sie Peter am liebsten um den Hals gefallen, als er sie unerwartet besuchte. Die Aussicht, den Abend ganz allein verbringen zu müssen, war fürchterlich für sie gewesen. Mit ihren Nerven war sie so am Ende, daß sie bereits Geräusche – Fensterklappen und Türenknarren – hörte, die gar nicht existierten. Sie hatte eben einen Entschluß gefaßt, als Peter kam. Er war überrascht, daß sie seine Einladung zum Abendessen sofort annahm; fast hatte er befürchtet, daß sie ablehnen würde.

Auf einem Stuhl stand ihr kleiner gepackter Koffer.

»Wollen Sie etwa verreisen?«

»Ja«, sagte sie. »Eine halbe Stunde später hätten Sie mich nicht mehr angetroffen – ich nehme für eine Woche ein Zimmer im Ridley-Hotel. Es liegt in Bloomsbury, in einer sehr ruhigen Gegend. Ich habe eine Bekannte, die dort wohnt.«

»Wie kommen Sie bloß auf diese Idee? Hat man Ihnen die Wohnung gekündigt?«

Sie schüttelte den Kopf.

»Ich glaube, Sie haben Angst!«

Daphne errötete.

»Warum sollte ich Angst haben?« fragte sie abwehrend.

Peter sah sie nachdenklich an.

»Es ist ja eigentlich kein Grund dazu vorhanden – wahrscheinlich hat Sie aber der Mord so aus der Fassung gebracht. Daran habe ich gar nicht mehr gedacht!«

Sie versuchte, die Sache als belanglos hinzustellen, aber Peter ließ sich nicht so leicht täuschen.

»Ich weiß gar nicht, warum ich mich dazu entschlossen habe, wegzugehen«, sagte sie verlegen. »Es war so ein langweiliger Abend, und meine Umgebung fiel mir auf die Nerven. Da rief ich das Hotel an und fragte, ob ein Zimmer frei wäre. Sie denken wohl, ich sei sehr dumm?«

»Im Gegenteil, ich halte Sie für sehr klug«, sagte er ruhig. »Und obwohl ich nicht an eine Gefahr glaube –«

In diesem Augenblick läutete das Telefon.

»Bitte tun Sie mir den Gefallen und antworten Sie«, bat sie ihn ängstlich. »Es ist sicher Miss Creed. Sie wollte mich unbedingt heute abend sprechen, aber ich habe ihr gesagt, daß ich bereits eine andere Verabredung hätte.«

Peter nahm den Hörer ab, aber es war nicht Ella Creed. Jemand sprach mit tiefer, anscheinend verstellter Stimme.

»Ist dort Miss Olroyd?«

Im Apparat knackte es, während Peter bejahte. Er verstellte dabei sehr geschickt seine Stimme.

»Denken Sie auch noch daran«, sagte der Fremde. »Sie sollen niemand etwas von den Ereignissen der letzten Nacht erzählen.«

Peter hörte noch ein Knacken, dann war alles still. Er legte langsam den Hörer auf und ging zu Daphne zurück.

»Wer hat angerufen?«

»Was ist Ihnen letzte Nacht passiert?« fragte er statt einer Antwort. Sie merkte, daß er beunruhigt war.

»Ich – kann es Ihnen nicht sagen!«

»Sie müssen, Daphne. Es ist wirklich sehr wichtig, daß Sie mir alles anvertrauen«, drängte Peter beharrlich.

Sie schüttelte nur schwach den Kopf.

»Ich – ich mußte versprechen, daß ich nicht darüber rede!«

Er legte ihr die Hände auf die Schultern und schaute sie ernst an.

»Ich frage Sie nicht deshalb, weil ich für meine Zeitung eine gute Geschichte brauche«, sagte er leise. »Ich bitte Sie, mir alles zu sagen, weil – weil ich Sie liebhabe, Daphne.«

Sie wurde abwechselnd rot und blaß und brachte kein Wort heraus. Er streichelte sacht ihren Arm.

»Bitte, Daphne!«

»Ich darf nicht – ich habe es doch versprochen –«, stammelte sie. »Jemand holte mich vom Theater ab...«

Und dann erfuhr Peter nach und nach die ganze unheimliche Geschichte ihres nächtlichen Abenteuers. Es bedeutete für sie eine sichtliche Erleichterung, endlich sprechen zu können.

»Niemand hat mir etwas getan – alle waren sehr anständig zu mir. Ach, Peter, Sie dürfen kein Wort weitererzählen! Und Sie dürfen auch nicht versuchen, den Ort ausfindig zu machen!«

Er legte seinen Arm um sie, als sie plötzlich zu schluchzen begann. Es dauerte lange, bis er sie beruhigt hatte.

»Ich bin so nervös und aufgeregt, aber es ist einfach furchtbar, wenn man sich bei keinem Menschen einen Rat holen kann«, sagte sie und ging ins Nebenzimmer, um sich das Gesicht zu waschen. Als sie zurückkam, konnte man trotzdem noch deutlich die Spuren ihrer Tränen sehen.

»Es war so schrecklich – und ich habe doch niemand etwas getan!«

Er nahm sie wieder in die Arme und strich vorsichtig über ihr Haar.

»Nein, du hast bestimmt nichts verbrochen. Als deine Entführer das merkten, ließen sie dich ja auch gleich wieder gehen.«

»Wie meinst du das?« fragte sie verstört.

»Sie haben dich ganz einfach mit Ella verwechselt. Du hast ihren roten Regenumhang angehabt und bist etwa gleich groß. Als sie ihren Irrtum bemerkten, wurdest du schnell nach Haus geschickt. Der Raum, in dem du eingesperrt warst, sah wohl wie eine Gefängniszelle aus?«

Sie nickte entsetzt.

»Dann ist ja alles klar«, meinte er zufrieden. »Es war geplant, Ella in dies kleine Gefängnis zu stecken, das man eigens für sie eingerichtet hatte – und es war alles so gut vorbereitet, daß sie dort wohl niemand entdeckt hätte.«

»Aber warum denn das?«

»Ich bin mir noch nicht ganz klar, warum Gucumatz –«

»Wer ist Gucumatz?« fragte sie überrascht. »Den Namen habe ich noch nie gehört.«

»Ich weiß es noch nicht«, sagte er ablenkend. »Jedenfalls hat er mit Ella Creed zu tun. Ich habe die vergangene Nacht damit zugebracht, alle Einzelheiten des Falles William Lane nachzulesen. Ella erschien nicht vor Gericht, der einzige Zeuge der Bande, der auftrat, war Joe Farmer.«

»Du gibst mir immer mehr Rätsel zu lösen auf«, unterbrach sie ihn. »Ich weiß gar nicht, wovon du eigentlich sprichst. War Mr. Farmer denn mit dem Mann, der den komischen Namen hat, verfeindet?«

»Wir wollen jetzt essen gehen«, sagte Peter. Er küßte Daphne; dann nahm er ihren Koffer, und sie verließen das Haus.

»Findest du nicht, daß es dumm von mir ist, im Hotel zu schlafen?«

»Du hast ganz klug gehandelt; außer gefiederten Schlangen gibt es auch noch andere Gefahren.«

Als sie auf die Straße traten, sah Peter einen Mann vor dem Haus stehen, der ihm bekannt vorkam. Er rief nach einem Taxi, half Daphne beim Einsteigen und reichte ihr den Koffer hinein. Dann ging er auf den wartenden Mann zu.

»Wollen Sie mich sprechen, Hugg?« fragte er.

»Ja, Sir.« Huggs Stimme zitterte vor Erregung. »Heute abend habe ich ihn wieder gesehen.«

»William Lane?«

»Er war es ganz bestimmt!«

Peter dachte einen Augenblick nach und fragte dann:

»Woher wußten Sie eigentlich, daß ich hier bin?«

»Ich ging zuerst in Ihre Wohnung und fand dort niemand vor. Von da ging ich zum Grosvenor Square, um Mr. Crewe aufzusuchen. Aber auch der war nicht zu Hause. Ich fragte dann nach seiner Sekretärin und erfuhr, daß sie ihre Stellung gewechselt hätte. Man gab mir ihre Privatadresse, und so kam ich hierher und wollte mich nach Ihnen erkundigen –«

»Woher wußten Sie denn, daß Miss Olroyd über mich Auskunft geben kann?«

Aber plötzlich änderte Peter seinen Ton.

»Also gut, wo haben Sie William Lane gesehen?«

»In einer ärmlichen Pension – er ist sehr krank und wird wohl nicht mehr lange leben. Ich habe ihm fünf Schillinge geborgt, damit er nach Birmingham fahren kann, wo er Verwandte hat.«

Hugg wurde immer nervöser, während er sprach. Er konnte keinen Augenblick stillstehen und drehte sich dauernd um. Peter hätte schwören mögen, daß seine Zähne klapperten.

»Gut«, sagte er. »Kommen Sie morgen früh Punkt elf zu mir ins Büro.«

»Ich komme bestimmt«, entgegnete Hugg immer unruhiger.

Peter ging zum Wagen zurück und stieg ein.

»Ein alter Freund von mir«, erklärte er leichthin, erzählte aber nichts von der Unterhaltung, die er soeben geführt hatte.

Während des Essens entschuldigte er sich einen Moment bei Daphne und rief Leicester Crewe an.

»Kommen Sie heute abend zu mir, wenn Sie mich sprechen wollen«, entgegnete Crewe ärgerlich, als er erfuhr, wer anrief.

»Haben Sie sich mit dem Herrn in Verbindung gesetzt, den ich Ihnen als eventuellen Käufer für Ihre Aktien nannte?« fragte Peter.

Crewe antwortete in gezwungen liebenswürdigem Ton, daß er es schon getan hätte.

»Ich hoffe, daß ich mit ihm einig werde. Bis jetzt habe ich allerdings nur mit ihm telefoniert – morgen abend werde ich zu ihm gehen.«

Peter war den ganzen Abend in der besten Stimmung. Nach dem Essen brachte er Daphne nach Hause und fuhr dann zu seiner Redaktion, um nach eventuellen Neuigkeiten zu fragen. Unter seiner Post fand er eine Benachrichtigung, daß die Totenschau für den kommenden Dienstag festgesetzt worden war, und ein Schreiben von Oberinspektor Clarke, der ihn bat, möglichst bald in Scotland Yard vorzusprechen.

Er setzte sich an die Schreibmaschine und klapperte einen Artikel von etwa einer Spalte Länge herunter; der Nachtredakteur las ihn ohne große Begeisterung.

»Eine Meisterleistung ist das nicht – ist Ihnen nichts Interessanteres eingefallen?«

»Mir gefällt der Artikel ausgezeichnet«, entgegnete Peter unbekümmert und verschwand möglichst schnell.

Wenn Peter mit der Aufklärung eines Verbrechens beschäftigt war, kannte er keine Müdigkeit. Um Mitternacht streifte er durch die Victoria Dock Road und hatte das Glück, hier einen ihm bekannten Polizeisergeanten zu treffen, der seit vielen Jahren in diesem Distrikt Dienst tat.

»Hinter wem sind Sie denn schon wieder her? Neulich sah ich Sie mit Mr. Hugg, einem alten Bekannten der Polizei«, begrüßte ihn der Beamte. »Suchen Sie etwas Besonderes in meinem Bezirk . . .? Etwa einer großen Sache auf der Spur?«

»Dem Mord an Farmer«, entgegnete Peter lakonisch.

Der andere nickte verständnisvoll.

»Er hatte hier früher das Lokal ›Rose und Krone‹, und ich bin fest davon überzeugt, daß er es nur für irgendwelche dunklen Geschäfte benützte.«

»War er damals verheiratet?«

»Nein, bestimmt nicht.«

Peter erwähnte die Lewstons, aber der Sergeant zuckte die Schultern.

»Von denen habe ich nie etwas gehört.«

Sie schlenderten zusammen durch eine lange, dunkle Seitenstraße. Der Sergeant blieb stehen und zeigte auf ein Haus. »Das ist die ›Rose und Krone‹.«

Kein Fenster des kleinen, schmutzigen Gasthauses, das an der Ecke eines Gäßchens stand, war erleuchtet.

»In diesem Haus wurde die größte Razzia auf eine Falschmünzerbande durchgeführt, die ich jemals erlebt habe«, fügte der Beamte nachdenklich hinzu.

»Meinen Sie den Fall William Lane?«

»Ah, Sie erinnern sich daran – ja, es war Lane. Wir überraschten ihn inmitten seiner Werkstatt – inmitten von Druckmaschinen, Photoapparaten und mehreren tausend Stück französischer Banknoten, die gerade fertig geworden waren. Irgend jemand hat ihn verpfiffen, und es klappte alles wie am Schnürchen. Auf frischer Tat ertappt – er hat sieben Jahre bekommen. Farmer war übrigens der Hauptzeuge gegen ihn.«

»Können Sie mir sonst noch etwas von Lane erzählen?«

Der Sergeant schüttelte den Kopf, und sie gingen langsam auf das Haus zu.

»Nicht gerade viel, er war erst einige Wochen vor der Haussuchung dort eingezogen, und so kannte ihn keiner der Nachbarn näher. Wahrscheinlich hat er sein ›Handwerkszeug‹ bei Nacht und Nebel in das Gebäude geschafft. Als er festgenommen wurde, legte er ein volles Geständnis ab. Er wollte sich auch keinen Anwalt nehmen, bis das Gericht ihm schließlich einen Pflichtverteidiger zuwies.«

Über Crewe konnte der Sergeant keine Auskunft geben.

»Es ist sehr schwierig, die Spur von solchen zweifelhaften Existenzen zu verfolgen. Dieses Haus war nacheinander Absteigequartier von einigen berüchtigten Londoner Banden. Der Rauschgifthandel blühte, und die Polizei weiß heute noch nicht, wie viele gestohlene Wagen hier gehandelt und weiterverkauft wurden.«

Von der gefiederten Schlange hatte der Beamte zum erstenmal in den Zeitungen gelesen, als sie über den Mord an Joe Farmer berichteten.

»Das ist ja ein merkwürdiger Fall. Ich glaube fast, daß der Mörder jemand war, der sich an Farmer rächen wollte.«

Plötzlich kam ihm ein Gedanke.

»Ob William Lane in diese Geschichte verwickelt ist? Soviel ich weiß, wurde er vor einigen Monaten entlassen, und ich glaube, daß er verschiedene Gründe hatte, um mit Joe abzurechnen!«

Peters Nachforschungen waren noch lange nicht zu Ende, als er sich von dem Beamten verabschiedete. Er kam erst um drei Uhr morgens nach Hause und ließ sich, ohne die Kleider auszuziehen, sofort erschöpft auf sein Bett fallen.

17

Peter hatte sich schon früher mit aufregenden Kriminalfällen beschäftigt, aber es war ihm bis jetzt noch nie vorgekommen, daß er deshalb nicht einschlafen konnte. Er wälzte sich unruhig hin und her und fiel endlich in einen dumpfen Halbschlaf, als ihn ein Geräusch am Fenster hochfahren ließ.

Er sprang rasch aus dem Bett und zog vorsichtig den Rolladen ein wenig hoch, um hinauszuschauen. Es war eine sternklare, kalte Nacht. Sein Fenster lag auf der Rückseite des Hauses, und man konnte von da aus in den winzigen Garten sehen. Es war alles still, und Peter wollte sich gerade zurückziehen, als sich eine dunkle Gestalt aus dem Schatten der Mauer löste, über den kleinen Rasenplatz schlich und auf der andern Seite verschwand.

Er lehnte sich weiter zum Fenster hinaus und schaute angestrengt in die Dunkelheit. Als er sich dabei auf die Fensterbank stützen wollte, berührte er einen kalten Gegenstand. Es war ein Stahlhaken, der mit seiner Spitze in dem Holzbrett der Fensterbank steckte. Mit einem kräftigen Ruck riß er ihn los und entdeckte, daß eine Strickleiter daran befestigt war. Sie war so lang, daß Peter eine ganze Weile brauchte, bis er sie ins Zimmer hereingezogen hatte.

Er schlich nun zum Kamin und holte seine große Taschenlampe, die für alle Fälle dort lag. Dann ging er schnell zu dem offenen Fenster zurück und leuchtete in den kleinen Hinterhof hinunter.

Er konnte nichts entdecken, aber es war natürlich möglich, daß sich der Eindringling hinter dem niedrigen Fahrradschuppen versteckt hatte, der an der Mauer angebaut war. Wenigstens hatte er die Gestalt vorher in diese Richtung verschwinden sehen.

Der Mann konnte auf verschiedene Weise in den Hinterhof gekommen sein. Entlang der kurzen Straße, in der Peters Pension lag, lief eine breite Mauer, die die Vorderhäuser von den Rückgebäuden trennte, und auf diesem Wege konnte ein Einbrecher leicht hereinkommen. Noch einfacher war es, über die Mauer zu klettern, von der auch der frühere Eindringling heruntergesprungen war.

Peter leuchtete sorgfältig diese Mauer und die Hauswand ab; dort entdeckte er noch eine zweite Strickleiter, die von einer anderen Fensterbank herunterhing.

»Die Sache wird immer geheimnisvoller!« murmelte er und schloß rasch das Fenster. Er spürte plötzlich keine Müdigkeit mehr.

Einige Minuten später war er aus dem Hause. Er schlenderte gemütlich wie ein nächtlicher Spaziergänger die Straße entlang. Als er zu der Ecke kam, sah er einen Mann von der Mauer springen und rief ihn an. Einen Moment schien der Unbekannte zu überlegen, dann rannte er plötzlich mit erstaunlicher Geschwindigkeit quer über die Straße. Peter lief ihm nach, aber der andere hatte bereits einen zu großen Vorsprung. Schon wollte er die Verfolgung aufgeben, als aus einer der Seitenstraßen eine behelmte Gestalt auftauchte. Der Polizist hatte die Situation mit einem Blick erfaßt, und es gelang ihm nach kurzer Jagd, den Ausreißer zu packen.

»Alles in Ordnung«, sagte eine rauhe Stimme, als Peter dazukam. »Ich habe ihn!«

Der Polizist schien böse Erfahrungen mit nächtlichen Herumtreibern gemacht zu haben, denn er durchsuchte seinen Gefangenen sehr sorgfältig nach Waffen. Erst als er sich davon überzeugt hatte, daß der Mann außer einem kurzen Stemmeisen nichts bei sich trug, brachte er ihn zur Wache. Peter ging nebenher, als er ihn abführte.

»Sind Sie der Herr, den ich besuchen sollte?« fragte der Festgenommene auf dem Weg zur Polizeiwache. »Heißen Sie vielleicht Dewin?«

»Das ist allerdings mein Name«, entgegnete Peter.

Die Stimme des Mannes klang unsicher.

»Ich habe doch gar keinen Krach gemacht! Diese gewöhnlichen Polypen da wissen ja nichts über mich, aber der Inspektor wird mich bestimmt erkennen«, flüsterte er Peter zu.

»Nun halten Sie aber den Mund!« rief der Polizist böse. »Leute wie Sie vergißt man nicht so leicht! Sie sind Lightfoot Jerry, ich habe Sie gleich erkannt.«

Der Gefangene schluckte verlegen.

»Habe nie geglaubt, daß ein Polyp so gute Ohren hat!«

»Ich war zufällig auf dem Polizeigericht von Westlondon, als Sie das letztemal abgeurteilt wurden, und Ihr Gesicht ist mir sehr gut in Erinnerung geblieben«, sagte der Beamte sarkastisch.

Als sie auf der Wache ankamen, begrüßte der diensthabende Inspektor Jerry sofort als alten Bekannten, wenn auch seine Worte nicht sehr freundlich klangen.

»Was soll das heißen, Jerry – in Ihrem eigenen Stadtviertel ein Ding zu drehen?« fragte er vorwurfsvoll.

»Tut mir furchtbar leid, Mr. Brown«, entgegnete Jerry bescheiden. »Ich sollte hundert Pfund für die Sache kriegen, und da konnte ich nicht widerstehen. Leider habe ich keinen Erfolg gehabt...«

»Wer wird Ihnen schon hundert Pfund bieten«, fuhr ihn der Beamte an. »Keine faulen Ausreden!«

»Das ist keine Ausrede, Mr. Brown«, sagte Jerry ernst. »Obgleich ich zugeben muß, daß es wie eine fadenscheinige Entschuldigung aussieht...«

Und dann erzählte Lightfoot Jerry eine merkwürdige Geschichte. Am gestrigen Tag, gegen Mittag, hatte er einen mit Bleistift geschriebenen Brief erhalten, in dem jemand bei ihm anfragte, ob er sich hundert Pfund verdienen wolle. Er solle sich mit dieser Nachricht um sechs Uhr abends an der Stelle einfinden, wo die Eisenbahnbrücke die Great West Road kreuzt. Sein Auftraggeber werde unter der Brücke auf ihn warten, um ihm seine Instruktionen zu geben.

Dem Brief waren zwei Einpfundnoten beigelegt, und obwohl Jerry eine Falle der Polizei vermutete, ging er doch zu der angegebenen Stelle.

Die Straße war völlig menschenleer und verlassen, als er an der Brücke ankam. Nach einiger Zeit tauchte ein Wagen auf, der bis dicht zu ihm heranfuhr und aus dem ein Mann ausstieg.

»Es war inzwischen dunkel geworden, und ich konnte sein Gesicht kaum erkennen«, erzählte Jerry. »Er erklärte mir, was ich zu tun hätte, und sagte mir auch, daß Strickleitern da wären und daß alles für mich vorbereitet würde. Er gab mir einen Plan des Hauses, in dem das Zimmer dieses Herrn eingezeichnet war. Ich sollte nur einen Geldbeutel mit einem Schlüssel mitnehmen.«

»Sollte nicht auch noch eine Million Pfund drin sein?« erkundigte sich der Inspektor spöttisch.

»Ein Schlüssel – das ist alles, was ich weiß. Hören Sie, Inspektor, Sie glauben, daß ich Ihnen ein Bären aufbinden will, aber was ich Ihnen jetzt sage, stimmt – es gibt in London einen Mann, der frühere Sträflinge manchmal mit irgendwelchen Aufgaben betraut.«

Bei dieser Behauptung blieb er hartnäckig. Schließlich nahm Peter den Inspektor beiseite, der noch immer ungläubig dreinschaute.

»Am besten, Sie teilen Clarke diese Sache mit«, meinte er ernst. »Ich bin fest davon überzeugt, daß die gefiederte Schlange dahintersteckt.«

Der Inspektor nickte zögernd.

»Ich kenne Lightfoot schon seit Jahren . . .«

Er überlegte. Oberinspektor Clarke war ein Mann, mit dem man rechnen mußte. Er war erst kürzlich zum Bezirksoberinspektor befördert worden und hatte ein beträchtliches Ansehen beim Polizeipräsidenten.

Schließlich ging er in sein kleines Büro, und Peter hörte, daß er telefonierte. Nach fünf Minuten kam er zurück.

»Mr. Clarke wird selbst herkommen, um den Mann zu vernehmen«, sagte er. »Er glaubt, daß Ihre Vermutung richtig ist . . .«

Peter kam plötzlich ein Gedanke, und er bat um die Erlaubnis, einige Fragen an Jerry stellen zu dürfen. Aber in diesem Punkt gab der Inspektor nicht nach. Jerry blieb in seiner Zelle, und erst als Clarke eine Stunde später ankam, konnte Peter seine Fragen anbringen.

Der Gefangene wurde wieder geholt; er war ziemlich ärgerlich, weil man ihn aus dem Schlaf gerissen hatte.

»Sie haben doch schon mal gesessen, Jerry?« fragte Peter. Der Mann stimmte widerwillig zu. »Lernten Sie damals einen Mann mit Namen William Lane kennen?«

Lightfoot Jerry überlegte.

»Ja – ich habe ihn in Dartmoor gesehen. Er saß in der Abteilung D, ich gehörte zur Abteilung A. Er war verknackt worden, weil er falsche Banknoten gedruckt hatte.«

»Haben Sie sich einmal mit ihm unterhalten?«

Jerry schüttelte den Kopf.

»Nie. Er arbeitete in der Schuhmacherwerkstatt, zusammen mit einem gewissen Harry und dem kleinen Hugg. Einmal lagen wir zwar gemeinsam in der Krankenabteilung, aber ich hatte auch da keine Möglichkeit, mit ihm zu sprechen.«

»Halten Sie es für möglich, daß er es war, der Ihnen unter der Eisenbahnbrücke den Auftrag gab?« forschte Peter weiter.

Jerry überlegte.

»Nein . . ., und doch könnte es möglich gewesen sein. Ich habe Lane ja niemals sprechen hören, soviel ich weiß, war er überhaupt sehr mundfaul.«

Als Jerry wieder fortgebracht worden war, nahm Clarke, der

während des ganzen Verhörs geschwiegen hatte, Peter am Arm und zog ihn in eine Ecke.

»Los, bekennen Sie Farbe! Was wollte der Kerl aus Ihrem Zimmer holen?«

Peter sah ein, daß er sein Geheimnis unmöglich noch länger für sich behalten konnte.

»Er sollte mir dies hier stehlen.« Kurz entschlossen zog er den Geldbeutel aus der Tasche. »Ich kann Ihnen jetzt nicht erzählen, wie er in meinen Besitz kam, weil sonst jemand anders belastet würde. Joe Farmer trug diesen Schlüssel stets bei sich; ich glaube aber nicht, daß Sie viel damit anfangen können.«

Clarke betrachtete das Stück Pappe, das an dem Schlüssel hing.

»Eine ziemlich primitive Geheimschrift«, erklärte Peter. »Die Auflösung heißt Gucumatz – damit bezeichneten die alten Azteken die Gottheit der gefiederten Schlange. Was der Schlüssel zu bedeuten hat, weiß ich selbst nicht; ich glaube, daß er ein außerordentlich wichtiges Glied in der Kette ist, kann vorerst aber beim besten Willen des Rätsels Lösung nicht finden.«

Clarke betrachtete den Schlüssel von allen Seiten durch ein Vergrößerungsglas und untersuchte besonders die ausgefeilten Buchstaben. Schließlich zuckte er nur ratlos die Achseln.

»Haben Sie sich denn nicht wenigstens eine Theorie zurechtgelegt?« fragte er dann.

Peter schüttelte den Kopf.

»Der Fall wird immer mysteriöser und so unwahrscheinlich, daß ich mir ganz gut vorstellen könnte, daß dies der Schlüssel zu einem Kasten mit wichtigen Dokumenten ist – genau wie im Märchen.«

»Er sieht mir eigentlich mehr nach einem Türschlüssel aus.«

Clarke steckte den Schlüssel in den Geldbeutel und schob beides in die Tasche.

»Sie wissen viel mehr über den Fall, als Sie mir erzählt haben, Dewin. Aber ich hoffe, daß ich noch vor Ihnen die Tür entdecke, die durch diesen Schlüssel geöffnet wird!«

Um halb sechs in der Frühe kam Peter nach Hause, aber er konnte sich nicht entschließen, ins Bett zu gehen. Er nahm ein

Bad und rasierte sich, machte dann aber den Fehler, sich halb angezogen einen Moment auf die Couch zu legen ...

Er wachte erst wieder auf, als der Gong zum Mittagessen ertönte.

18

Das Geheimnis der gefiederten Schlange begann inzwischen ganz London zu beunruhigen. Daß irgendwo mitten in der Stadt eine Geheimorganisation existierte, die mit rücksichtslosen Methoden ihre Ziele verfolgte, war auch sensationell genug. Obwohl die Zeitungen nur zwischen den Zeilen darauf hingewiesen hatten, daß die gefiederte Schlange aus irgendeinem Grund an einigen wenigen Mitgliedern der Londoner oberen Zehntausend Rache nehmen wollte, war doch das Gerücht durchgesickert, daß eine bekannte Schauspielerin zu den Bedrohten gehörte. Dadurch wurde der Fall natürlich noch interessanter.

Peter ging in sein Büro, wo er den Nachrichtenredakteur im Gespräch mit Hugg vorfand. Der kleine Mann hatte sich erstaunlich verändert: Er trug einen modernen Anzug, sein Kragen und seine Krawatte waren sichtlich neu; außerdem hatte er sich den Luxus einer Rasur geleistet.

»Da sind Sie ja, Dewin! Dieser Herr hier wollte unbedingt mit Ihnen sprechen – es handelt sich um die gefiederte Schlange ...«

»Ich habe heute den Mann wiedergesehen, den ich für Lane hielt, und ich habe ihn angehalten«, unterbrach ihn Hugg ungeduldig. »Er ist es gar nicht, Mr. Dewin! Ich habe mich damals einfach getäuscht, hatte in jener Nacht tatsächlich ein paar Gläschen zuviel getrunken! Als ich heute genauer hinsah, wußte ich, daß ich mich geirrt hatte.«

»Kommen Sie mal mit«, entgegnete Peter streng, nahm Hugg am Arm und schob ihn in ein kleines Nebenzimmer. »Was wollen Sie mir denn jetzt wieder für einen Bären aufbinden?« fuhr er dann fort.

»Es ist die reine Wahrheit – ich will sofort tot umfallen ...!« begann Hugg.

»Hören Sie mal zu!« Peter zog nachdrücklich an der Krawatte

des kleinen Gauners. »Als ich Sie gestern traf, da erzählten Sie mir, Sie hätten William Lane getroffen – er wäre sehr krank und wollte nach Birmingham gehen. Sie gaben ihm fünf Shilling ...«

»Ganz richtig, ganz richtig«, entgegnete Hugg eifrig. »So war es, William Lane hat London verlassen ...«

Peter hob warnend die Hand.

»Daß Sie William Lane getroffen haben, daran zweifle ich durchaus nicht. Und er hat Sie auch beauftragt, der Polizei den Bären aufzubinden, daß er London verlassen will. Deswegen haben Sie mich aufgesucht; wahrscheinlich sagte er Ihnen, daß ich in der Nähe der Wohnung von Miss Olroyd zu finden wäre. Seien Sie ruhig, Hugg!« fuhr er fort, als der Landstreicher einige unzusammenhängende Erklärungen vorbringen wollte. »Sie erstatteten ihm dann Bericht, und dabei erfuhr er die Geschichte mit dem Taxi, in dem Sie ihn damals gesehen haben. Daraufhin schickte er Sie sofort zurück, damit Sie mir weismachen sollten, Sie hätten sich geirrt. Wahrscheinlich hat er Sie für Ihre Dienste nicht schlecht bezahlt. Stimmt's?«

Hugg antwortete nicht. Unruhig trat er von einem Fuß auf den andern.

»Ich will keinen Ärger haben«, sagte er unsicher. »Wenn jemand betrunken ist und einen Fehler macht, warum darf er dann nachher seinen Irrtum nicht eingestehen?«

»Wo haben Sie Lane das letztemal getroffen?« entgegnete Peter, ohne auf Huggs Worte zu achten. Aber jetzt hatte Hugg anscheinend endgültig keine Lust mehr, sich noch weiter ausfragen zu lassen.

»Lassen Sie mich mit diesem Menschen doch endlich in Ruhe«, bat er flehentlich. »Und hören Sie auf mich, Mr. Dewin – er ist ein sehr gefährlicher Kerl ...«

»Meinen Sie damit Lane?«

Hugg schüttelte den Kopf, dann schlich er nach einem unsicheren Blick in Peters Gesicht zur Tür und horchte.

»Man weiß niemals sicher, wo er sich gerade aufhält«, erklärte er ängstlich, als er zurückkam, und fügte dann im Flüsterton hinzu: »Ich habe ihn wirklich nicht richtig gesehen. Durch eine Nachricht wurde ich aufgefordert, mich an der Abzweigung einer kleinen Landstraße nördlich von Barnet einzufinden. Ich ging hin, und er kam in einem Wagen an. Er stieg nicht aus, sondern sprach nur durch das halb heruntergekurbelte Fenster mit mir. Sein Gesicht konnte ich nur ganz undeutlich sehen. Er sagte nur, daß ich sofort zu Ihnen gehen und Ihnen sagen solle, daß ich mich getäuscht hätte. Er wolle nicht, daß man irgendeine unschuldige Person verdächtige. Das waren seine Worte, Mr. Dewin.«

»War es denn Lanes Stimme?« fragte Peter.

Hugg schüttelte den Kopf.

»Ich kann es nicht beschwören. Am gleichen Abend traf ich ihn an einem andern Platz und erstattete ihm Bericht. Es kann Lane gewesen sein – es gibt aber auch noch eine Menge anderer Leute, die Joe Farmer haßten. – Ja, und dann sagte er noch, daß ich mir einen anständigen Anzug kaufen solle und jeden Augenblick für ihn erreichbar bleiben müsse – deswegen wohne ich jetzt in Lambeth.«

»Wieder einmal eine Lüge«, erwiderte Peter.

»Aber der Wahrheit so nahe wie nur irgend möglich«, entgegnete Hugg merkwürdigerweise.

Mehr war aus dem kleinen Mann nicht herauszubringen, und Peter ließ ihn gehen. Der Portier erzählte später, daß er einen funkelnagelneuen Koffer bei sich gehabt habe und in einem Auto fortgefahren sei.

Peter saß noch lange an seinem Schreibtisch, um noch einmal alle Nachrichten, die von den verschiedenen Presseagenturen über den Fall Farmer eingelaufen waren, miteinander zu vergleichen. Schließlich machte er sich auf den Weg nach Scotland Yard.

Mr. Gregory Beales Haushalt war so geregelt und geordnet, daß sich der ganze Tageslauf wie bei einem aufgezogenen Uhrwerk abspielte. Sein Dienstpersonal bestand aus Leuten, die schon seit vielen Jahren bei ihm waren. Von dem schweigsamen Butler sah Daphne nur sehr wenig, die Köchin hatte ihr die Hausordnung auseinandergesetzt.

Mittwoch hatte das Personal Ausgang, und Mr. Beale speiste dann auswärts zu Abend.

Alle Hausangestellten verehrten Mr. Beale und hatten auch allen Grund dazu, denn er war in jeder Beziehung ein wirklich großzügiger und freigebiger Hausherr.

Es war Mittwoch morgen, und Daphne steckte mitten in der Arbeit. Das große, nach der Straße zu gelegene Empfangszimmer hatte sich in ein Museum verwandelt. Alle Möbel waren entfernt worden, und an beiden Seiten des Raumes standen an den Wänden lange, hölzerne Tische. Sie waren bedeckt mit Kuriositäten, die noch geordnet werden sollten.

Mr. Beale hatte Daphne ein Werk über aztekische Kulturen gegeben, das es ihr möglich machte, ohne seine Hilfe die Grundlage zu einem vorläufigen Katalog fertigzustellen. Nur in den seltensten Fällen kam sie mit irgendeinem merkwürdigen Gegenstand in sein Studierzimmer, um sich von ihm Rat zu holen. Gelegentlich besuchte auch er sie an ihrem Arbeitsplatz. Für gewöhnlich sah er ihr eine Zeitlang freundlich lächelnd zu, steckte dann die Hände in die Taschen, lehnte sich an die Wand und hielt ihr einen kleinen Vortrag. Sie hörte ihm begeistert zu. Manchmal berührte er moderne Probleme, aber wenn er über die Kultur der Azteken sprach, war es für sie am interessantesten.

»Fünfundsiebzig verschiedene Abarten der gefiederten Schlange hat man bis jetzt gefunden«, erklärte er ihr an diesem Morgen. »Und ich weiß nicht, wieviel Legenden über sie existieren. Sogar in Peru wird sie verehrt.«

In der Sammlung befanden sich ungefähr ein halbes Dutzend der seltsamen Gottheiten. Er nahm eine der kleinen Plastiken in die Hand und betrachtete sie mit einem sonderbaren Lächeln.

»Im ›Postkurier‹ steht heute ein von Ihrem Freund verfaßter längerer Artikel über die gefiederte Schlange. Ich bat ihn, meinen Namen nicht zu veröffentlichen, aber unglücklicherweise –«

»Er hat es doch nicht etwa trotzdem getan?« unterbrach ihn Daphne schnell.

Mr. Beale lachte.

»Nein, der Fehler ist ganz auf meiner Seite. Er brauchte die

Abbildung der gefiederten Schlange, und ich gab ihm ein Foto. Leider war auf der Rückseite des Abzugs ›Copyright by Gregory Beale‹ aufgestempelt. Wahrscheinlich glaubte der Setzer, dieser Vermerk müßte auch unter der Abbildung in der Zeitung gebracht werden. Nun, der Irrtum ist geschehen ... Schließlich ist es ja auch unwesentlich.«

Beinahe hätte sie ihm jetzt ihr Abenteuer in Epping Forest erzählt, aber sie dachte an die Warnung, die sie erhalten hatte, und schwieg.

»Ich nehme an, daß dieser Farmer irgend jemand schwer beleidigt hat«, fuhr er fort. »Ich habe den Bericht über den Fall genau gelesen und glaube bestimmt, daß er selbst ein Verbrecher war oder wenigstens viel mit Verbrechern zu tun hatte.«

»Warum glauben Sie das?« fragte sie überrascht.

Er zuckte nur die Schultern und murmelte einige undeutliche Worte.

Nach einiger Zeit sprach er davon, daß die beiden Diener heute Ausgang hätten.

»Von Ihrem Arbeitsplatz aus können Sie die Vorderfront des Hauses gut beobachten, Miss Olroyd. Dürfte ich Sie vielleicht darum bitten, zur Tür zu gehen, wenn jemand klingelt? Ich bin manchmal so in meine Arbeit vertieft, daß ich die Klingel überhöre.«

Er erzählte ihr noch, daß er augenblicklich an einem Buch über Sagen arbeite, die er in Zentralamerika gesammelt hatte. Offenbar waren Dinge darunter, die seine junge Sekretärin nicht lesen sollte, denn er hielt das Manuskript stets in seinem Geldschrank verschlossen. Sie hatte sogar bemerkt, daß er jede fertiggestellte Seite sofort einschloß.

Ihre eigene Arbeit nahm sie so in Anspruch, daß sie nicht viel Zeit hatte, aus dem Fenster zu sehen; sie hörte, daß er nach dem Mittagessen dreimal zur Tür ging. Als es zum drittenmal klingelte, kam sie auch aus ihrem Zimmer.

»Entschuldigen Sie bitte, Mr. Beale. Ich werde von jetzt an besser aufpassen – Sie brauchen wirklich nicht mehr zur Tür zu gehen, wenn ich im Haus bin.«

Er lächelte nur.

»Ich halte es für ein gutes Zeichen, daß Sie sich so für Ihre Arbeit – besonders für gefiederte Schlangen – interessieren. Ich kann mir gut vorstellen, daß neugierige junge Zeitungsreporter Sie demnächst deshalb interviewen werden.«

Daphne stellte ihren Tisch ans Fenster, um besser den Eingang beobachten zu können. Nach einiger Zeit hielt vor der Tür ein kleiner Wagen, und Miss Creed stieg aus.

Ella Creed! Daphne erinnerte sich, daß sie ihr versprochen hatte, sie zu besuchen – war das eigentlich gestern oder vorgestern gewesen? Es schien schon eine Ewigkeit her zu sein. Sie lief an die Tür, um Miss Creed hereinzulassen – Mr. Beale wäre sicherlich nicht gern bei seiner Arbeit gestört worden.

Ella begrüßte sie mit einem herablassenden Kopfnicken.

»Oh, da sind Sie ja! Es ist gar nicht einfach, Sie zu finden.«

Sie drehte sich um und gab ihrem Chauffeur eine Anweisung. Der Wagen fuhr ab.

»Er muß bei der Schneiderin einige Kleider für mich abholen. Ich nehme mir dann ein Taxi.«

Daphne führte den Gast in ihr Arbeitszimmer, nahm ein staubiges Blatt Papier von einem Stuhl und bot ihn Miss Creed an.

»Was machen Sie hier eigentlich?« fragte Ella und sah sich stirnrunzelnd um. Es war charakteristisch für sie, daß sie alles auf seinen Geldwert abzuschätzen versuchte.

»Ihr Chef muß sehr viel Geld haben«, sagte sie und deutete auf ein Gemälde über dem Kamin. »Das ist ein Gainsborough.«

Daphne war über diese unerwarteten kunstgeschichtlichen Kenntnisse ein wenig erstaunt. Ella erriet ihre Gedanken.

»Ich weiß sehr viel über Bilder – jedenfalls über ihren Verkaufswert. Ein früherer Freund von mir, ein gewisser Leckstein, war Kunsthändler und hat mir viel beigebracht. Was ist denn das für Zeug?« Sie deutete mit einer verächtlichen Handbewegung auf die vielen Tische.

Daphne erklärte es ihr, doch Miss Creed zuckte nur verständnislos die Achseln. Dann fragte sie:

»Wo waren Sie denn nun eigentlich an jenem Abend?«

Daphne fühlte sich in die Enge getrieben. Es gelang ihr auch jetzt nicht, eine glaubwürdige Erklärung zu geben.

»Das war doch alles Unsinn, was Sie mir von einem falschen Wagen erzählt haben«, fuhr Ella fort. »Sie brauchen mir jetzt nicht wieder etwas anderes vorzulügen! Es hat Sie jemand mit mir verwechselt – stimmt das?«

Daphne nickte.

»Das dachte ich mir doch gleich! Und jetzt sagen Sie mir bitte, was Sie erlebt haben.«

»Leider kann ich das nicht – ich habe es versprochen ...«

Ella schaute sie scharf an.

»Haben Sie den Vorfall der Polizei gemeldet? Wahrscheinlich waren Sie dazu viel zu ängstlich – ich hätte mich durch kein Versprechen binden lassen, darauf können Sie sich verlassen!«

Daphne mußte daran denken, daß es für Ella nicht notwendig gewesen wäre, ein Versprechen abzugeben, wenn sie in die Hände der Unbekannten gefallen wäre.

»Diese ganze Angelegenheit macht mich nervös. Was meint denn Dewin dazu? Sie sind doch sehr befreundet? Meint er ..., aber wahrscheinlich wird er über solche Dinge nicht mit Ihnen sprechen.«

Ella stand auf, ging zu einem der Tische und nahm eine der kleinen Plastiken in die Hand.

»Dieser Beale ist wohl ganz verrückt mit diesen Sachen? Ich habe in der Zeitung gelesen, daß er alles weiß, was sich auf gefiederte Schlangen bezieht. Was haben sie denn eigentlich zu bedeuten?«

»Sie halten gerade eine in der Hand«, entgegnete Daphne.

Ella starrte erschrocken auf den Gegenstand und hätte ihn beinahe fallen lassen.

»Um Himmels willen – ist das nicht ...?« Sie betrachtete die Plastik von allen Seiten. In diesem Augenblick sah Daphne zum Fenster hinaus und entdeckte einen Mann, der gerade die Treppe zur Haustür heraufkam. Er sah totenbleich aus und war ziemlich schäbig gekleidet. Sie wollte sich schon bei Ella entschuldigen und zur Tür gehen, als sie in der Halle Mr. Beales schnelle Schritte hörte. Gleich darauf sprach er mit jemand; seine Stimme klang ungewöhnlich scharf.

»Gefiederte ...«, begann Ella wieder. Dann hörte Daphne

plötzlich einen seltsamen Laut und wandte sich um. Die Schauspielerin starrte mit weitaufgerissenen entsetzten Augen auf die Tonfigur. Ihr Gesicht sah unter dem Make-up plötzlich grau aus.

Daphne konnte sie gerade noch auffangen, als sie zusammenbrach. In diesem Augenblick wurde die Haustür zugeschlagen, und sie lief in die Halle.

»Miss Creed ... sie ist ohnmächtig«, stieß sie zusammenhanglos hervor.

»Miss Creed?« Er sah sie erstaunt an. »Ist das die Schauspielerin ...?«

Er lief hinter ihr her, warf nur einen schnellen Blick auf die reglose Gestalt, bückte sich dann und hob sie auf.

»Ich werde sie in meinem Studierzimmer auf die Couch legen. Holen Sie ein Glas Wasser – oder gehen Sie in mein Badezimmer ... In der Hausapotheke steht eine Flasche Riechsalz, das bringen Sie mir bitte.«

Sie kam nach einigen Minuten wieder zurück und sah, wie er der ohnmächtigen Frau eine Arznei eingab.

»Ihre Apotheke –«, begann sie.

»Ich weiß, ich weiß.« Er war sonderbar kurz zu ihr. »Sie stand ja schon die ganze Zeit hier in meinem Studierzimmer. Das hatte ich ganz vergessen. Ich glaube, sie wird sich sehr bald wieder erholen. Solche Fälle sind nicht schlimm. Was ist denn eigentlich geschehen?«

Daphne erzählte ihm von der gefiederten Schlange. Sie schaute auf die kleine Plastik, die jetzt auf dem Tisch lag.

»Sie hielt die Figur noch krampfhaft in der Hand, als ich sie hierherbrachte.«

Daphne blickte ängstlich auf die Schauspielerin. Sie atmete wieder regelmäßig, war aber immer noch bewußtlos.

»Vermutlich war es eine plötzliche Herzschwäche«, sagte Mr. Beale nachdenklich.

»Meinen Sie nicht, daß ich einen Arzt rufen soll?« fragte Daphne aufgeregt.

Er schüttelte den Kopf.

»Es geht ihr schon wieder besser. Auf solche Anfälle folgt gewöhnlich ein Erschöpfungszustand. Das Beste ist, wir lassen sie etwas schlafen. Wie war doch ihr Name ... Ella Creed ... Ich muß das schon irgendwo gelesen haben.«

Er sah die Schauspielerin an und schüttelte dann den Kopf.

»Sie muß einmal sehr schön gewesen sein«, sagte er.

»Ich finde, sie sieht auch jetzt noch gut aus«, entgegnete Daphne mit schwachem Lächeln.

In diesem Augenblick öffnete Ella die Augen und schaute erstaunt von einem zum andern.

»Was ist denn mit mir los?« fragte sie und richtete sich mühsam auf.

»Sie sind ohnmächtig geworden. Soll ich Sie nach Hause bringen?« fragte Daphne.

Ella schüttelte den Kopf.

»Nein, ich kann allein heimfahren. Würden Sie so liebenswürdig sein und meinem Chauffeur Bescheid sagen?«

Als sie aufstand, schwankte sie noch ein wenig, und Daphne mußte sie stützen.

»Sie haben doch Ihren Wagen fortgeschickt – soll ich ein Taxi besorgen?« fragte Daphne.

»Nein, ich möchte ... ich will nicht ...«

Ellas schrille Stimme brach plötzlich ab, und sie ließ sich wieder auf das Sofa fallen.

»Ich glaube, es ist besser, wenn Miss Creed sich noch ein wenig ausruht. Wir wollen sie allein lassen«, sagte Mr. Beale und folgte Daphne ins Nebenzimmer. »Und nun erzählen Sie mir bitte einmal genau, warum sich die Dame so aufgeregt hat und weshalb sie hierherkam.«

Daphne versuchte verzweifelt, irgendeine Geschichte zu erfinden, denn sie durfte ihm ja nicht die Wahrheit sagen.

»Sie hat mich neulich zum Essen eingeladen – ich verließ das Theater aber schon früher – und – und – so wurde eben nichts daraus.«

»Und sie kam nun, um den Grund zu erfahren?« fragte Mr. Beale. »Eine Schauspielerin – hm!«

Er ging im Zimmer auf und ab.

»Eigentlich komisch, wie fest sie die gefiederte Schlange hielt, als sie ohnmächtig wurde.«

»Vielleicht hat sie irgend etwas Merkwürdiges an der kleinen Figur entdeckt«, meinte Daphne.

Gregory Beale schüttelte den Kopf.

»Ich glaube eher, daß sie unter einer starken Einbildungskraft leidet, die sie Gespenster sehen läßt«, meinte er und verließ das Zimmer.

Es wurde dunkler. Daphne machte sich wieder an ihre Arbeit. Einmal meinte sie, Ellas Stimme zu hören, und stand auf, um nachzusehen, aber in diesem Augenblick schloß sich Mr. Beales Tür, und sie nahm an, daß er sich um die Schauspielerin kümmerte. Ungefähr eine Viertelstunde später rief Gregory Beale nach ihr.

»Die Dame ist wieder wohlauf«, sagte er lachend. »Sie will jetzt nach Hause gehen. Vielleicht besorgen Sie ihr ein Taxi.«

Daphne ging hinunter und winkte einem eben vorbeifahrenden Wagen. Dabei entdeckte sie, daß jemand ein paar Schritte von dem Haus entfernt an einer Straßenlampe lehnte und sie beobachtete. Als sie genauer hinschaute, erkannte sie den bleichen Mann, der geklingelt hatte, während sie mit Ella Creed sprach. Er drehte sich jetzt rasch um, als ob er vermeiden wolle, daß sie sein Gesicht sah.

Ella stand in der Halle und zog langsam ihre Handschuhe an, als Daphne zurückkam. Sie war sehr blaß, und ihre Stimme zitterte noch immer.

»Ich gehe jetzt ... Es tut mir sehr leid, daß ich Ihnen solche Umstände gemacht habe, Mr. – nun weiß ich doch tatsächlich Ihren Namen nicht mehr!«

Sie wandte sich ärgerlich an Daphne.

»Haben Sie einen Wagen bekommen?« Als Daphne bejahte, sagte sie nur kurz: »Wir sprechen uns ein andermal.« Dann verließ sie mit einem Kopfnicken das Haus und ging die Treppe hinab.

Mr. Beale wartete, bis das Auto verschwunden war.

»Du lieber Himmel!« sagte er plötzlich überrascht. »Der Bursche ist noch immer da!«

Er deutete auf den Fremden, der Daphne vorher beobachtet hatte.

»Es gibt wirklich sonderbare Leute«, meinte er, als er die Tür schloß und Daphne in ihr Arbeitszimmer folgte. »Miss Creed gehört auch dazu. Kennen Sie übrigens jemand, der Lane heißt?«

Daphne schüttelte den Kopf.

»Sie murmelte die ganze Zeit diesen Namen. Er kommt mir irgendwie bekannt vor – soviel ich mich erinnern kann, hat ein Sträfling so geheißen.«

Er sah auf seine Uhr.

»Es ist Zeit, daß Sie nach Hause gehen. Übrigens – Ihr früherer Chef will mich heute abend besuchen. Was ist das eigentlich für ein Mann?«

Daphne gab eine vorsichtige Schilderung von Leicester Crewe.

»Ich soll ihm südamerikanische Aktien abkaufen – er hat angeblich vor, sich im Ausland niederzulassen. Es sind gute Papiere, aber zur Zeit nicht sehr gefragt. Ist er ehrlich?«

Sie hatte keine Lust, über die Charaktereigenschaften ihres ehemaligen Chefs zu sprechen. »Er ist so ehrlich, wie eben ein Geschäftsmann ist«, sagte sie. Er lachte über ihre Zurückhaltung.

Daphne verließ das Haus mit einem unbehaglichen Gefühl. Vielleicht war es der Gedanke an Ella und ihre sonderbare Ohnmacht, der sie bedrückte. An einer Untergrundbahnstation ging sie in eine Telefonzelle, um Ellas Adresse zu suchen. Ein Bus brachte sie dann nach St. John's Wood. Sie läutete, und ein Mädchen öffnete die Tür.

»Ja, Miss Creed kam vor einer halben Stunde zurück«, sagte sie. »Soll ich Sie anmelden?«

»Nein, nein«, erwiderte Daphne hastig. »Ich wollte nur wissen, ob sie gut nach Hause gekommen ist.«

»Es war nicht so schlimm«, entgegnete das Mädchen in einem Ton, der darauf schließen ließ, daß Ella bei ihrem Personal nicht gerade beliebt war.

Daphne wollte gerade wieder gehen, als jemand vom Balkon her ihren Namen rief. Es war Miss Creed.

»Miss Olroyd! Was wünschen Sie?«

»Ich wollte nur fragen, wie es Ihnen geht!«

»Sie sind wirklich sehr besorgt um mich«, entgegnete Ella spöttisch.

Daphne gab klugerweise gar keine Antwort, sondern drehte sich um und ging. Zu ihrer Überraschung folgte ihr das Dienstmädchen durch den Garten, bis sie außer Sicht des Hauses waren, und sprach sie dann an.

»Sie hat am Telefon Streit mit jemand gehabt«, sagte sie leise. »Wir haben es gehört, obwohl sie uns alle in die Küche schickte. Wissen Sie, was eigentlich los ist, Miss?«

»Nein«, entgegnete Daphne, die diese Vertraulichkeit ein wenig unangenehm berührte.

»Ihre Schneiderin ist hier und hilft ihr beim Packen. Sie rief sie sofort an, als sie nach Hause kam. Wissen Sie, ob Miss Creed verreisen will?«

»Keine Ahnung«, sagte Daphne, drehte sich brüsk um und beendete damit die Unterhaltung.

Ellas Haus lag in einer ruhigen, vornehmen Straße. Es waren nur wenig Fußgänger zu sehen, ein Auto parkte ungefähr zwanzig Meter von dem Haus entfernt. Beim Vorübergehen betrachtete Daphne den Wagen – irgend etwas daran kam ihr merkwürdig bekannt vor.

Und dann erinnerte sie sich plötzlich: In der Glasscheibe des linken Scheinwerfers entdeckte sie einen unregelmäßigen Sprung; sie hatte den gleichen Riß schon einmal gesehen – und zwar an dem Scheinwerfer jenes Wagens, der sie nach Epping Forest gebracht hatte. Einen Augenblick war sie vor Entsetzen gelähmt. Sie wagte nicht einmal, den Chauffeur anzusehen, als sie vorbeilief. Furchtsam blickte sie über die Schulter, aber es folgte ihr niemand. Atemlos und zitternd erreichte sie die Hauptstraße.

Dort wartete sie an der nächsten Haltestelle auf einen Bus, als sie plötzlich angesprochen wurde.

»Entschuldigen Sie...«

Sie fuhr nervös herum und sah in die Augen des Mannes, den sie vor dem Haus von Mr. Beale gesehen hatte. Sie erschrak noch mehr, aber dann machte sie sich klar, daß sie keinen Grund hatte, sich zu fürchten. Überall waren Leute, und in einiger Entfernung sah sie sogar einen Schutzmann.

»Was wollen Sie von mir?« fragte sie ängstlich.

»Sie sind doch die Sekretärin Mr. Beales? Ich bin Ihnen von

seinem Haus aus bis hierher gefolgt – könnte ich einen Moment mit Ihnen sprechen?«

Ein schrecklicher Hustenanfall hinderte ihn am Weiterreden; keuchend lehnte er sich an eine Hauswand.

»Haben Sie keine Angst, Miss«, brachte er schließlich heraus. »Ich habe es auf der Lunge. Wenn ich nur ein wenig Vernunft besessen hätte, wäre ich in Argentinien geblieben, wo jeden Tag die Sonne scheint. Ich wollte eigentlich überhaupt nicht hierherkommen, aber meine Schwester überredete mich dazu – und nun versuche ich, Geld zur Heimfahrt zu erhalten.«

»Waren Sie deswegen heute nachmittag bei Mr. Beale?« fragte sie.

»Ja, Miss.« Er nickte. »Ich hätte nie gedacht, daß er so hart sein kann ..., als ich das letztemal mit ihm sprach, hätte er seinen Rock ausgezogen und ihn dem nächsten Bettler geschenkt!«

Er sah mitleiderregend aus; bei jedem heftigen Windstoß zitterte er in seinem dünnen Mantel.

Daphne tat der arme Kerl sehr leid. Gleichzeitig war sie neugierig geworden – die sonderbare Beschreibung von Mr. Beales Charakter gab ihr zu denken.

»Mr. Beale ist immer sehr liebenswürdig. Vielleicht haben Sie etwas gesagt, was ihn verletzte«, meinte sie.

»Wirklich nicht!« Der Mann sah sie verzweifelt an. »Früher war er nicht so. Wenn Sie vielleicht ein gutes Wort für mich einlegen könnten ...«

»Wie heißen Sie?« fragte sie.

»Harry Merstham, Miss – in früheren Tagen wurde ich Harry, der Barmann, genannt. Ich hatte eine Bar in Buenos Aires gepachtet. Billy Lewston hat sie mir vermittelt. Kennen Sie den?«

Sie schüttelte den Kopf.

»Ich konnte ihn nicht besonders leiden. Er war ein Gauner, und seine Schwester war auch nicht viel besser. Ich dachte, Mr. Beale würde ...«

Wieder wurde er durch einen bösen Hustenanfall unterbrochen. Als er sich erholt hatte, gestand er ihr, daß er keinen Pfennig mehr in der Tasche habe. Daphne gab ihm fünf Schillinge und notierte sich seine Adresse. Sie versprach ihm, Mr. Beale am nächsten Morgen noch einmal seine Angelegenheit vorzutragen.

Nach ihrer Ankunft im Hotel rief sie sofort Peter an, aber er war weder in seiner Wohnung noch im Büro.

Sie hätte ihm gerne ihre letzten Erlebnisse erzählt, denn sie nahm an, daß er sich wie immer dafür interessieren würde.

Wahrscheinlich hätte sie auch von der Begegnung mit dem kranken Harry Merstham gesprochen, wenn ihr nicht plötzlich eingefallen wäre, daß diese Geschichte vielleicht ein falsches Bild vom Charakter ihres Chefs geben könnte. Sie ahnte nicht, daß Peter gerade durch diesen Mann die Lösung des Rätsels in wenigen Minuten gefunden hätte.

Im Hotelbüro wollte sie sich erkundigen, ob Post für sie gekommen sei. Sie mußte einen Augenblick warten, weil eine Dame den Geschäftsführer eben um Auskunft bat. Es war offensichtlich eine reiche Amerikanerin, die ihren Schmuck aufbewahren lassen wollte.

»Ich kann Ihre Wertsachen selbstverständlich hier im Geldschrank verwahren«, sagte der Geschäftsführer. »Aber im allgemeinen mieten unsere Gäste einen Safe auf der Bank, wenn sie länger bleiben, es ist weniger riskant.«

Die Dame schien sich dafür zu interessieren und stellte noch einige Fragen.

»Das Ganze ist sehr einfach.« Der Geschäftsführer erklärte ihr alle Einzelheiten.

Während Daphne zuhörte, kam ihr plötzlich ein Gedanke. Rasch ging sie in die Telefonzelle und versuchte zum viertenmal vergeblich, mit Peter Verbindung zu bekommen.

19

Peter Dewin machte die Erfahrung, daß es nicht immer leicht war, freundschaftliche Verbindungen mit Scotland Yard aufrechtzuerhalten. Er saß bescheiden im Büro von Chefinspektor Clarke, der ihm gerade einen Vortrag hielt.

»Es ist Ihnen doch bekannt, Peter, daß Sie mir jede Einzelheit, die Sie entdecken, mitteilen müssen. Ich habe Ihnen eine der besten Geschichten zugeschoben, die es je gab, und Sie —«

»Ich habe Sie holen lassen, um Lightfoot zu verhören«, unterbrach ihn Peter höflich, »und Ihnen damit eine ganz neue Seite der Sache gezeigt.«

»Eine nicht besonders ergiebige«, brummte Clarke. Aber dann wurde er liebenswürdiger. »Nun, Peter, Sie wissen doch noch einiges – was haben Sie mir vorenthalten?«

»Es gibt viele Dinge, von denen Sie keine Ahnung haben«, sagte Peter herausfordernd. »Da ist zum Beispiel die Geschichte von dem einsamen Haus in Epping Forest, dann die Sache mit dem goldenen Siegelring, weiter dieser mysteriöse Harry – der Barmann, der bei Joe Farmer angestellt war und zwei Tage vor William Lanes Verhaftung unter eigenartigen Umständen aus England verschwand. Dann vor allem William Lane selbst, der in Thatcham bei einem Unfall ums Leben gekommen sein soll und plötzlich in Grosvenor Square wieder auftauchte – offenbar ein vollkommener Verbrecher, der jede Möglichkeit voraussieht und auf alles vorbereitet ist.«

»Da Sie gerade von William Lane sprechen«, sagte Clarke, »ich habe alle Angaben über ihn zusammenstellen lassen. Danach wurde er einige Tage nach seiner Entlassung aus Dartmoor von einem Auto überfahren und getötet.«

Peter schüttelte den Kopf.

»Er ist nicht tot. Harry, der Landstreicher, der nicht identisch mit Harry dem Barmann ist, William Lane und der kleine Hugg hielten sehr eng zusammen. Lane versuchte aber bald, seine beiden Gefährten loszuwerden. Wahrscheinlich ist ihm das auch gelungen, und ich glaube, daß er jetzt irgendwo in London lebt. Er hat den Mann, der als Hauptzeuge gegen ihn auftrat, bereits erledigt.«

Clarke nickte zustimmend.

»Bis hierher kann ich Ihrer Theorie folgen, Dewin, aber was ist mit Harry dem Barmann?«

Doch darüber konnte auch Peter keine Auskunft geben. Er verabschiedete sich rasch von Clarke und fuhr in sein Büro. Dort erfuhr er, daß Daphne ihn mehrmals angerufen hatte. Er wollte gerade den Hörer abheben, um ihre Nummer zu wählen, als sein Telefon läutete. Eine aufgeregte Stimme rief seinen Namen.

»Ist dort Mr. Dewin? – Hier Gregory Beale. Könnten Sie vielleicht heute abend gegen neun Uhr zu mir kommen? Ich bin sehr beunruhigt – es klingt unglaublich, aber ich habe auch eine von diesen seltsamen Karten bekommen!«

Einen Augenblick war Peter fassungslos.

»Doch nicht etwa eine Karte von der gefiederten Schlange?«

»Leider ja. Ich habe Oberinspektor Clarke schon Bescheid gesagt. Er wird ebenfalls heute abend bei mir sein. Soviel ich weiß, bearbeitet er ja den Fall Farmer.«

Nachdenklich legte Peter den Hörer auf und vergaß ganz, Daphne anzurufen.

Er setzte sich an seine Schreibmaschine, aber der Artikel, an dem er arbeitete, wollte ihm nicht gelingen. Als er die erste Seite durchgelesen hatte, fand er sie so schlecht, daß er sie wütend in den Papierkorb feuerte. Dann begann er von neuem, aber auch der zweite Versuch mißlang. Schließlich ging er zum Nachrichtenredakteur und erklärte ihm, daß er heute nichts zustande brächte.

»Vielleicht kann ich eine ordentliche Geschichte schreiben, wenn ich bei Mr. Beale gewesen bin«, sagte er. »Vorläufig bin ich viel zu nervös dazu.«

Als er die Treppe zu Mr. Beales Haus hinaufstieg, sah er einen untersetzten, kräftigen Mann, der eben auf die Türklingel drückte. Mr. Beale öffnete selbst.

»Darf ich Ihnen Mr. Holden, meinen Rechtsanwalt, vorstellen?« sagte Mr. Beale zu Peter.

Dann führte er sie beide in das Zimmer, in dem Daphne tagsüber gearbeitet hatte.

»Wir warten am besten, bis Mr. Clarke kommt«, begann er gerade, als es wieder klingelte. Er ging zur Tür, um den Polizeibeamten hereinzulassen.

Peter stellte fest, daß Mr. Gregory Beale ziemlich aufgeregt war. Seine Bewegungen wirkten fahrig, und auch seine Stimme klang nicht so sicher wie sonst.

»Die Angelegenheit gibt mir wirklich zu denken«, sagte der

Gelehrte, als er die Karte mit dem Bild der gefiederten Schlange aus der Tasche zog. »So was Ähnliches haben Sie ja schon gesehen, Mr. Clarke, aber lesen Sie doch bitte einmal, was auf der Rückseite der Karte steht.«

Der Chefinspektor nahm die Karte und setzte seine Brille auf. Peter las gleich über seine Schulter hinweg mit:

> Leicester Crewe – sein richtiger Name ist Lewston – wird um halb zehn zu Ihnen kommen, um Ihnen seine Straßenbahnaktien von Buenos Aires zu verkaufen. Sie laufen eine doppelte Gefahr, wenn Sie ihn empfangen: Ihnen selbst droht Unheil – und ihm der Tod.

»Ich fand die Karte auf dem Fußabstreifer in der Halle, sie war unter der Haustür durchgeschoben worden – wahrscheinlich zwischen sieben und acht Uhr abends. Zuerst wollte ich sie wegwerfen, aber dann fiel mir ein, daß außer Mr. Crewe und mir niemand etwas von dem beabsichtigten Geschäft wissen konnte. Nur meiner Sekretärin, die Ihnen ja nicht unbekannt ist« – er lächelte Peter zu –, »habe ich gesagt, daß ich ihn erwarte.«

»Vielleicht war es einer seiner eigenen Angestellten«, warf Clarke ein.

»Kann sein. Auf jeden Fall bin ich durch diese Geschichte nervös geworden und habe Sie deshalb gebeten hierherzukommen. Auch meinen Anwalt, Mr. Holden, habe ich herbestellt, damit er den Kaufvertrag durchsieht, wenn es zu einem Abschluß kommt.«

Der Anwalt lachte.

»Auf Ihre alten Tage werden Sie noch vorsichtig, Mr. Beale«, sagte er und zwinkerte seinem Klienten zu, der die Bemerkung lächelnd quittierte.

»Stimmt, früher war ich sorgloser – aber wenn man viel Geld hat, wird man eben mißtrauisch.« Dann fügte er ernst hinzu: »Es wäre mir lieb, wenn Sie sich alle hier aufhielten, während ich mit Mr. Crewe spreche. Ich werde die Tür zu meinem Arbeitszimmer offenlassen, und sobald ich irgend etwas Verdächtiges bemerke, rufe ich nach Ihnen. An und für sich ist es ja kindisch – aber diese verflixte gefiederte Schlange fällt mir allmählich auch auf die Nerven.« Er drehte sich um und ging in sein Arbeitszimmer, um die Dokumente zu holen, die er seinem Anwalt zeigen wollte.

»Von dieser Seite habe ich Mr. Beale noch niemals kennengelernt«, sagte Mr. Holden kopfschüttelnd. »Früher ließ er sich durch nichts aus der Fassung bringen und war auch lange nicht so vorsichtig und gewissenhaft. Als er noch jünger war, bestand einer seiner Lieblingspläne in der Idee, sich im sozialen Wohnungsbau zu betätigen und mustergültige Heimstätten für arme Leute zu bauen.«

Peter unterdrückte mühsam einen Ausruf der Überraschung.

»Damals fragte er weder seinen Anwalt noch seinen Bankier um Rat. Er war in dieser Beziehung so empfindlich, daß er einmal wegen einer Warnung seines Bankiers die Bank wechselte. Übrigens war er es, der Lionhouse baute, und auch das Jungmädchenheim von East End beruht auf seiner Stiftung von sechzigtausend Pfund...«

»War er nicht mit einem Architekten befreundet?« fragte Peter.

Der Rechtsanwalt nickte.

»Ja, mit Mr. Walber. Auch ein ziemlich schrulliger Mensch – wobei ich Mr. Beale nicht gerade als schrullig bezeichnen will, aber in jenen Tagen verteilte er tatsächlich sein Geld wahllos unter den Leuten. Wenn er nicht nach Südamerika gegangen wäre, um dort Ausgrabungen vorzunehmen, hätte er sich in kürzester Frist ruiniert.«

Beale kam zurück, und das für Peter äußerst interessante Gespräch fand sein Ende.

Mr. Holden beugte sich über die vorbereiteten Verträge und prüfte sie genau. »Es scheint alles in Ordnung zu sein«, sagte er nach einiger Zeit.

In diesem Augenblick klingelte es. Peter Dewin lief ein kalter Schauer über den Rücken; er war über sich selbst verwundert und versuchte vergeblich, seine Aufregung zu unterdrücken.

Beale ging zur Tür, und gleich darauf hörten sie Mr. Crewes Stimme. Er begrüßte Beale außerordentlich höflich.

»... es tut mir sehr leid, daß ich Sie noch zu so später Stunde belästige, Mr. Beale, aber ich muß England plötzlich verlassen – es ist möglich, daß ich sehr lange Zeit fortbleibe . . .«

Die Stimmen wurden schwächer, Beale betrat mit seinem Gast das Arbeitszimmer.

»Crewe ist also tatsächlich gekommen«, flüsterte Clarke. »Wahrscheinlich ist . . . Um Himmels willen!« Aus dem Arbeitszimmer gellte ein schriller Angstschrei, der in einem langgezogenen Röcheln endete. Dann hörte man einen dumpfen Fall und Beales Stimme, der um Hilfe schrie. Clarke und Peter sprangen wie der Blitz auf und liefen in die Bibliothek hinüber.

Beale lehnte am Kamin und deutete mit entsetztem Gesichtsausdruck auf die reglose Gestalt Leicester Crewes, der vor der Wand gegenüber dem großen Fenster lag.

»Großer Gott, was ist passiert?« fragte Clarke und beugte sich über Crewe.

»Ich weiß es nicht . . . Er schrie plötzlich auf und fiel hin – ich sah und hörte sonst nichts . . . Es geschah im gleichen Augenblick, in dem wir in das Arbeitszimmer traten.«

»Drehen Sie alle Lichter an«, sagte Clarke. Peter gehorchte.

Der Beamte drehte den stumm Daliegenden herum und untersuchte ihn.

»Er ist erschossen worden.« Er hob seine Hand in die Höhe, die voll Blut war. »Mitten durchs Herz!«

»Tot?« fragte der Anwalt, der ebenfalls ins Zimmer gekommen war, mit bebender Stimme.

Clarke nickte.

»Ja, es gibt kaum einen Zweifel. Rufen Sie schnell einen Arzt an.«

Peter rief einen Doktor in der Nachbarschaft an, den er kannte. Als er zurückkam, stand Clarke am Fenster und betrachtete die Scheibe. Er zeigte auf ein glattes, rundes Loch.

»Der Schuß ging durch das Fenster«, sagte er. »Die Scheibe ist aus splittersicherem Glas.«

Beale nickte.

»Ja, ich ließ es vor einiger Zeit einsetzen, weil ein paar Lausbuben von der Straße mit Steinen warfen und mich beinahe im Gesicht verletzt hätten.«

Er schaute wieder auf den Mann, der am Boden lag.

»Also tot«, sagte er dann langsam.

»Haben Sie keinen Schuß gehört?« fragte Clarke. Als Beale den Kopf schüttelte, öffnete der Beamte vorsichtig das große Fenster und kletterte in den Garten hinaus. Peter leuchtete ihm mit seiner Taschenlampe.

Ein gepflasterter Weg lief zu der Mauer im hinteren Hof. Von dem Mörder war nichts zu sehen. Der einzige Ort, wo sich jemand hätte verstecken können, war ein kleiner Schuppen, an dem außen ein Vorhängeschloß hing.

Auf einem kleinen Seitenweg sah Clarke etwas blitzen. Er bückte sich und hob es auf. Es war eine leere Patronenhülse. Mit einem Zweig machte er ein großes Kreuz an die Stelle, wo er sie entdeckt hatte.

»Das dürfte also stimmen«, sagte er mit Genugtuung. »Wir müssen aber wohl bis morgen früh warten, bevor wir die Mauer genauer untersuchen können. Peter, rufen Sie doch mal bei Scotland Yard an, damit wir ein paar Leute zur Hilfe bekommen. Und dann – so leid es mir tut, alter Freund – müssen Sie verschwinden.«

»Wenn ich gehe, werden Sie wohl kaum den Mörder von Leicester Crewe schnappen!«

»Meinen Sie das im Ernst?« fragte Clarke nach einer Pause verblüfft. Er wußte, daß der Reporter diese Äußerung kaum ohne triftigen Grund gemacht hätte.

»Ich weiß nicht, welche Polizeibestimmungen in einem solchen Fall gelten«, sagte Peter. »Aber Sie tun gut daran, wenn Sie diesmal ein Auge zudrücken. Ich gehe jetzt, um noch ein bißchen herumzuschnüffeln, werde aber morgen früh wieder da sein, wenn Sie Ihre Untersuchungen beginnen.«

Der Oberinspektor zögerte.

»Also gut«, sagte er schließlich. »Telefonieren Sie jetzt aber erst mit Scotland Yard.«

Peter ging durch das Arbeitszimmer zurück. Ein schneller Blick auf Leicester Crewes kalkweißes Gesicht sagte ihm, daß da jede Hilfe zu spät kam.

Er telefonierte gerade von der Halle aus, als die beiden Diener zurückkamen, die den ganzen Tag beurlaubt gewesen waren. Mr. Beale stand mit seinem Rechtsanwalt im Empfangszimmer und hatte seine Ruhe einigermaßen wiedergewonnen.

»Ich möchte nicht mehr darüber reden«, sagte er. »Bestimmt werden alle Zeitungen über den Mord berichten, und es scheint keine Möglichkeit zu geben, daß mein Name dabei nicht erwähnt wird!«

»Haben Sie eigentlich mit Mr. Crewe gesprochen, Mr. Beale?«

»Ich hatte gar keine Gelegenheit dazu. Er dankte mir, daß ich ihn noch so spät empfangen hatte, und fiel dann plötzlich um. Ich kann Ihnen nicht einmal sagen, was überhaupt geschah«, erklärte er erregt.

Tatsächlich hatte auch keiner der andern Anwesenden etwas wahrgenommen, bevor sie den lauten Schrei von Leicester Crewe und Mr. Beales Hilferuf hörten.

Peter eilte aus dem Haus, nahm ein Taxi und fuhr zu Daphnes Hotel. Sie war schon ins Bett gegangen, und Peter ließ ihr durch das Zimmermädchen ausrichten, daß er sie dringend sprechen müsse. Nach kurzer Zeit kam sie herunter und schaute ihn erschrocken an. Er erklärte ihr rasch, was heute abend in Beales Villa vorgefallen war.

»Es ist mir sehr unangenehm, dich so auszufragen, aber bitte denke doch einmal genau nach, ob du nicht irgend etwas Ungewöhnliches bemerkt hast. Jede kleinste Einzelheit kann uns dabei von Nutzen sein. Vielleicht erinnerst du dich an Besucher, die zu Mr. Beale kamen? Sind irgendwelche Handwerker dagewesen, die im Haus oder im Garten arbeiteten?«

Daphne dachte nach. Vom Garten wußte sie nur, daß Mr. Beale gewöhnlich dort einen Morgenspaziergang machte und alle trockenen Blätter, die er fand, nachher verbrannte.

»Ist Leicester Crewe früher schon einmal im Haus gewesen?«

»Nein, ich glaube nicht.«

»Auch niemand von seinen Bekannten?«

»Doch, Ella Creed hat mich besucht. Ich wollte dir das telefonisch mitteilen, aber du warst nicht zu erreichen.«

»Das ist ja interessant! Und was geschah, als sie kam?« fragte er, fiebernd vor Ungeduld.

Sie erzählte ihm alles, und er hörte gespannt zu.

»Ella wurde also ohnmächtig, als sie die Plastik einer gefiederten Schlange betrachtete?«

Daphne nickte.

»Ja. Zur gleichen Zeit war auch ein Mann an der Tür, der mit Mr. Beale sprach.«

»Kannst du mir beschreiben, wie er aussah?«

Sie nickte wieder.

»Ich weiß sogar seinen Namen. Er ging mir nach bis zu Ella Creeds Wohnung. Anscheinend kannte er Mr. Beale von früher her – er sagte mir, daß er ihn um Geld für seine Rückreise nach Argentinien gebeten hätte.«

Peter starrte sie an.

»Merkwürdig – Miss Creed fiel in Ohnmacht, während Mr. Beale mit dem Fremden an der Haustür sprach. Wie heißt der Mann denn?«

»Harry Merstham.«

Peter schüttelte den Kopf.

»Der Name sagt mir gar nichts.«

»Er hatte früher eine Bar in Argentinien und wurde Harry der Barmann genannt.«

»Was sagst du da?«

Peter sprang auf.

»Harry der Barmann! Weißt du auch, wo er wohnt?«

Der Zettel mit der Adresse war in ihrer Handtasche, und Daphne lief in ihr Zimmer, um sie zu holen. Nach wenigen Minuten kam sie wieder zurück.

»Ist der Mann so wichtig für dich?«

Peter nickte. Sein Gesicht glühte vor Erregung.

»Weißt du sonst noch etwas? – Es ist eigentlich unglaublich, was ich in der kurzen Zeit schon alles von dir erfahren habe!« Er steckte den Zettel mit der Adresse in seine Tasche. »Vielleicht kannst du mir noch weiter helfen?«

Sie erinnerte sich plötzlich wieder an einen merkwürdigen Umstand.

»Die Tür wird wohl kaum von Bedeutung sein«, meinte sie zögernd.

»Alles ist wichtig«, unterbrach er sie eifrig. »Von welcher Tür sprichst du denn?«

»Ich meine die Tür, die früher in der Gartenmauer war. Mr. Beale hat sie in sein Arbeitszimmer gestellt und mit aztekischen Ornamenten bemalt. Es sah sehr seltsam aus.«

»Wo steht denn die Tür jetzt? Im Garten oder in seinem Arbeitszimmer? Im Haus roch es doch ziemlich aufdringlich nach frischer Farbe.«

»Sie stand im Arbeitszimmer«, erwiderte sie.

Er schaute sie nachdenklich an.

»Wann hast du die Tür zum letztenmal im Arbeitszimmer gesehen?«

Sie überlegte einen Augenblick.

»Heute nachmittag«, entgegnete sie dann. »Mr. Beale sagte, er wolle sie in den Schuppen stellen. Der Raum roch so stark nach Ölfarbe, daß es ihm selbst unangenehm wurde.«

Peter riß ein Blatt Papier aus seinem Notizbuch und zeichnete in groben Umrissen einen Plan des Zimmers darauf.

»Jetzt bezeichne mir bitte genau die Stelle, wo die Tür stand, als er daran malte.«

Sie zeigte ihm den Punkt, und er machte dort ein Kreuz. Dann faltete er das Papier zusammen und lächelte zufrieden.

»Ich muß dir noch etwas sagen.« Sie schob ihre Hand unter seinen Arm, als er sich erhob, und lehnte sich ein wenig an ihn. »Ich habe heute abend den Wagen mit dem Sprung im Scheinwerfer in der Nähe von Ellas Haus gesehen. Ich habe ihn ganz genau erkannt.«

»Entschuldige einen Augenblick«, entgegnete Peter.

Er ging zum Telefon und wählte die Nummer des Orpheums.

»Nein, mein Herr«, beantwortete der Portier seine Frage. »Ich habe Miss Creed heute abend nicht gesehen. Soviel ich weiß, ist sie krank geworden und zur Erholung aufs Land gefahren.«

»War sie überhaupt nicht im Theater?« fragte Peter.

»Nein, sie hat nur angerufen.«

Ohne zu zögern läutete er bei Ella an. Ihr Mädchen meldete sich.

»Ich kann das nicht verstehen, Sir. Man hat schon vom Theater aus angerufen und gefragt, wo Miss Creed bleibt. Meiner Meinung nach hat ihr nichts gefehlt, als sie fortging – außer daß sie vielleicht etwas nervöser war als sonst.«

»Hat sie das Haus zur üblichen Zeit verlassen, um ins Theater zu gehen?« erkundigte er sich noch.

»Ja, natürlich.«

Peter legte den Hörer mit einem düsteren Lächeln auf.

Die gefiederte Schlange war an diesem Abend nicht müßig gewesen.

20

Peter verabschiedete sich von Daphne, ohne ihr Genaueres über das Gespräch zu sagen.

»Um wieviel Uhr frühstückst du?« fragte er noch.

»Um neun.«

Er versprach, um diese Zeit zu kommen. »Ich werde wohl die ganze Nacht unterwegs sein müssen. Allmählich hängt mir diese Angelegenheit zum Hals heraus – aber ich glaube, daß es jetzt nicht mehr lange dauern wird ... Möglich, daß mir noch das eine oder andere einfällt, was ich dich fragen muß.«

Er war zur Tür draußen, bevor ihr klar wurde, daß sie den einen wichtigen Umstand, den sie ihm unbedingt noch hatte mitteilen wollen, gar nicht erwähnt hatte.

Als Peter zu Mr. Beales Haus zurückkam, wurde ihm der Eintritt durch einen Polizisten verwehrt; das ganze Haus war mit Polizeibeamten voll besetzt. Schließlich gelang es ihm, bis zu Oberinspektor Clarke vorzudringen. Wie ihm der anscheinend völlig gelassene Butler im Vorbeigehen sagte, hatte sich Mr. Beale in sein Schlafzimmer zurückgezogen.

Clarke stand im Garten, der durch zwei Scheinwerfer hell erleuchtet wurde. Als Peter zu ihm trat, prüfte er gerade mit Sweeney einige Spuren an dem Mauerwerk.

»Hier ist er über die Mauer geklettert«, sagte Sweeney. »Sehen Sie die Säcke?«

Er zeigte nach oben. Drei feste Säcke waren über die Glassplitter auf der Mauerkrone gelegt worden.

»Einfach und praktisch«, meinte Peter bewundernd. Sweeney, der jetzt erst den Reporter bemerkte, drehte sich verdrießlich um.

»Ich weiß nicht, was dabei besonders bemerkenswert sein soll. Natürlich wurden die Säcke auf die Mauer gelegt, um die Flucht zu erleichtern. Wahrscheinlich lag noch ein Seil darüber, das jemand auf der anderen Seite hielt.«

»Was halten Sie davon, Mr. Clarke?« fragte Peter.

»Ich bin der gleichen Ansicht. Möglich, daß ich meine Meinung auch wieder ändere ..., aber im Augenblick gebe ich der Presse die Erklärung, daß jemand über die Mauer stieg, sich im Garten versteckte und dort wartete, bis Crewe das Arbeitszimmer betrat. An den Fenstern des Raumes befinden sich keine Jalousien, das Zimmer war hell erleuchtet, und jeder Vorgang drinnen konnte von außen beobachtet werden. Mr. Crewe trat als erster in das Zimmer ...«

»Im Gang war kein Licht«, unterbrach ihn Peter.

»Was hat denn das mit der Sache zu tun?« fragte Sweeney. »Im Gang konnte er ja nicht gesehen und infolgedessen auch nicht erschossen werden!«

»Sicher war das Zimmer genügend hell, daß der Mörder Crewe deutlich sehen konnte, als er den Raum betrat«, sagte Clarke ungeduldig. »Die Dunkelheit im Gang hat doch nichts zu bedeuten – oder sind Sie anderer Meinung?«

Peter antwortete nicht.

Dann setzten sie ihre Untersuchungen fort und notierten genau die Ergebnisse. Peter fragte, wo der Schlüssel zu dem kleinen Schuppen wäre.

»Wir haben uns dort schon umgesehen«, erklärte Sweeney. »Es ist nichts drin – nur ein paar Gartengeräte und eine alte Tür.«

»Die Tür möchte ich mir ganz gern einmal ansehen.«

Der Schuppen wurde aufgeschlossen. Der Eingang war so niedrig, daß er sich bücken mußte, um hineinzukommen. An der hinteren Wand lehnte die Tür. Sie war mit grellen Farben bemalt; in der Mitte sah er ein verzerrtes Gesicht, von dem nach allen Seiten unregelmäßige Ornamente ausliefen. Dazwischen waren Vögel und Blumen gezeichnet. Er nahm sein Taschenmesser heraus und sondierte die Tür mit der Klinge. Nach einigen Minuten kam Sweeney herein.

»Was machen Sie denn da, zum Kuckuck?« fragte er ärgerlich.

»Nichts Besonderes«, erwiderte Peter und steckte sein Taschenmesser wieder ein. »Mich interessiert nur dieses primitive Gemälde.«

»Primitive Gemälde!« brummte der andere. »Sie haben wohl neuerdings die Absicht, Kunstgeschichte zu studieren?«

Peter gab keine Antwort. Er kam heraus, schloß ab und gab Sweeney den Schlüssel zurück.

Bis ein Uhr morgens arbeitete er in seinem Büro. In dieser Nacht schrieb er eine Geschichte, auf die auch der beste Zeitungsreporter hätte stolz sein können.

»Es ist nur schade«, sagte er zu dem Nachtredakteur, der eben die letzte Seite des Artikels überflog, »daß ich nicht an mehreren Orten zugleich sein kann. Ich wünsche mal wieder dringend, als Zwilling geboren zu sein!«

Der Zähler des Taxis, das er seit gestern abend gemietet hatte, zeigte bereits eine ziemlich hohe Summe, als er sich zur Wohnung von Harry dem Barmann fahren ließ. Sie lag in einer kleinen Straße in Poplar, und es dauerte einige Zeit, bis auf sein heftiges Klingeln hin eine dicke ältere Frau erschien.

»Ich möchte Mr. Merstham sprechen«, sagte Peter, nachdem er sich entschuldigt hatte.

»Der ist weg«, war die Antwort. »Ungefähr um neun brachte der Briefträger einen Eilbrief; er packte darauf seine Sachen und ging fort.«

»Hat er seine Miete bezahlt?« fragte Peter schnell.

Die Frau war über diese Frage nicht erstaunt.

»Ja, er hat keine Schulden hinterlassen und mich sogar ganz anständig bezahlt«, gab sie ihm zur Antwort.

»Wieviel gab er Ihnen?« Peter wartete gespannt.

»Das ist meine Sache«, erwiderte die Vermieterin kurz. Aber dann änderte sie plötzlich ihren Ton. »Ich hoffe doch, daß er auf ehrliche Weise zu dem Geld gekommen ist. Sind Sie etwa von der Polizei?«

»Nein, beruhigen Sie sich, ich bin kein Polizeibeamter, aber ich wäre Ihnen sehr dankbar, wenn Sie mir die Nummer des Scheins, den er Ihnen gab, sagen würden.«

Sie ging ins Haus und schloß die Tür vor seiner Nase zu. Als sie zurückkam, gab sie ihm den abgerissenen Rand eines Zeitungsblatts, auf den die Nummer gekritzelt war.

»Ich danke Ihnen sehr«, sagte Peter.

»Er hat das Geld doch hoffentlich nicht gestohlen? Die Miete war er mir nämlich schon seit drei Wochen schuldig.«

Peter versuchte, die aufgeregte Frau zu beruhigen.

»Hat er gar nichts dagelassen?«

»Nur den Briefumschlag, aus dem er den Schein nahm«, sagte die Frau, nachdem sie eine Weile überlegt hatte. »Wollen Sie ihn sehen?«

Wieder wurde die Tür geschlossen, und es dauerte ziemlich lange, bis sie mit einem zerknitterten Umschlag wiederkam.

»Wenn er das Geld nicht auf ehrliche Art erworben hat –«, begann sie von neuem.

»Darüber brauchen Sie sich wirklich keine Sorgen zu machen.«

Er sagte dem Chauffeur, daß er beim ersten Café in der Commercial Road anhalten solle. Dort bat er ihn, für sie beide eine Erfrischung zu bestellen. In der Zwischenzeit untersuchte er den Briefumschlag genau. Die Adresse war mit der Maschine geschrieben und lautete: H. Merstham, 99 Hitchfold Street, Poplar. Seinem Format nach schien der Inhalt des Briefkuverts nicht gerade klein gewesen zu sein.

Gucumatz und der Schlüssel! Das waren die beiden noch ungeklärten Punkte in der Geschichte. Erst durch sie konnte man die Zusammenhänge finden und das Rätsel vollends lösen.

Es war sieben Uhr morgens und schon heller Tag. Peter benützte die Zeit, die ihm übrigblieb, um die Geschichte dieses Verbrechens noch einmal in großen Zügen zu Papier zu bringen. Er hoffte, daß sie am Tag darauf veröffentlicht werden konnte. Etwas später läutete er an Mr. Beales Haus. Ein ihm bekannter Polizist öffnete.

»Mr. Clarke und Mr. Sweeney sind nach Hause gegangen. Sie haben mir aufgetragen, daß während ihrer Abwesenheit niemand im Haus etwas berühren darf.«

»Ist Mr. Beale schon auf?«

»Ja, er sitzt in seinem Arbeitszimmer und trinkt Kaffee.«

Peter klopfte und wurde sofort hereingelassen. Offenbar hatte Crewes Ermordung den Gelehrten völlig durcheinander gebracht. Er sah aus, als ob er die ganze Nacht nicht geschlafen hätte.

»Freut mich, daß Sie kommen, Mr. Dewin. Ich möchte gern Ihre Ansicht über das Verbrechen hören. Manchmal meine ich, daß die Kugel gar nicht Crewe zugedacht war.«

»Wem denn sonst?« fragte Peter und schüttelte lächelnd den Kopf. »Nein, ich glaube, darüber brauchen wir nicht nachzudenken. – Sie bedauern wahrscheinlich, daß Sie Mittelamerika verlassen haben, Mr. Beale?«

Gregory Beale rührte langsam seinen Kaffee um und wandte sich dann zu Peter.

»Diese Frage habe ich mir auch schon vorgelegt, muß sie aber mit nein beantworten. Es ist manchmal ganz heilsam, wenn unser Leben von Ereignissen, wie wir sie in der letzten Nacht erlebt haben, erschüttert und aufgerüttelt wird.«

Peter war an diesem Morgen nicht in der Stimmung zu philosophieren.

»Mr. Beale, kennen Sie einen Mann namens Harry Merstham?«

Beale nickte.

»Ja. Der Kerl hat mich während der letzten Nacht ziemlich beschäftigt. Er wollte sich nämlich gestern Geld bei mir leihen – für seine Rückreise nach Südamerika. Ich habe ihn aber abgewiesen. Später tat er mir dann doch leid, und ich schickte ihm heute morgen das Geld mit der Post – ein nettes Sümmchen«, lächelte er. »Trotzdem mache ich mir jetzt dauernd Vorwürfe, daß ich ihn durch mein Verhalten verletzt habe.«

»Kannten Sie ihn sehr gut?«

»Nein. Er ist ein verschwenderischer Bursche, der von einem Gasthaus zum andern zog. Früher war er sogar selbst Pächter einer Bar. Aber ich hatte Mitleid mit ihm, weil er schwer lungenkrank ist. Er kam mir aus den Augen, und ich dachte gar nicht mehr an ihn.«

»Wo kann man Merstham finden?« fragte Peter.

»Ich habe keine Ahnung. Aber irgendwo in meinem Schreibtisch muß seine Adresse sein.« Er suchte unter seinen Papieren. »Hier ist sie ja.« Er gab Peter einen Bogen Papier, auf dem drei Zeilen standen. Aber der Reporter beachtete sie gar nicht.

»Die Adresse ist mir bekannt. Ich wollte Merstham heute morgen besuchen – aber er war nicht mehr da; anscheinend ist er während der Nacht abgereist.«

Der Gelehrte nickte amüsiert.

»Ein kluger Mann. Er sprach davon, nach Südamerika gehen zu wollen...«

Peter rückte seinen Stuhl dicht an den Schreibtisch Mr. Beales.

»Es würde mich interessieren, ob Sie sich verletzt fühlen, wenn ich Ihnen sage, daß ich die beiden Morde an Farmer und Crewe nicht gar so schlimm finde. Ich weiß, was die beiden alles auf dem Gewissen hatten!«

Beale zog die Augenbrauen in die Höhe.

»Es überrascht mich, das von Ihnen zu hören. Ich dachte, Sie stünden ganz auf der Seite des Gesetzes und der Ordnung.«

Er sah jetzt aus, als ob er mit Mühe ein Lächeln unterdrücken müßte.

»Zu meiner Ansicht kam ich in der letzten Nacht«, fuhr Peter fort, »als ich mit den Polizeibeamten Ihren Garten durchsuchte – das heißt, in Wirklichkeit beschäftigte mich hauptsächlich Ihr Gemälde auf der Tür.«

Mr. Beale war ein wenig bestürzt.

»Mein Gemälde? Wie kommen Sie nur...?« Dann sagte er lachend: »Ach, jetzt weiß ich, was Sie meinen! Miss Olroyd hat Ihnen sicher von meinem spleenigen Einfall erzählt. Übrigens – Sie sind mit ihr doch – hm – sehr befreundet...«

»Ja, sehr«, entgegnete Peter ernst.

Mr. Beale nickte und sah ihn mit melancholischem Blick an.

»Sie sehen müde aus, Mr. Dewin«, meinte er dann. »Besser, Sie gehen jetzt nach Hause und legen sich schlafen. Und schlafen Sie recht lange!«

Peter verstand, daß der Gelehrte allein bleiben wollte, und verabschiedete sich.

Natürlich fuhr er nicht nach Hause, sondern suchte Daphne auf und frühstückte mit ihr im Speisezimmer ihres Hotels. Sie war ein wenig bedrückt. Mr. Beale hatte ihr die Nachricht geschickt, daß sie in den nächsten Tagen nicht kommen solle: ». . . bis die Erinnerung an die Tragödie etwas verblaßt ist.«

»Du hast die ganze Nacht nicht geschlafen«, sagte sie vorwurfsvoll. »Bist du wenigstens ein Stück weitergekommen?«

»Nicht sehr viel«, entgegnete er und starrte auf seinen Teller. Sie lehnte sich zu ihm über den Tisch.

»Ich kenne das Geheimnis von Gucumatz«, flüsterte sie dann.

Er sah erstaunt auf.

»Wie – du kennst das Geheimnis von Gucumatz? Willst du vielleicht sagen, daß du das letzte Rätsel gelöst hast, das mir immer noch nicht klar ist . . .?«

»Gucumatz ist ein Erkennungswort!«

Er setzte seine Tasse, die er eben an den Mund gehoben hatte, klirrend wieder hin.

»Wofür denn?«

»Für einen Safe.«

Peter sah nicht gerade intelligent aus, als er sie jetzt mit offenem Mund ansah.

»Großer Gott!« rief er dann. »Daran habe ich noch gar nicht gedacht . . .! – Aber der Schlüssel?« Er schlug auf den Tisch, daß Daphne zusammenfuhr.

»Ich kam gestern abend ganz zufällig auf die richtige Idee«, erklärte sie. »Einer der Gäste hier sprach mit dem Geschäftsführer und ließ sich erklären, was für Vorteile ein Banksafe hat: Jeder Kunde erhält einen Schlüssel zu seinem Fach und ebenso ein Erkennungswort, mit dem er sich beim Kontrollbeamten ausweisen kann. Die Schlüssel haben für gewöhnlich eine Nummer, die aber ganz verschieden von der Nummer des Safes sein kann. Wenn du etwas herausnehmen willst, mußt du dich bei dem Beamten erst mit dem Erkennungswort ausweisen; bist du nicht selbst der Eigentümer des Depots, dann mußt du eine Vollmacht mitbringen, daß du berechtigt bist, den Safe zu öffnen. Aber vor allem mußt du das Erkennungswort wissen und den Schlüssel besitzen!«

Er hätte sie fast umarmt.

»Du bist wirklich ein kluges Mädchen! Was war ich doch für ein Idiot ...! Aber offengestanden, ich habe mich noch nie um Safes und Depots gekümmert.«

Geistesabwesend sah er dann eine ganze Zeitlang vor sich hin. Plötzlich stand er auf.

»Weißt du, wohin ich jetzt gehe?«

»Wenn du klug bist ...«, begann sie.

»Ich bin klug«, entgegnete Peter ernst. »Ich lege mich jetzt schlafen, und ich werde schlafen bis« – er überlegte einen Augenblick –, »bis fünf Uhr abends.«

21

Er war ein Mann, der Wort hielt, und gab in seiner Pension Anweisung, daß man ihn keinesfalls stören solle. In bester Laune und mit der Gewißheit, daß ihn nicht einmal ein wahnsinniger Redakteur aufwecken konnte, legte er sich ins Bett und schlief schon halb, als er sich die Decke über die Ohren zog.

Peter wachte erst auf, als es an der Tür klopfte. Ein Mädchen brachte ihm Tee und eine Abendzeitung. Er erfuhr, daß Mr. Clarke im Laufe des Nachmittags mehrmals angerufen hatte. Kurz darauf ließ er sich mit Scotland Yard verbinden.

»Es entgeht Ihnen eine gute Geschichte, wenn Sie nicht bald hier auftauchen«, sagte Clarke.

»Was ist denn geschehen?«

»Kommen Sie zu mir – ich kann es Ihnen am Telefon nicht sagen.«

Peter zog sich langsam an und machte sich dann auf den Weg. Ein feiner Nebel lag über den Straßen.

Er fand Oberinspektor Clarke allein.

»Bitte machen Sie die Tür zu«, sagte er grollend. »Ich habe den ganzen Nachmittag versucht, Sie zu erreichen. Sie verdienen es eigentlich nicht, einen Freund in Scotland Yard zu haben.«

»Ich mußte dringend schlafen und war für niemand zu sprechen«, erklärte Peter.

»Ich habe einige Neuigkeiten, die Sie interessieren werden. Woraus, glauben Sie wohl, war die Kugel, mit der Crewe erschossen wurde?«

»Sie war aus Gold«, entgegnete Peter gelassen. Clarke starrte ihn überrascht an.

»Hat Ihnen das Sweeney erzählt?«

»Nein, ich vermutete es nur. Also paßte auch die Hülse nicht, die Sie im Garten fanden?«

Clarke schüttelte den Kopf.

»Nein. Aber nun seien Sie mal ehrlich, Peter, haben Sie tatsächlich nicht mit Sweeney gesprochen?«

»Sie können ihn ja fragen! Und jetzt, was ist Ihre zweite Sensation?«

»Ella Creed ist verschwunden. Die Direktion des Theaters scheint sehr beunruhigt, obwohl ich persönlich glaube, daß es sich nur um einen Reklametrick handelt.«

Peter lächelte.

»Es besteht auch weiter kein Grund zur Aufregung – ich kann mir gut denken, wo sie ist. Wenn mir jemand eine Generalstabskarte von Essex zeigen würde, hätte ich bald Gewißheit.«

Er betrachtete in aller Ruhe Clarkes ungläubiges Gesicht.

»Nun – Ihre dritte Sensation?«

»Es gibt keine dritte Sensation«, knurrte der Beamte. »Rücken Sie lieber endlich mit Ihren Geheimnissen heraus!«

»Ich glaube nicht, daß ich ohne die Erlaubnis von Mr. Beale weiterreden darf ...«

»Den können Sie augenblicklich nicht erreichen«, entgegnete Clarke. »Er ist heute nachmittag verreist, ich brachte ihn selbst zum Bahnhof.«

»Reiste er allein, oder war sein Butler bei ihm?«

»Der Butler war dabei.«

Peter nickte.

»Dachte ich mir – er steht seit vielen Jahren in seinen Diensten. Ich glaube, daß er der treueste Angestellte war, den Beale seinerzeit in England zurückließ. Wohin fuhr Mr. Beale eigentlich?«

»Er hat ein Haus in Devonshire«, erwiderte Clarke ungeduldig. »Ich habe seine Adresse, wenn Sie sich mit ihm in Verbindung setzen wollen.«

Peter schüttelte den Kopf.

»Möchte ich durchaus nicht. Dagegen wäre es mir sehr lieb, wenn Sie mich zu seinem Londoner Haus begleiten würden. Ich möchte Ihnen einige sehr sonderbare Exemplare der gefiederten Schlange zeigen. Es wird sich für Sie lohnen!«

Sweeney kam gerade, als sie aufbrachen, und die drei fuhren zusammen zu Beales Haus. Alle waren außerordentlich einsilbig; selbst Peter war ganz gegen seine sonstige Gewohnheit sehr still.

»Am wenigsten kann ich verstehen«, brach Sweeney das Schweigen, »daß man keinen Schuß gehört hat. Selbst eine mit Schalldämpfer versehene Pistole verursacht einen ziemlichen Knall.«

Peter mischte sich ein.

»Crewe ist auch durchaus nicht mit einer normalen Pistole oder einem Revolver erschossen worden – man hat ihn mit einer Deloraine getötet.«

»Was, zum Kuckuck, ist eine Deloraine?« fragte Clarke verblüfft.

»Warum diese Waffe so heißt, weiß ich selbst nicht. Hergestellt wurde sie in Belgien – es ist eine überschwere Luftpistole, die kurze Zeit lang sogar im Weltkrieg bei Patrouillengängen verwendet wurde. Man kam aber bald wieder davon ab, weil die Durchschlagskraft bei größerer Entfernung sehr schnell nachläßt. Immerhin dürfen Sie sich darunter nicht etwa eine Luftpistole vorstellen, wie man sie Kindern in die Hand gibt! Es handelt sich um einen ziemlich komplizierten Mechanismus, der einem Geschoß genügend Durchschlagskraft verleiht, um eine drei Zentimeter starke Holzplanke zu durchlöchern – und aus unmittelbarer Nähe kann man damit ohne weiteres einen Menschen erschießen.«

»Aber der tödliche Schuß auf Crewe wurde doch von draußen abgefeuert!« protestierte Sweeney. »Der beste Beweis ist schließlich das Loch in der Fensterscheibe ...«

»Eine goldene Kugel ist weich«, sagte Peter höflich. »Sie würde sich sofort deformieren, wenn sie auf einen Widerstand stößt.

Und das Loch in der Glasscheibe war so glatt, daß es nur von einem modernen Stahlmantelgeschoß herrühren kann – die Ränder waren wie ausgefräst! Selbst das vollkommenste splittersichere Patentglas würde dem Aufschlag eines goldenen Geschosses nicht standhalten, das auf kurze Entfernung abgefeuert wird, sich beim Auftreffen plattdrückt und dabei entweder die ganze Scheibe zertrümmert oder zumindest ein ganz unregelmäßiges Loch verursacht. – Nun möchte ich vor allem aber die Tür noch einmal genauer untersuchen«, beendete Peter seine Ausführungen und stieg aus dem Wagen, der jetzt vor Beales Haus hielt.

»Welche Tür?« fragte Clarke, der sich nicht darauf besinnen konnte, wofür sich Peter in der vergangenen Nacht so interessiert hatte.

»Ach, er meint bestimmt das angemalte Ding im Schuppen«, sagte Sweeney belustigt. »Was wollen Sie denn da entdecken?«

»Das Stahlmantelgeschoß, das das Fenster durchschlug«, antwortete Peter kühl. »Ich nehme an, daß es in der Tür steckt. Gestern nacht konnte ich es allerdings leider nicht finden.«

Peter ging durch den Garten zu dem kleinen Schuppen. Sweeney leuchtete ihm mit einer Taschenlampe, und der Reporter untersuchte noch einmal Zentimeter für Zentimeter die Oberfläche der Tür.

»Hier ist es!« rief er plötzlich. Die Spitze seines Taschenmessers war auf einen harten Gegenstand gestoßen.

»Vielleicht ein Nagel«, meinte Clarke.

Peter antwortete nicht; er schnitzte einige Zeit lang herum und hielt dann auf einmal ein blitzendes Stahlmantelgeschoß in der Hand.

»Es paßt zu der Patronenhülse«, sagte Sweeney, der das Geschoß genau betrachtete.

»Nun, Peter«, sagte Clarke, als sie wieder in Mr. Beales Arbeitszimmer waren, »wir wollen gern etwas Konkretes von Ihnen hören. Wer gab den Schuß ab, der Crewe tötete?«

Peter atmete tief.

»Der einzige Mann, der nahe genug war, um ihn mit einer Luftpistole erschießen zu können, war – Gregory Beale!«

Ein langes Schweigen folgte diesen Worten.

»Meinen Sie im Ernst, daß Crewe von Mr. Beale ermordet wurde?« fragte Sweeney ungläubig. »Das ist doch eine etwas starke Behauptung – was für einen Grund sollte er dazu gehabt haben?«

»Ich kenne seine Gründe nicht genau, ich weiß nur, daß er die Tat begangen hat. Und wenn Sie jetzt die Polizei in Devonshire benachrichtigen, um Gregory Beale festnehmen zu lassen, so werden Sie damit keinen Erfolg haben. Er ist längst im Ausland, und in einer Beziehung bin ich beinahe traurig darüber – er ist der erste vollkommene Verbrecher, dem ich in meinem Leben begegnet bin!«

22

Peter versprach den beiden Beamten, sie später in Scotland Yard aufzusuchen. Dann nahm er ein Taxi, das ihn in rasender Fahrt durch Holloway und Wood Green zur Epping Road brachte. Durch Daphnes Beschreibung fand er sich ohne große Mühe zurecht. Sie hatte durch die vereisten Fenster des Autos hohe Telegrafenstangen gesehen, ein Umstand, der ihm die Orientierung noch erleichterte.

Der Wagen fuhr durch das stille Dorf und verlangsamte allmählich das Tempo. Peter ließ halten und stieg aus, um nach dem Feldweg zu suchen.

»Hier muß es sein!« sagte er schließlich.

Das Auto bog in einen schmalen Weg ein, der sich nach kurzer Fahrt teilte. Die meisten Spuren, die wahrscheinlich von Bauernwagen herrührten, führten nach rechts. Sie wählten den linken Weg und folgten den undeutlichen Reifenspuren eines Autos, die schließlich links in ein Gehölz abbogen. Als sie vorsichtig und langsam weiterfuhren, tauchte kurz darauf der Rohbau eines niedrigen Gebäudes auf, das nur ein Stockwerk hatte.

Offensichtlich war es ganz aus Eisenbeton hergestellt. Die Maurer hatten nicht einmal die Haufen des übriggebliebenen Zementmörtels und den Bauschutt weggeräumt. In dem Gebäude war kein Licht zu sehen. Peter ließ den Wagen halten, sprang heraus und ging bis zur Haustür. Er konnte keine Klingel entdecken, und als er auf die Türklinke drückte, gab sie nach.

Sollte das eine Falle sein? Peter wurde vorsichtig. Er zog eine Pistole aus der Tasche und knipste seine Taschenlampe an. Dann ging er den Gang entlang, der nach rechts abbog. Einen Augenblick horchte er – nichts rührte sich.

Er tastete sich vorsichtig weiter, bis er auf eine Tür stieß. Als er sie mit der Taschenlampe ableuchtete, entdeckte er einen Nagel mit einem Schlüssel, an dem ein Schild hing. Er nahm den Schlüssel herunter und las:

> Ella Lewston, verurteilt zu fünf Jahren Zuchthaus, wird auf Grund besonderer Umstände vorläufig freigelassen.

Peter erinnerte sich wieder an Daphnes Bericht und suchte nach dem Lichtschalter, der das Zimmer erleuchtete. Ein Stück weiter oben fand er auf dem Gang ein großes Schaltbrett, und eine Sekunde später war das ganze Haus erhellt.

Anscheinend brannte jetzt auch Licht in der Zelle, denn er hörte ein Stuhlrücken, als er den Schlüssel ins Schloß steckte. Dann schrie jemand etwas Unverständliches. Er riß die Tür auf.

Ella Creed stand hinter dem Tisch und starrte ihn entsetzt an. Sie trug ein rohes Leinenkleid, und ihre Haare hingen ihr wirr ins Gesicht. Peter genügte ein Blick in ihr verzerrtes Gesicht, um zu sehen, was sie durchgemacht hatte. Es dauerte lange, bis er sie soweit beruhigen konnte, daß sie ihm ihre Geschichte erzählte. Sie zog in ihrer Todesangst den letzten Schleier von dem Geheimnis der gefiederten Schlange ...

Der Artikel im ›Postkurier‹, der diesen rätselhaften Fall restlos aufklärte, erregte ganz London. Er wird auf den folgenden Seiten auszugsweise wiedergegeben.

23

Die Geschichte der gefiederten Schlange
Von Peter Dewin.

»Die früher hier geschilderten seltsamen Vorkommnisse, die einzelnen Begleitumstände eines eigenartigen Dramas, das ganz England in den letzten Tagen in atemloser Spannung hielt, konnten nun aufgeklärt werden. Meine Aufgabe ist es, der Reihe nach zu berichten, wie es dazu kam, daß zwei scheinbar ehrenhafte Leute ermordet wurden, daß eine bekannte Schauspielerin entführt wurde und daß Mr. Gregory Beale – ein Menschenfreund und Forscher – jetzt ein flüchtender Verbrecher ist, nach dem die Polizei der ganzen Welt fahndet.

Noch vor zwölf Jahren war Mr. Beale in London als ein Mann bekannt, der sich leidenschaftlich für das Los der sozial Schlechtgestellten interessierte und der den ungeheuren Reichtum, den er von seinem Vater geerbt hatte, nur dazu verwandte, die Not armer Leute zu lindern. Über soziale Probleme verfaßte er mehrere ausgezeichnete Bücher. In Verbindung mit Mr. Walber, einem bekannten Architekten, ließ er Heime für Knaben und Mädchen, Sanatorien und versuchsweise einen kleinen Block von Arbeiterwohnungen bauen. Er beabsichtigte eben, weitere Baupläne auf einem großen Grundstück zu verwirklichen, als ein schreckliches Unglück über ihn hereinbrach.

Selbstverständlich war das Tun und Treiben des Millionärs der Aufmerksamkeit der Presse und der Allgemeinheit nicht entgangen. Allerdings kannte ihn kaum jemand persönlich, denn er achtete streng darauf, daß sein Name nirgends genannt wurde und daß er selbst stets völlig im Hintergrund blieb. Die Zeitungen machten natürlich alle möglichen Anstrengungen, den Menschenfreund zu interviewen, hatten aber selten einen Erfolg zu verzeichnen.

Mr. Beale gab seine Stiftungen stets in barem Geld, das er durch Vertrauensmänner aushändigen ließ. Es war seine Angewohnheit, große Summen von der Bank abzuheben und das Geld in einem Safe zu deponieren.

Bekanntlich muß jeder Inhaber eines Safes seinen Schlüssel vorzeigen und ein Erkennungswort angeben, bevor er das Stahlfach selbst öffnen darf. Mr. Beale wählte das Wort Gucumatz, das heißt ›Die gefiederte Schlange‹. Er hatte sich sehr für die frühe aztekische Kultur interessiert, und die gefiederte Schlange war für ihn ein Symbol friedlichen, harmonischen Daseins. Den Safe, in dem er sein Geld aufhob, hatte er in dem Fetterlane Safe Deposit unter dem Namen William Lane gemietet. Er hatte dort amerikanische Banknoten in Höhe von siebenhunderttausend Dollar deponiert. Damit beabsichtigte er, einen neuen ungeheuren Block von Arbeiterwohnungen zu bauen. Um nicht selbst in Erscheinung treten zu müssen, ließ er durch seine Mittelsmänner Gerüchte über einen amerikanischen Millionär ausstreuen.

Die Bauplätze waren bereits fertiggestellt, als sich jene entsetzliche Tragödie ereignete, die zu William Lanes Verhaftung führte – doch es war in Wirklichkeit Gregory Beale, der ins Zuchthaus kam.

Auf seinen Streifzügen durch die dunkelsten Gegenden Londons hatte Beale einen gewissen Lewston kennengelernt, der sich später Leicester Crewe nannte. Er machte auch die Bekanntschaft von dessen verheirateter Schwester Ella Lewston oder Farmster. Sie war die Frau eines Mannes, der unter dem Namen Farmster bereits einige Male vorbestraft war und zu jener Zeit eine Gastwirtschaft in Tidal Basin unter dem Namen Farmer betrieb. Er lebte nicht mit seiner Frau zusammen, weil sie sich nicht besonders gut vertrugen, und weil Lewston, den ich Crewe nennen will, es für besser hielt, daß sie sich in der Öffentlichkeit nicht kannten. Denn Joe Farmer hatte zu jener Zeit den ehrgeizigen Plan, französische Tausendfrancsnoten zu fälschen.

Er legte sein ganzes Geld in Maschinen und Betriebsmaterial an, die heimlich in sein Haus gebracht wurden, das in der gleichen Straße wie Joe Farmers Kneipe lag. Nach Überwindung einiger Schwierigkeiten war Crewe mit Paula Ricks, der Tochter des bekannten Geldfälschers, in Verbindung gekommen, die eine ziemlich schwere Zeit in einer kleinen französischen Provinzstadt hinter sich hatte. Er brachte sie nach England, damit sie die Druckplatten gravieren konnte, und das Geschäft hatte bereits in kleinem Maßstab begonnen, als Gregory Beale mit dem Bruder und der Schwester bekannt wurde.

Crewe erzählte ihm, daß er ein kleiner Vertreter wäre. Er lebte offensichtlich in behaglichen und anständigen Verhältnissen, und Beale hatte wohl einen ganz günstigen Eindruck von ihm. Crewe hatte bald herausgefunden, für was sich sein neuer Bekannter besonders interessierte, und erzählte ihm die schönsten Märchen von seiner schweren Jugend, den kleinen Verbrechen, die er aus Not begangen, und seiner sonstigen sozialen Misere. Aus Beales Interesse wurde allmählich Freundschaft. Er nahm die Gewohnheit an, Crewe abends zu besuchen, und er fühlte sich besonders in Gesellschaft von dessen Schwester wohl. Kurz gesagt, er verliebte sich in sie – und sie, eine vollendete Schauspielerin, brachte ihm und seinen seltsamen Ideen scheinbar größtes Interesse entgegen.

Warum sich Beale eigentlich im Osten Londons aufhielt, konnten sie nicht herausbekommen, und er sagte ihnen auch nicht, wer er in Wirklichkeit war. Sie vermuteten, daß er ein kleines Vermögen besäße, und Ella Creed erzählte mir in der vergangenen Nacht, daß sie entschlossen waren, ihn gehörig auszubeuten. Außerdem hatten sie den Plan gefaßt, ihn vorzuschieben, wenn eine Entdeckung ihrer Vergehen drohte.

Beide waren sie schon tief in Joe Farmers schmutzige Geschäfte verwickelt. Seine Wirtschaft diente ihm nur als Vorwand, in Wirklichkeit war sie ein Umschlagplatz für Diebesgut aller Art. Als Gehilfen hatte Joe Farmer einen gewissen Harry Merstham, den man unter ›Harry der Barmann‹ kannte.

Harry hatte Mr. Beale – natürlich auch nicht unter dessen richtigem Namen – kennengelernt und erhielt von ihm ab und zu eine kleine Unterstützung. Wahrscheinlich blieb ihre Bekanntschaft aber nur sehr flüchtig.

Der Plan, französische Banknoten zu drucken, wurde nun in die Tat umgesetzt. Paula Ricks hatte einige Platten meisterhaft fertiggestellt, die Druckpresse lief auf vollen Touren, und eine ganze Reihe Banknoten lagen bereit, um in Umlauf gesetzt zu werden.

Beales Besuche bei Crewe und seiner Schwester wurden häufiger, und eines Tages fragte er Ella, ob sie ihn heiraten wolle. Sie schien sich über seinen Antrag zu freuen, bat ihn aber um vierundzwanzig Stunden Bedenkzeit, da sie erst ihren Bruder fragen müsse. Natürlich war eine Heirat von vornherein ausgeschlossen, da sie ja schon mit Farmer verheiratet war; Crewe hielt es aber für gut, daß sie ihren Liebhaber möglichst fest in der Hand behielt. Ella erzählte mir das so: ›Billy sagte, daß es jetzt nicht der geeignete Zeitpunkt sei, ihn laufen zu lassen, und so stimmte ich denn zu. Lane hatte mir dauernd davon geschwärmt, daß wir unser Leben den Armen widmen sollten, und ich pflichtete ihm natürlich in allem bei, ohne irgend etwas hinter seinen hochfliegenden Plänen zu vermuten.‹

Das Sonderbarste war, daß Gregory Beale niemals seinen richtigen Namen nannte, sondern stets sein Pseudonym William Lane aufrechterhielt. Eines Abends erzählte er Ella, daß er einen riesigen Block mit Arbeiterwohnungen errichten wolle; doch selbst als er ihr sagte, daß er das Geld dazu schon bereitgestellt habe, glaubte sie an weiter nichts als an eine Prahlerei. In diesem Augenblick kam Crewe ins Zimmer und wurde ebenfalls informiert. Zu Ellas Erstaunen schien die Sache großen Eindruck auf ihn zu machen. Nachdem Lane gegangen war, sagte er zu ihr, daß dieser Mann vielleicht jener mysteriöse amerikanische Millionär sein könnte, über den damals ganz London sprach. Anscheinend hatte er auch noch von anderer Seite Informationen erhalten, die darauf hindeuteten. Er beauftragte Ella, noch weitere Einzelheiten aus Lane herauszuholen.

Als Lane am nächsten Abend wiederkam, erklärte sie ihm, daß sie bereit sei, ihn zu heiraten. Er war überglücklich und entwarf Pläne für eine wundervolle Hochzeitsreise. Dann redete er wieder über seine Bauabsichten und sagte, daß er siebenhunderttausend Dollar in dem Fetterlane Safe Deposit liegen hätte. Er zeigte ihr den Schlüssel und sagte ihr auch das Erkennungswort.

Ella machte sich darüber lustig und äußerte zum Schein sogar einige Zweifel. Und da tat Beale in einer verliebten Laune etwas Dummes; er schrieb auf ein Stück Papier: ›Die Überbringerin,

Miss Ella Lewston, ist berechtigt, jederzeit meinen Safe Nr. 741 zu öffnen.‹ Ella hatte nichts Eiligeres zu tun, als am nächsten Tag hinzugehen. Sie sah das Geld und berichtete alles ihrem Bruder. Joe Farmer wurde zu Rate gezogen, und die drei heckten nun einen wahrhaft teuflischen Plan aus.

Paula Ricks, die man ebenfalls ins Vertrauen zog, hatte schwere Bedenken und wollte nicht mitmachen. Vor allem fürchtete sie, daß ihre Anwesenheit in London der Polizei bekannt würde.

Der Plan der Drei bestand darin, Lane in die Fälschung der Banknoten zu verwickeln, sein Geld abzuheben und zu fliehen – Lane sollte dann sehen, wie er vor Gericht mit der Anklage fertig wurde. Um seine Verurteilung sicherzustellen, veranlaßte ihn Crewe, in Farmers Wirtschaft zu gehen und dort eine Fünfpfundnote wechseln zu lassen. Beale dachte sich nichts Böses dabei und ließ sich das Wechselgeld von Harry dem Barmann geben. Dabei stellte sich heraus, daß Lane mit Harry bekannt war. Eine unangenehme Sache für die Drei, denn der Barmann hätte ja bezeugen können, daß die zum Wechseln gegebene Fünfpfundnote echt war. Farmer schob dann eine gefälschte Banknote unter und zeigte die Sache der Polizei an. Da Harry schon einmal versucht hatte, von Farmer ein Darlehen zu erhalten, bot sich leicht eine Gelegenheit, ihn loszuwerden. Farmer gab ihm Geld, und Harry wanderte nach Südamerika aus. Er verließ England an dem Tag, an dem sich Lane mit Ella verheiratete. Die Trauung wurde in einem Standesamt in Eastham vollzogen. Seltsamerweise gab Beale, der in dieser Beziehung immer sehr eigen gewesen war, auch damals seiner Frau gegenüber sein Pseudonym noch nicht auf. Für die Heiratsurkunde gab er zwar seinen richtigen Namen an, wußte aber zu verhindern, daß sie in die Hände seiner Frau gelangte. Er tat dies wohl weniger aus Mißtrauen, sondern einfach aus einer Laune heraus; vielleicht hatte er die Absicht, seine Frau später zu überraschen.

Nach der Trauung fuhren die beiden zu dem kleinen Haus, in dem im Kohlenkeller die Druckpresse aufgestellt war. Ellas Aufgabe war nun sehr schwierig, aber als geschickte Schauspielerin wurde sie glänzend damit fertig. Als sich der Zeitpunkt näherte, an dem die Razzia erwartet wurde, die die Polizei auf Informationen von Joe Farmer hin unternehmen wollte, erzählte Ella ihrem Mann eine wirklich erstaunliche Geschichte. Sie wußte so geschickt sein Mitleid zu erregen, daß er tatsächlich glaubte, sie sei das hilflose Opfer ihres Bruders, der sie durch Drohungen veranlaßt hätte, bei der Herstellung von Falschgeld mitzuhelfen. ›Als ich ihm das erzählte‹, sagte Ella, ›war er wie betäubt. Ich mußte ihm alles noch einmal wiederholen, und als ich ihm auseinandergesetzt hatte, daß mein Bruder und ich schon seit Jahren Falschgeld herstellten, war er völlig niedergeschlagen. Als ich unter einem Vorwand das Zimmer verließ, saß er ohne sich zu rühren völlig benommen am Tisch.‹

Kurz darauf erschien die Polizei; sie traf ihn im Keller vor der Druckpresse. William Lane war anständig genug, alle Schuld auf sich zu nehmen, um seine Frau zu decken. Man verurteilte ihn zu einer Zuchthausstrafe von sieben Jahren, ohne daß es auch der Polizei gelungen war, seinen richtigen Namen zu erfahren.

An dem Tag, an dem Lane seine Strafe antrat, ging Ella Creed mit dem Ermächtigungsbrief zu dem Safe und entnahm ihm die siebenhunderttausend Dollar; Brief und Safeschlüssel nahm dann Joe Farmer an sich, vernichtete sie aber nicht, sondern feilte nur die Nummer auf dem Schlüssel aus. Als die Drei eben ihre Beute teilen wollten, erschien unerwartet Paula Ricks auf der Bildfläche, vor der sie ihren Plan nicht geheimgehalten hatten. Sie beanspruchte und erhielt auch ein Viertel der Summe.

Das Leben William Lanes im Gefängnis war ein einziges Martyrium für diesen an Ungebundenheit und Freiheit gewöhnten Menschen. Es ist mehr als verständlich, daß in den Tagen, Monaten und Jahren seiner Gefangenschaft ein immer brennenderer Wunsch nach Rache in ihm wuchs – denn er hatte bald erfahren, wie sehr er betrogen worden war. Gefangene, mit denen er sprach und die über Joe Farmer genau Bescheid wußten, hatten ihm schon nach sechs Monaten beigebracht, daß Ella die Frau Farmers war. Das übrige konnte er sich dann selbst zusammenreimen.

In den langen Nächten, in denen er schlaflos in seiner Zelle lag, schmiedete er wohl seine Rachepläne. Er überlegte und überlegte ... Sicher ist, daß der William Lane, der aus dem Gefängnis kam, ein ganz anderer Mensch war als der, der hineinging. Im übrigen lief während seiner Abwesenheit sein Haushalt wie gewöhnlich weiter, und sein Rechtsanwalt erhielt ständig Instruktionen von ihm. Ich bin überzeugt, daß nur ein einziger Lanes Vertrauen besaß – das war sein Butler, der ihn schon als Kind gekannt hatte. Ich halte es für möglich, daß er der Mann war, der später eine junge Dame, die er mit Ella Creed verwechselt hatte, entführte und in das ›Gefängnis‹ nach Epping brachte. Wie Beale während seiner Strafzeit die Verbindung mit ihm aufrechterhielt, ist mir nicht klar – aber es gibt ja auch im modernsten Gefängnis für einen Sträfling genug Wege, um mit der Außenwelt Kontakt aufzunehmen.

Beale plante, nach seiner Entlassung aus dem Gefängnis nach Amerika zu gehen und dann unter seinem eigenen Namen nach England zurückzukehren. Die meisten Leute glaubten, daß er sich in Südamerika aufhielte; sein Butler hatte sehr geschickt dieses Gerücht verbreitet.

Beale konnte seine Absicht nicht ausführen. Hugg, ein ganz gewöhnlicher kleiner Gauner, und Harry, ein kräftiger Strolch, der wegen schwerer Körperverletzung und Raubs zu einer langen Gefängnisstrafe verurteilt gewesen war, wurden am selben Tag wie Lane aus Dartmoor entlassen. Harry, der einen guten Riecher für dergleichen hatte, ahnte, daß Lane ein vermögender Mann sei, und ließ ihn nicht aus den Augen, bis er durch einen Unglücksfall in der Nähe von Thatcham ums Leben kam. Hugg wurde schwer verletzt, und so hatte Beale die Möglichkeit, seinen Ausweis mit dem Harrys zu tauschen und spurlos zu verschwinden.

Er tauchte eine Woche lang irgendwo unter und kehrte dann ganz offiziell nach London zurück. Im Gepäck hatte er Funde, die er nach seinen Angaben in aztekischen Ruinenstädten ausgegraben hatte. Ich konnte sehr bald feststellen, daß er diese Raritäten aus dem Nachlaß eines kürzlich verstorbenen bekannten Sammlers namens Zimmermann erworben hatte. Unglücklicherweise – für ihn – hatte er teilweise vergessen, die bei einzelnen Gegenständen aufgeklebten Verkaufsetiketten zu entfernen; eine davon kam in meinen Besitz.

Vor seiner Rückkehr – natürlich muß er sich sofort mit seinem Butler in Verbindung gesetzt haben – hatte er sich ein Auto gekauft. Es steht fest, daß Beale in diesem Wagen als Chauffeur verkleidet umherfuhr und die Wohnungen und Gewohnheiten seiner Feinde auskundschaftete. Sein erstes Opfer war Joe Farmer, der Mann, der ihn durch seine falsche Aussage ins Gefängnis gebracht hatte.

Am raffiniertesten führte er aber den Mord an Leicester Crewe aus. Ich halte es für sicher, daß Beale unter irgendeinem Vorwand Crewe in sein Haus locken wollte; bestimmt hat er sich alles sorgfältig überlegt. Crewe ersparte ihm jedoch die Mühe – er kam freiwillig zu ihm, um ihm Aktien zu verkaufen, da er für seine Flucht dringend Bargeld brauchte. Es ist geradezu ein Witz, daß er sich als Käufer ausgerechnet den Mann aussuchte, vor dem er flüchten wollte. Gregory Beale war auf den Besuch bestens vorbereitet; er hatte splittersicheres Glas in seine Fenster setzen lassen, er trug eine auf der Rückseite stahlverkleidete Tür in sein Studierzimmer, die als Kugelfang diente, als er einen Tag vorher von außen durch das Fenster schoß. Wie zufällig ließ er eine Patronenhülse im Garten liegen, um der ganzen Sache den Anstrich der Echtheit zu geben.

Schlauerweise richtete er es dann so ein, daß sein Rechtsanwalt, Oberinspektor Clarke von Scotland Yard und ich selbst im Augenblick des Mordes im Haus waren. Der Mord ist sehr leicht zu rekonstruieren. Er begrüßte Crewe in dem dunklen Gang, so daß er nicht gleich von ihm erkannt wurde, und als Crewe dann in das Arbeitszimmer trat, drehte sich Beale, der in den Raum vorausgegangen war, schnell um und erschoß ihn aus kürzester Entfernung mit einer Deloraine-Luftpistole. Die Kugel hatte er selbst aus einem goldenen Siegelring gegossen. Ella Creed erzählte mir, daß er ihr einen solchen Siegelring bei der Trauung angesteckt hatte. Daß Beale alles nur mögliche tat, um die Polizei irrezuführen, beweisen übrigens auch die Säcke, die er über die Mauer geworfen hatte, und die Fußspuren im Garten, die natürlich von ihm selbst stammten.

Für Ella hatte sich Beale etwas Besonderes ausgedacht. Sie sollte genau das gleiche Schicksal erleiden, das ihn getroffen hatte. Zu diesem Zweck kaufte er ein halbfertiges Haus; einen der Räume richtete er wie eine Gefängniszelle ein. So unglaublich es klingt, aber er hatte tatsächlich mit Hilfe einiger Vertrauensleute alle Vorbereitungen getroffen, sie dort lebenslänglich gefangenzuhalten.

An dem Tag, an dem Crewe ermordet wurde, machte Ella Creed einen Besuch in Beales Haus; während sie eine kleine Tonschlange – einen aztekischen Kultgegenstand – betrachtete, hörte sie Beales Stimme, die Stimme eines Mannes, den sie tot glaubte, und wurde ohnmächtig. Was nachher geschah, als er mit ihr allein war, hat sie mir so berichtet: ›Ich sagte ihm, daß ich ihn erkannt hätte, und er erwiderte, daß er mir eine größere Summe geben wolle, wenn ich den Mund halten würde. Ich fragte ihn, ob er Farmer getötet hätte, und er gab es zu – daraufhin drohte ich ihm, die Polizei zu benachrichtigen, aber er entgegnete, daß er Scotland Yard dann einige interessante Hinweise geben würde, wie ich zu meinem Vermögen gekommen sei.‹

Gregory Beale und sein Butler sind geflohen und werden überall gesucht. Wenn ich ehrlich sein soll – ich zweifle daran, daß man sie finden wird. Beale ist ja kein gewöhnlicher Verbrecher, er ist ein Mann, der sich im Recht glaubt, der sich selbst das Recht nahm, Vergeltung an einigen wirklichen Verbrechern zu üben. Sein scharfer Geist und die ganze Umsicht, die er bei der Ausführung seiner Pläne bewies, werden ihm bestimmt auch bei seiner Flucht behilflich sein.«

»Was ich gern noch wissen möchte«, sagte Clarke einige Tage später zu Peter Dewin, »warum ist Beale gerade noch zur rechten Zeit entwischt? Woher wußte er, daß Sie die ganze Geschichte durchschaut hatten?«

Peters Antwort war ziemlich unbestimmt – fast genauso unbestimmt wie die Erklärung, die er seiner jungen Frau gab, als er mit ihr an einem sonnigen Winternachmittag Hand in Hand durch einen Park ging.

»Hat dich Mr. Beale eigentlich gebeten, daß du ihn nicht verrätst?« fragte Daphne.

»Gebeten gerade nicht«, entgegnete Peter vergnügt. »Er schlug mir nur vor, ich solle nach Hause gehen und mich ausruhen – das heißt, möglichst lange schlafen. Und das tat ich! Während ich schlief, verschwand er, die gefiederte Schlange und alles, was damit zusammenhing, auf Nimmerwiedersehn!«

DAS GOLDMANN-PROGRAMM   KRIMI

KRIMI

OUT: wilde Knallerei, blutige Gemetzel, simple Stories.
IN: raffinierte Komplotte, eigenwillige Typen, explosive Dynamik - Krimis vom Feinsten. Beste Garantie dafür: klassische Topautoren und ungewöhnliche New-comer aus Deutschland und der englisch-amerikanischen Szene bei Goldmann.

ADAMS, HAROLD
Die vierte Witwe
5086 DM 9.80
Einfach Mord. 5055 DM 8,80
Lügen haben schöne Beine.
5070 DM 7,80
Malt die Stadt rot. 5061 DM 7,80
Killer im Haus. 5065 DM 8,80

ALLINGHAM, MARGERY
Das Haus am Golfplatz.
3001 DM 7,80
Mode und Morde. 3243 DM 7,80

ASIMOV, ISAAC
Die 'Schwarzen Witwer' bitten zu Tisch. 4922 DM 7,80

BAUMRUCKER, GERHARD
Schwabinger Nächte. 2003 DM 7,80

BIEBRICHER, ROLF
Ein Schloß in Graubünden.
5063 DM 7,80

BLAKE, NICHOLAS
Das Biest
4889 DM 8.80
Der Morgen nach dem Tod.
3276 DM 7,80

BLOBEL, BRIGITTE
Tödliche Schlingen.
5014 DM 8,80

BROMUND, DIETER
Mord ist nichts für feine Nasen.
5044 DM 7,80

CAIN, JAMES M.
Die Frau des Magiers
5092 DM 8.80
Doppelte Abfindung.
5084 DM 8.80

CHRISTIE, AGATHA
Alibi. 12 DM 6,80
Das Geheimnis von Sittaford.
73 DM 6,80
Das Haus an der Düne. 98 DM 6,80
Der rote Kimono. 62 DM 6,80
Dreizehn bei Tisch. 66 DM 6,80
Ein Schritt ins Leere. 70 DM 6,80
Mord auf dem Golfplatz. 9 DM 6,80
Nikotin. 64 DM 6,80
Tod in den Wolken. 4 DM 6,80

CHASTAIN, THOMAS
Der große Blackout
5433 DM 8.80

CRUMLEY, JAMES
Der tanzende Bär
(Kerle, Kanonen und Kokain)
4965 DM 8.80

DOODY, MARGARET
Sherlock Aristoteles. 5215 DM 8,80

DOWNING, WARWICK
Ruhe sanft im Wasserbett.
4592 DM 7,80

DURBRIDGE, FRANCIS
Der Andere. 3142 DM 5,80
Die Kette. 4788 DM 5,80
Die Puppe. 4940 DM 5,80
Das Halstuch. 3175 DM 5,80
Ein Mann namens Harry Brent.
4035 DM 5,80
Es ist soweit. 3206 DM 5,80
Melissa. 3073 DM 5,80
Im Schatten von Soho.
3218 DM 5,80
Paul Temple jagt Rex.
3198 DM 5,80
Paul Temple – Der Fall Kelby.
4039 DM 5,80
Tim Frazer. 3064 DM 5,80
Tim Frazer weiß Bescheid.
4871 DM 5,80
Paul Temple – Banküberfall in Harkdale. 4052 DM 5,80
Wer ist Mr. Hogarth?
4938 DM 5,80

ELLIN, STANLEY
Jack the Ripper und van Gogh
4984 DM 8.80

FLEMING, JOAN
Erst die Pflicht, dann das Vergnügen. 4231 DM 7,80

FREELING, NICOLAS
Keine Schuld an ihrem Tod.
5257 DM 7,80
Van der Valk und der Schmuggler
5090 DM 8.80
Van der Valk und die Katzen.
5076 DM 7,80

GARDNER, ERLE STANLEY
Der dunkle Punkt. 3039 DM 5,80
Der schweigende Mund
2259 DM 9.80
Der zweite Buddha. 3083 DM 5,80
Lockvögel. 3114 DM 5,80

Per Saldo Mord. 3121 DM 5,80
Ein schwarzer Vogel.
2267 DM 8,80

GOLDMANNS MORDSSACHEN
Der Gorilla und andere kriminelle Geschichten
9220 DM 8,80
Der kleine Schrecken und andere kriminelle Geschichten
9256 DM 9,80
Er ruhe in Frieden und andere Geschichten aus dem Giftschrank Hale. 9384 DM 9.80
Wer tötet schon eine Katze? und andere Geschichten
9360 DM 9.80

GOLDSBOROUGH, ROBERT
Per Annonce: Mord. 5062 DM 8,80
Mord in e-moll. 5034 DM 8,80

GOUGH, LAURENCE
Bewegliche Ziele
5081 DM 8.80
Die Tote am Haken
5080 DM 8.80

GUNN, VICTOR
Das Wirtshaus von Dartmoor/Die Treppe zum Nichts/Gute Erholung Inspektor Cromwell
Drei Fälle für »Ironsides« in einem Band. 5097 DM 10.-
Im Nebel verschwunden/Tod im Moor/Der Tod hat eine Chance
Drei Fälle für »Ironsides« in einem Band. 5098 DM 10,-
Roter Fingerhut.
267 DM 7,80
Die Lady mit der Peitsche.
261 DM 6,80
Der Mann im Regenmantel.
2093 DM 8,80

HAEFS, GISBERT
Das Triumvirat. Und andere kriminelle Geschichten. 5035 DM 7,80
Die Schattenschneise
5046 DM 8,80
Mord am Millionenhügel.
5613 DM 8,80

HALL, PARNELL
Der Mann, der nein sagen konnte
5085 DM 9.80

HANSEN, JOSEPH
Frühe Gräber.
5073 DM 8,80
Keine Prämie für Mord.
5454 DM 7,80
Mondschein-Trucker. 5020 DM 7,80
Tote Hunde bellen nicht.
5059 DM 7,80
Verbrannte Finger. 5451 DM 7,80

HEALEY, BEN
Falsche Kunst und echte Bomben.
4377 DM 7,80

DAS GOLDMANN-PROGRAMM   KRIMI

HIGGINS, GEORGE V.
Der Anwalt 5087 DM 9.80
Die Freunde von Eddie Coyle
5083 DM 9.80

HILL, REGINALD
Der Calliope-Club. 4991 DM 8,80
Noch ein Tod in Venedig
5219 DM 8.80
Kein Kinderspiel. 5054 DM 9,80

KAMINSKY, STUART
Nacht auf dem Roten Platz.
5067 DM 8,80
Roter Regen
5089 DM 9.80
Rotes Chamäleon.
5072 DM 8,80

KNOX, BILL
Die Tote vom Loch Lomond
5025 DM 8,80
Mit falschen Etiketten.
4966 DM 8,80
Seefahrt bringt Tod. 5015 DM 8,80
Zwischenfall auf Island.
4899 DM 7,80
Tödliche Fracht. 4906 DM 8,80
Frachtbetrug. 4909 DM 8,80

KRISTAN, GEORG R.
Das Jagdhaus in der Eifel.
5650 DM 7,80
Ein Staatsgeheimnis am Rhein.
5019 DM 8,80
Fehltritt im Siebengebirge.
5003 DM 8,80
Schnee im Regierungsviertel.
5068 DM 7,80
Spekulation in Bonn.
5050 DM 7,80

MARSH, NGAIO
Bei Gefahr Rot. 4968 DM 8,80
Das Schloß des Mr. Oberon.
4954 DM 9,80
Das Todesspiel. 4990 DM 7,80
Der Champagner-Mord.
4917 DM 8,80
Der Handschuh. 4934 DM 7,80
Der Tod auf dem Fluß.
4997 DM 8,80
Der Hyazinthen-Mörder.
5036 DM 8,80
Mord in der Klinik. 5040 DM 8,80
Der Tod des Narren. 4946 DM 8,80
Der Tod im Frack. 4908 DM 8,80
Der Tod und der tanzende Diener.
4974 DM 9,80
Ein Schuß im Theater.
4046 DM 8,80
Fällt er in den Graben, fällt er in den Sumpf 4912 DM 8,80
Hinter den toten Wassern.
5033 DM 7,80
Letzter Applaus. 5008 DM 9,80
Mord im Atelier. 5000 DM 8,80
Mord vor vollem Haus.
4994 DM 8,80

Mylord mordet nicht.
4910 DM 8,80
Ouvertüre zum Tod. 4902 DM 8,80
Stumme Zeugen. 5028 DM 7,80
Tod im Lift. 4980 DM 8,80
Tod im Pub. 4986 DM 8,80
Tod in der Ekstase. 5016 DM 7,80

MOLSNER, MICHAEL
Der ermordete Engel.
Die Euro-Ermittler. 5002 DM 7,80

MULLER, MARCIA
Das Geheimnis des toten Fischers.
4988 DM 7,80
Nette Nachbarn. 5029 DM 7,80

NEELY, RICHARD
Die Nacht der schwarzen Träume.
4778 DM 8,80
Du bist Mariott. 4790 DM 7,80

PETER, ELLIS
Mord zur Gitarre. 3219 DM 8,80

PLÖTZE, HASSO
Heimtückisch. 5024 DM 7,80

RITCHIE, SIMON
Toronto, tödlich. 5056 DM 8,80

ROSS, JONATHAN
Begraben wird später.
5075 DM 8,80

SADLER, MARK
Der Tod der Schwalbe.
5047 DM 8,80

SAYERS, DOROTHY
Es geschah im Bellona-Klub.
3067 DM 6,80
Geheimnisvolles Gift.
3068 DM 7,80
Mord braucht Reklame.
3066 DM 6,80

SCHRENK, PETER
Ein fremder Tod. 5053 DM 8,80
Ohne Obligo. 5071 DM 9,80

STOUT, REX
Zu viele Köche. 2262 DM 7,80
Der rote Bulle. 2269 DM 7,80
Orchideen für sechzehn Mädchen.
3002 DM 7,80
P.H. antwortet nicht.
3024 DM 7,80
Goldene Spinnen. 3031 DM 7,80
Das Geheimnis der Bergkatze.
3052 DM 7,80
Das Plagiat. 3108 DM 7,80
Morde jetzt — zahle später.
3124 DM 7,80
Zu viele Klienten. 3290 DM 7,80
Der Schein trügt. 3300 DM 7,80
Gambit. 4038 DM 7,80
Vor Mitternacht. 4048 DM 7,80
Die Champagnerparty.
4062 DM 7,80
Gift la Carte. 4349 DM 7,80

Wenn Licht ins Dunkle fällt.
4358 DM 7,80
Per Adresse Mörder X.
4389 DM 7,80

SYMONS, JULIAN
Damals tödlich.
4855 DM 8,80
Mit Namen Annabel Lee.
5247 DM 8,80
Der Kreis wird enger.
4104 DM 7,80
Die Spieler und der Tod.
4469 DM 7,80
Roulett der Träume
4792 DM 9,80
Wer stirbt schon gerne in
Venedig. 5013 DM 8,80

TAIBO II, PACO IGNACIO
Das nimmt kein gutes Ende
5252 DM 7,80

THOMPSON, JIM
Liebe ist kein Alibi. 5045 DM 7,80

TRUMAN, MARGARET
Mord an höchster Stelle.
4943 DM 8,80
Mord in CIA.
5069 DM 9,80
Mord im Diplomatenviertel
5005 DM 9,80
Mord im Weißen Haus.
4907 DM 8,80
Mord in Georgetown.
5041 DM 9,80

UPFIELD, ARTHUR W.
Bony stellt eine Falle.
1168 DM 6,80
Der Kopf im Netz. 167 DM 6,80
Die Giftvilla. 180 DM 6,80
Die Leute von nebenan.
198 DM 6,80
Der sterbende See. 214 DM 6,80
Der neue Schuh. 219 DM 6,80
Der Schwarze Brunnen. 224 DM 6,80
Der streitbare Prophet.
232 DM 6,80
Bony und die schwarze Jungfrau. 1074 DM 5,80
Bony wird verhaftet.
1281 DM 6,80
Bony und der Bumerang.
2215 DM 6,80
Freunde sind unerwünscht.
1230 DM 6,80

WAINWRIGHT, JOHN
In einer einzigen Nacht.
5066 DM 8,80

WALLACE, EDGAR
A.S. der Unsichtbare. 126 DM 5,80
Bei den drei Eichen. 100 DM 5,80
Das Gasthaus an der Themse.
88 DM 6,80

DAS GOLDMANN-PROGRAMM KRIMI

Das Geheimnis der Stecknadel. 173 DM 6,80
Das Geheimnis der gelben Narzissen. 37 DM 6,80
Das Gesetz der Vier. 230 DM 6,80
Das Gesicht im Dunkel. 139 DM 5,80
Das Steckenpferd des alten Derrick. 97 DM 6,80
Das Verrätertor. 45 DM 6,80
Das geheimnisvolle Haus. 113 DM 6,80
Das indische Tuch. 189 DM 6,80
Das silberne Dreieck. 154 DM 5,80
Der Banknotenfälscher. 67 DM 6,80
Der Brigant. 111 DM 6,80
Der Derbysieger. 242 DM 5,80
Der Diamantenfluß. 16 DM 6,80
Der Dieb in der Nacht. 1060 DM 6,80
Der Doppelgänger. 95 DM 5,80
Der Engel des Schreckens. 136 DM 5,80
Der Frosch mit der Maske. 1 DM 6,80
Der Hexer. 30 DM 6,80
Der Joker. 159 DM 5,80
Der Juwel aus Paris. 2128 DM 6,80
Der Mann aus Marokko. 124 DM 6,80
Der Mann im Hintergrund. 1155 DM 6,80
Der Mann, der alles wußte. 86 DM 6,80
Der Mann, der seinen Namen änderte. 1194 DM 5,80
Der Preller. 116 DM 5,80
Der Redner. 183 DM 6,80
Der Rächer. 60 DM 6,80
Der Safe mit dem Rätselschloß. 47 DM 6,80
Der Teufel von Tidal Basin. 80 DM 6,80
Der Unheimliche. 55 DM 6,80
Der Zinker. 200 DM 6,80
Der goldene Hades. 226 DM 5,80
Der grüne Bogenschütze. 150 DM 6,80
Der grüne Brand. 1020 DM 6,80
Der leuchtende Schlüssel. 91 DM 6,80
Der rote Kreis. 35 DM 6,80
Der schwarze Abt. 69 DM 5,80
Der sechste Sinn des Mr. Reeder. 77 DM 6,80
Der sentimentale Mr. Simpson. 1214 DM 6,80
Der unheimliche Mönch. 203 DM 5,80
Der viereckige Smaragd. 195 DM 6,80
Die Abenteuerin. 164 DM 6,80
Die Bande des Schreckens. 11 DM 6,80
Die Gräfin von Ascot. 1071 DM 6,80

Die Melodie des Todes. 207 DM 6,80
Die Millionengeschichte. 194 DM 5,80
Die Schuld des anderen. 1055 DM 6,80
Die Tür mit den 7 Schlössern. 21 DM 6,80
Die blaue Hand. 6 DM 6,80
Die drei Gerechten. 1170 DM 6,80
Die drei von Cordova. 160 DM 5,80
Die gebogene Kerze. 169 DM 6,80
Die gelbe Schlange. 33 DM 6,80
Die seltsame Gräfin. 49 DM 6,80
Die toten Augen von London. 181 DM 6,80
Die unheimlichen Briefe. 1139 DM 6,80
Die vier Gerechten. 39 DM 6,80
Ein gerissener Kerl. 28 DM 6,80
Feuer im Schloß. 1063 DM 6,80
Gangster in London. 178 DM 6,80
Geheimagent Nr. sechs. 236 DM 6,80
Großfuß. 65 DM 6,80
Gucumatz. 248 DM 6,80
Hands up! 13 DM 6,80
Im Banne des Unheimlichen. 117 DM 6,80
In den Tod geschickt. 252 DM 6,80
John Flack. 51 DM 6,80
Kerry kauft London. 215 DM 6,80
Lotterie des Todes. 1098 DM 5,80
Louba, der Spieler. 163 DM 6,80
Mr. Reeder weiß Bescheid. 1114 DM 5,80
Nach Norden, Strolch! 221 DM 6,80
Neues vom Hexer. 103 DM 6,80
Penelope von der Polyantha. 211 DM 6,80
Richter Maxells Verbrechen. 41 DM 6,80
Turfschwindel. 155 DM 6,80
Töchter der Nacht. 1106 DM 6,80
Zimmer 13. 44 DM 6,80
Überfallkommando. 75 DM 6,80

WALLACE, PENELOPE
Eine feine Adresse. 5017 DM 7,80

WEINERT-WILTON, LOUIS
Die chinesische Nelke. 53 DM 8,80

WERY, ERNESTINE
Nachtkerze. 5623 DM 8,80

WOODS, SARA
Das Haus zum sanften Mord. 4915 DM 7,80
Ein kleines, kleines Grab. 5051 DM 7,80
Ihre Tränen waren Tod. 4921 DM 8,80
Wer zuletzt schießt... 5023 DM 8,80
Die Wahrheit und nichts als die Wahrheit. 5037 DM 8,80

Weine nicht, kleine Jennifer. 5058 DM 8,80
Wer Antony eine Grube gräbt. 5064 DM 8,80

MEISTERWERKE DER KRIMINALLITERATU

ARNAUD, GEORGES
Lohn der Angst. 6233 DM 8,80

CAIN, JAMES M.
Zarte Hände hat der Tod. 6243 DM 9,80

CHRISTIE, AGATHA
Alibi. 6202 DM 7,80
Das Haus an der Düne. 6220 DM 7,80
Der rote Kimono. (Mord im Orient-Expreß). 6227 DM 8,80
Dreizehn bei Tisch. 6234 DM 8,80

DURBRIDGE, FRANCIS
Das Halstuch. 6216 DM 7,80

FRANCIS, DICK
Grand-Prix für Mord. 6247 DM 9,80

FREELING, NICOLAS
Bluthund. 6236 DM 8,80
Die Formel. 6221 DM 9,80
Wie ein Diamant auf Wunden. 6238 DM 8,80
Valparaiso. 6245 DM 8,80

GUNN, VICTOR
Schritte des Todes. 6246 DM 8,80

MARSH, NGAIO
Ouvertüre zum Tod. 6205 DM 8,80

PETERS, ELLIS
Der Tod und die lachende Jungfrau. 6237 DM 8,80

POSTGATE, RAYMOND
Das Urteil der Zwölf. 6249 DM 8,80

STOUT, REX
Der rote Bulle. 6226 DM 8,80

SYMONS, JULIAN
Am Ende war alles umsonst. 6235 DM 8,80
Wenn ich einmal tot bin. 6248 DM 8,80

TAIBO II, PACO IGNACIO
Eine leichte Sache. 6240 DM 9,80

UPFIELD, ARTHUR W.
Der sterbende See. 6209 DM 7,80
Todeszauber. 6244 DM 8,80

WALLACE, EDGAR
Die vier Gerechten. 6230 DM 8,80

WEINERT-WILTON, LOUIS
Die weiße Spinne. 6250 DM 8,80

DAS GOLDMANN-PROGRAMM — CARTOON

CARTOON

Cartoons - die Trüffel unter Comics und Karikaturen, geistreiche Verpackung für boshafte Anmerkungen zu Menschlich-Allzumenschlichem, Spiel-wiese für brillante Köpfe mit spitzer Feder.

BESCHLE, ALFRED
Beziehungskisten – rein und raus.
6927 DM 7,80

BOLLEN, ROG
Knallfroschs Freunde 2. Neues aus der Serengeti. 6949 DM 7,80

BRODMANN, ALFRED
Crocodiles first!
Die Visionen des Alfred Brodmann
7916 DM 19.80
Den Maximen von Einstein, MikkeyMouse und John Lennon verpflichtet, breitet Brodmann ganz Spektrum unserer »kosmischen« Existenz vor uns aus. Im großen Sonderformat.

BROWNE, DIK
Hägar der Schreckliche
Der kleine Jubelband.
7905 DM 7,80
Auf zu neuen Taten
7914 DM 7,80
Neues vom wilden Wikinger - mit brandaktuellem Material!
Hägar - Das (fast endgültige) Wikinger-Handbuch
6995 DM 9,80
Das vierfarbige Hägar-Grundlagenwerk zum neuen Superpreis.
Klar zum Entern! Hägar sticht in See. 6912 DM 7,80
Eheglück. 6918 DM 7,80
Gut gegeben! Das erste Taschenbuch mit ganzseitigen Hägar-Strips. 6928 DM 7,80
Hägar. Trautes Heim...
6933 DM 7,80
Helga. Ein Leben an seiner Seite. 6937 DM 7,80
Der kleine große Hägar-Superband. 6944 DM 10.–
Harte Zeiten. 6964 DM 7,80
Ein Mann – ein Wort.
6965 DM 7,80
Ohne Furcht und Tadel.
6966 DM 7,80
Sieg und Niederlagen.
6971 DM 7,80
Viel Feind, viel Ehr! 6972 DM 7,80
Alle Mann an Bord. 6979 DM 7,80
Auf geht's. 6982 DM 7,80
Üb' immer Treu und Redlichkeit.
6988 DM 7,80
Hägar – Liebe geht durch den Magen. Das Wikinger-Buch vom Schlemmen. Vierfarbig.
Format 18 x 18 cm. 6920 DM 9,80
Hägar – Drum prüfe, wer sich ewig bindet...
Viehrfarbig. Format 18 x 18 cm.
6923 DM 9,80
Hägar – wenn einer eine Reise tut... Das Wikinger-Buch vom Wegfahren und Heimkommen. Viehrfarbig. Format 18 x 18 cm.
6925 DM 9,80
Hägar – Wer immer strebend sich bemüht.
Vierfarbig. Format 18 x 18 cm.
6946 DM 9,80
Hägar – Die lieben Kleinen.
Vierfarbig. Format 18 x18 cm.
6947 DM 9,80
Hägar der Schreckliche.
Großformat. 10183 DM 12,80
Neuestes von Hägar dem Schrecklichen. Großformat.
Brosch. 10180 DM 19,80,
Pappband 10181 DM 24,80

Fremdsprachige Hägar-Schullektüre:

Hägar the Horrible. Save our souls! Original English Version.
6915 DM 7,80
Hägar Terribilis. Der erste Hägar in lateinischer Sprache! 6994 DM 7,80
Hagar le Viking. La Victoire ou la Mort! 6931 DM 7,80

BÜRGER, JOCHEN
Warum meldet sich eigentlich kein Schwein?
7909 DM 7.80
Jochen Bürger, ein neuer Stern am Cartoon-Himmel, hat sich des Schweirealltags angenommen und gewinnt diesem tierischen Thema immer wieder herrlich neue Seiten ab.

GAYMANN, PETER
Flossen hoch! Die Wahrheit über die Tierwelt. 6926 DM 7,80
Huhnstage. In Deutschland gehen die Hühner um. 6924 DM 7,80
Unheimliche Begegnungen.
6942 DM 7,80

HALBRITTER, KURT
Die freiheitlich rechtliche Grundordnung. Mit einem Vorwort von Klaus Staeck. 8965 DM 9,80
Halbritters Tier- und Pflanzenwelt.
Format 18 x 18 cm. 8630 DM 14,80
Halbritters Waffenarsenal. Format 18 x 18 cm. 8462 DM 12,80

KOCHAN, STANO
Teuflische Positionen. 6959 DM 7,80

LARSON, GARY
Far Side Collection
Auf Safari
7913 DM 7.80
Larson-Cartoons machen süchtig.
Dumme Vögel. 6945 DM 7,80
Ich und du. 6950 DM 7,80
Ruf des Urwalds 6948 DM 7,80
Unter Büffeln. 6938 DM 7,80
Unter Bären. 6939 DM 7,80
Unter Schlangen. 6940 DM 7,80
Zuerst die Hose ...
7907 DM 7,80
Der neue Band vom Meister des hintersinnigen, makabren, subtilen, schrägen Humors.

PETRI, PETER
Nicht von Pappe. Das endgültige Führerscheinbuch. 8948 DM 7,80

PLATT, CHARLES / Zeichnungen von Gray Jolliffe
Katzen mögen's heiß.
Wie halte ich mir einen Menschen?
8891 DM 7,80

RAUSCHENBACH, ERICH
Du gehst mir auf'n Keks!
6993 DM 7,80
Eine Nummer nach der anderen...
Ein Cartoonbuch zum Selbermalen.
6929 DM 7,80
Ich bin schon wieder Erster!
6962 DM 6,80
Lieschen. 6975 DM 5,80
Lieschen II. Mit den Waffen einer Frau. 6932 DM 7,80
Lieschen III.
Wenn ich einmal groß bin
7912 DM 7,80
Rüdiger – Lange Nase, kurzer Sinn. 6990 DM 6,80
Sport macht Spaß. 6935 DM 7,80
Super oder normal? 6981 DM 6,80

RENÉ
Bill Body
Der Schrecken des Sports
7910 DM 8.80
Eine »Sportskanone« ganz besonderer Art bricht in die Phalanx der Hägar, Garfield & Co. ein: Bill Body. Wenn er zuschlägt, bleibt kein Auge trocken.

SINÉ
Was steht denn da?
6930 DM 7,80

TETSCHE
Neues aus Kalau.
STERN-Cartoon. 6953 DM 9,80
Tetsches Tierleben.
Format 18 x 18 cm, durchgehend vierfarbig. 6911 DM 12,80

DAS GOLDMANN-PROGRAMM — BELLETRISTIK

JUBELBÄNDE ZUM VORZUGSPREIS

BAGLEY, DESMOND
Erdrutsch/Sog des Grauens
Zwei mitreißende Thriller in einem
Band. 11942 DM 10,–

BERGIUS, C. C.
Schakale Gottes – Der Fälscher.
Zwei packende Romane in einem
Band. 10146 DM 10,–

BLOCH, ARTHUR
Gesammelte Gründe.
Murphy's Gesetze in einem Band.
10046 DM 10,–

BREDOW, ILSE GRÄFIN VON
Kartoffeln mit Stippe/Deine Keile
kriegste doch.
Die großen Romanerfolge in einem
Band. 8982 DM 14,80

BROOKS, TERRY
Die Elfensteine von Shannara.
Elfensteine/Druide/Dämonen.
Drei Romane. 23902 DM 12,–

DAS BUCH DER MEDITATION
Herausgegeben von Hans Christian
Meiser – Ausgewählte Gedanken für
jeden Tag 10164 DM 8,–

CARTLAND, BARBARA
Der griechische Prinz/Fesseln der
Liebe/Spiel der Herzen
Drei Romane in einem Band
11959 DM 10,–

DALEY, BRIAN
Han Solos Abenteuer.
Drei Romane in einem Band zum
Supersparpreis! 10147 DM 10,–

DAS SUPER-BLUFF-BUCH
Drei Bände in einem
zum Jubelpreis. 10152 DM 10,–

DAILEY, JANET
Nachtglut/Unbezähmbar
Zwei Romane in einem Band
11944 DM 10,–

EYSENCK, HANS J.
Das große Hans J. Eysenck Testbuch. Ihre Intelligenz auf dem
Prüfstand. 10058 DM 10,–

FERIENBIBLIOTHEK
Erotische Ferien. Das Lächeln der
Aphrodite. 10148 DM 10,–
Heitere Ferien.
Lise Gast/Gilbreth/Jo Hanns Rösler
10157 DM 10,–
Mörderische Ferien.
E. Stanley Gardner/Bill
Knox/Arthur W. Upfield
10155 DM 10,–
Romantische Ferien. Alexandra
Cordes/Marie Louise Fischer/
Danielle Steel 10153 DM 10,–
Schwarze Ferien.
GänsehautGeschichten/Frankenstein
10154 DM 10,–
Spannende Ferien.
Sidney Sheldon/Jack
Higgins/Alfred Coppel 10156 DM
10,–

GAST, LISE
Randi. Junge Mutter Randi/Randi
und das halbe Dutzend/In Liebe
Deine Randi.
Drei Romane. 10142 DM 10,–

HAMMERSCHMID-GOLLWITZER, JOSEF
Wörterbuch der medizinischen
Fachausdrücke.
Mit 300 informativen Zeichnungen
und Fotos. 10057 DM 12,–

HEINRICH, WILLI
Maiglöckchen oder ähnlich/
Schmetterlinge weinen nicht.
Zwei Romane. 10166 DM15,–

KAYE, M.M.
Es geschah auf Zypern/
Tod in Kenia
Zwei Romane in einem Band
11941 DM 10,–

KISHON, EPHRAIM
Das Kamel im Nadelöhr.
Neue Satiren.
Sammelband mit Illustrationen von
Rudi Angerer. 10062 DM 10,–

KONSALIK, HEINZ G.
Auch das Paradies wirft seine
Schatten. Masken der Liebe.
Verliebte Abenteuer. Drei Romane
in einem Band. 10175 DM 10,–

QUINNELL, A.J.
Der falsche Mahdi/Operation
Cobra
Zwei Romane in einem Band
11962 DM 10,–

SCOTT MARY
Liebling/Paradies/Tee.
Drei Romane. 10132 DM 10,–
Gäste/Tierarzt/Verwandtschaft.
Drei Romane. 10133 DM 10,–
Darling/Wildnis/Onkel.
Drei Romane.10134 DM 10,–
Frühstück/Mittagessen/Abends.
Drei Romane. 10135 DM 10,–
Mangrovenbucht/Tote/
Hibiskusbrosche.
Drei Romane. 10136 DM 10,–
Menschen/Koppel/Freddy.
Drei Romane. 10137 DM 10,–
Landleben/Ferien/Truthahn.
Drei Romane. 10138 DM 10,–
Übernachtung/
Kopf hoch/Weißen Elefanten.
Drei Romane.
10139 DM 10,–
Teehaus/So einfach/Liebling.
Drei Romane.
10140 DM 10,–
Hilfe/Flitterwochen/Lande.
Drei Romane.
10141 DM 10,–

SHEA, ROBERT
Zeit der Drachen/Der letzte Zinja.
Zwei Romane in einem Band.
8981 DM 17,80

SHELDON, SIDNEY
Zorn der Engel/Diamanten-Dynastie
Zwei Bestseller in einem Band
11946 DM 10,–

STALLMANN, ROBERT
Werwelt. Der Findling/
Der Gefangene/Der Nachkomme.
Drei Romane. 23900 DM 12,–

STEEL, DANIELLE
Das Haus von San Gregorio/Unter dem Regenbogen
Zwei Romane in einem Band
11961 DM 10,–

TOWNSEND, SUE
Das Intimleben des Adrian Mole,
13 3/4 Jahre.
Die geheimen Tagebücher erstmals
komplett und unzensiert vollständig in einem Band. Das Buch zur
TV-Serie. 10163 DM 10,–

WATTS, ALAN
Meditation/Natur des
Menschen/Philosophische Fantasien.
10082 DM 10,–

WILKES, MALTE M.
Die Kunst, kreativ zu denken.
10150 DM 10,-